O PERSEGUIDOR

ANNA ZAIRES

♠ MOZAIKA PUBLICATIONS ♠

www.mozaikallc.com

e-ISBN: 978-1-63142-441-0

ISBN: 978-1-63142-442-7

PARTE I

5 ANOS ANTES, MONTANHAS AO NORTE
DE CÁUCASO

Peter

— PAPA! — O TOM ALTO DO RUÍDO É SEGUIDO PELAS batidas dos pezinhos quando meu filho corre pela entrada da porta, os cabelos escuros batendo no rosto alegre.

Rindo, eu pego seu corpinho robusto quando ele se joga em mim. — Sentiu saudades de mim, *pupsik?*

— Sim! — Seus bracinhos em volta do meu pescoço, e eu inspiro profundamente, respirando seu doce odor infantil. Apesar de Pasha estar com quase três anos, ele ainda tem cheiro de leite – como a inocência de um bebê saudável.

Eu o seguro apertado e sinto a frieza dentro de mim se derreter enquanto um calor brando e radiante inunda meu peito. É doloroso, como sendo submerso em água quente após congelar, mas é um bom tipo de dor. Me faz sentir vivo, preenche as rachaduras vazias dentro de mim até que eu possa quase acreditar que mereço totalmente o amor do meu filho.

— Ele realmente sentiu sua falta — Diz Tamila, entrando no corredor. Como sempre, ela se move brandamente, quase sem som, seus olhar baixo. Ela não olha para mim diretamente. Desde criança, ela foi treinada a evitar o contato visual com homens, então, tudo que vejo são seus cílios longos e negros enquanto ela olha para o chão. Ela está usando um véu tradicional que esconde seu longo cabelo negro e seu vestido cinza é longo e não justo. Contudo, ela ainda parece bonita – tão bonita quanto parecia três anos e meio atrás, quando entrou na minha cama para fugir de se casar com um idoso da vila.

— E eu senti falta de vocês dois — Digo enquanto meu filho me empurra nos ombros, exigindo que o deixe descer. Sorrindo abertamente, eu o abaixo ao chão, e ele imediatamente pega minha mão e puxa.

— Papa, você quer ver meu caminhão? Quer, Papa?

— Quero — Digo, meu sorriso se abrindo enquanto ele me puxa para a sala. —, que tipo de caminhão é?

— Um grande!

— Certo, vamos ver.

Tamila vem atrás de nós, e eu vejo que ainda nem mesmo falei com ela. Parando, me viro e olho para a minha esposa. — Como está?

Ela me olha através daqueles cílios. — Estou bem. Feliz de te ver.

— E estou feliz de te ver. — Eu quero beijá-la, mas ela ficará envergonhada se fizer na frente de Pasha, então, eu me abstenho. Em vez disso, eu toco sua bochecha gentilmente, e deixo meu filho me rebocar para o seu caminhão, ao qual reconheço como o que o enviei de Moscou três semanas atrás.

Ele orgulhosamente demonstra todos os mecanismos do brinquedo enquanto me agacho perto dele, vendo suas feições animadas. Ele tem a beleza exótica e sombria de Tamila, até os cílios, mas tem algo de mim nele, apesar de não conseguir definir bem.

— Ele tem sua bravura — Diz Tamila calmamente, se ajoelhando perto de mim. —, e acho que ele será tão alto quanto você, apesar de ser provavelmente muito cedo para dizer.

Olhei para ela. Ela sempre faz isso, me observando tão de perto que é quase como se estivesse lendo minha mente. Então, novamente, não é difícil imaginar o que estou pensando. Eu fiz o teste de paternidade em Pasha antes que ele nascesse.

— Papa. Papa. — Meu filho me puxa pela mão novamente. — Brinca comigo.

Eu rio e volto a atenção para ele. Pela próxima hora, nós brincamos com o caminhão e uma dúzia de outros brinquedos, todos assemelhando-se a algum tipo de carro. Pasha é obcecado com carrinhos de brinquedo, tudo desde ambulância até carros de corrida. Não importa quantos brinquedos traga para ele, ele apenas brinca com os que têm rodas.

Após a brincadeira, jantamos, e Tamila dá banho em

Pasha antes de levá-lo para a cama. Eu noto que a banheira tem uma rachadura e faço uma anotação mental de encomendar uma nova. A pequena vila de Daryevo é bem alta nas Montanhas do Cáucaso e difícil de se chegar, então, não pode ser uma entrega regular de uma loja, mas eu tenho modos de fazer as coisas chegaram aqui.

Quando falo da ideia com Tamila, seus cílios sobem e ela me dá um olhar raro, seguido de um sorriso largo.

— Seria excelente, obrigada. Tenho que secar o piso quase que todas as noites.

Devolvo o sorriso, e ela termina de dar banho em Pasha. Após secá-lo e vesti-lo com seu pijama, eu o levo para a cama e leio uma história para ele do seu livro favorito. Ele dorme quase que imediatamente, e eu beijo sua testa, meu coração apertado com uma emoção poderosa.

É amor. Eu reconheço, apesar de nunca ter sentido aquilo antes – apesar de um homem como eu não ter direito a esse sentimento. Nenhuma das coisas que faço importa aqui, nesta pequena vila em Dagestan.

Quando estou com meu filho, o sangue em minhas mãos não queima minha alma.

Com cuidado para não acordar Pasha, me levanto e quietamente saio do pequeno cômodo que serve como seu quarto. Tamila já está me esperando no nosso quarto, tiro minha roupa e me junto a ela na cama, fazendo amor com ela com tanta ternura quanto posso.

Amanhã, tenho que encarar o lado feio do meu mundo, mas hoje, estou feliz.

Hoje, posso amar e ser amado.

— Não vá, Papa. — O queixo de Pasha treme enquanto ele luta para não chorar. Tamila disse-lhe há algumas semanas que meninos não choram, e ele tem tentado seu máximo para ser um menino crescido. — Por favor, Papa. Você não pode ficar um pouco mais?

— Volto em duas semanas — Prometo, me abaixando à altura dos seus olhos. — Tenho que trabalhar, entende.

— Você sempre tem que ir trabalhar. — Seu queixo treme ainda mais, e seus grandes olhos castanhos se enchem de lágrimas. — Por que eu não posso ir com você para o trabalho?

As imagens dos terroristas que torturei na semana passada invadem minha mente, e é tudo que posso fazer para manter minha voz normal quando falo: — Me desculpa, Pashen'ka. Meu trabalho não é lugar para criança. — Ou para adultos, naquele assunto, mas eu não digo aquilo. Tamila sabe parte do que faço como uma unidade especial da Spetsnaz, as Forças Especiais Russas, mas mesmo ela não sabe do lado sombrio das realidades do meu mundo.

— Mas eu seria bonzinho. — Ele está chorando bastante agora. — Eu prometo, Papa. Eu me comportaria.

— Sei que se comportaria. — Eu o puxo e abraço com força, sentindo seu corpinho pular com os soluços. — Você é meu bom menino, e tem que ser bom para Mama enquanto estou fora, ok? Tem que tomar conta dela, como o menino crescido que é.

Aquelas parecem ser as palavras mágicas, porque ele funga e se afasta. — Serei. — Seu nariz está escorrendo e sua bochechas molhadas, mas seu pequeno queixo está firme quando olha para mim. — Vou tomar conta da Mama, prometo.

— Ele é tão esperto — Diz Tamila, se ajoelhando perto de mim e puxando Pasha num abraço. —, parece que tem cinco, não quase três.

— Eu sei. — Meu peito se enche de orgulho. — Ele é maravilhoso.

Ela sorri e olha para mim novamente, seus grandes olhos castanhos bem parecidos com os de Pasha. — Se cuida, e volte para nós logo, ok?

— Voltarei. — Me abaixo e beijo sua testa, e acaricio o cabelo sedoso de Pasha. —Voltarei antes que você perceba.

Estou em Grozny, Chechênia, seguindo uma pista de um grupo insurgente, quando recebo a notícia. É Ivan Polonsky, meu superior em Moscou, que me liga.

— Peter. — Sua voz incomumente grave quando pego o telefone. — Houve um incidente em Daryevo.

Minhas entranhas se congelam. — Que tipo de incidente?

— Houve uma operação que não fomos notificados. A OTAN estava envolvida. Houve... vítimas.

O frio dentro de mim se expande, me cortando com suas pontas afiadas, e é tudo que posso fazer para forçar as palavras na minha garganta que se fecha. — Tamila e Pasha?

— Sinto muito, Peter. Alguns locais foram mortos na troca de tiros, e — ele engoliu alto — os relatórios preliminares são que Tamila está entre eles.

Meus dedos quase esmagaram o telefone. — E Pasha?

— Não sabemos ainda. Houve várias explosões, e...

— Estou a caminho.

— Peter, espera...

Eu desliguei e corri para a porta.

POR FAVOR, POR FAVOR, POR FAVOR, FAÇA COM QUE ELE esteja vivo. Por favor, deixo-o viver. Por favor, farei qualquer coisa, apenas deixe-o viver.

Nunca fui religioso, mas conforme o helicóptero militar se encaminha pelas montanhas, me vejo rezando, rogando e barganhando com quem quer que esteja lá em cima por um pequeno milagre, só uma pequena graça. A vida de uma criança não vale nada no grande sistema de coisas, mas significa tudo para mim.

Meu filho é minha vida, minha razão de existir.

O barulho das hélices do helicóptero é ensurdecedor,

mas não é nada comparado com o clamor dentro da minha cabeça. Não posso respirar, não posso pensar através do ódio e medo me sufocando por dentro. Não sei como Tamila morreu, mas já vi corpos o bastante para visualizar seu corpo na minha mente, para imaginar com precisão espantosa como seus belos olhos parecem vazios e sem visão, sua boca frouxa e cheia de sangue. E Pasha ...

Não. Não posso pensar nisso agora. Não até saber com certeza.

Aquilo não deveria acontecer. Daryevo não está nem perto das áreas de conflitos em Dagestan. É um assentamento pequeno e pacífico sem vínculos com quaisquer grupos insurgentes. Eles deveriam estar seguros lá, longe do meu mundo violento.

Por favor, faça com que ele esteja vivo. Por favor, faça com que ele esteja vivo.

A viagem parece levar uma eternidade, mas, finalmente, saímos do tapete das nuvens e eu vejo a vila. Minha garganta se fecha, cortando minha respiração.

A fumaça sai de vários prédios e no centro, e soldados armados estão verificando os arredores.

Pulo do helicóptero no momento em que ele toca o chão.

— Peter, espere. Você precisa de identificação. — Grita o piloto, mas já estou correndo, empurrando as pessoas para o lado. Um soldado jovem tenta bloquear meu caminho, mas eu retiro a M16 de sua mão e aponto para ele.

— Me leve até os corpos. Agora.

Não sei se é a arma ou o som letal da minha voz, mas o soldado obedece, correndo para um abrigo no final da rua. Eu o sigo, a adrenalina com um resíduo tóxico nas minhas veias.

Por favor, faça com que ele esteja vivo. Por favor, faça com que ele esteja vivo.

Vejo os corpos atrás do abrigo, alguns colocados com cuidado, outros empilhados juntos na grama misturada com neve. Não tem ninguém em volta deles; alguns soldados devem estar mantendo os habitantes afastados agora. Eu reconheço alguns dos mortos rapidamente – o senhor da vila com quem Tamila era noiva, a esposa do padeiro, o homem que certa vez comprei leite de cabra – mas os outros não posso identificar, tanto por causa da extensão dos seus ferimentos como porque não passava muito tempo na vila.

Quase não passei *nenhum* tempo aqui, e minha esposa está morta.

Juntando forças, eu me ajoelho perto de uma mulher esbelta, coloco a M16 na grama, e retiro o véu do seu rosto. Um pedaço da sua cabeça foi explodido por uma bala, mas consigo ver o bastante das sua feições para saber que não é Tamila.

Passo para o próximo corpo de mulher, este com vários ferimentos à bala pelo peito. É a tia de Tamila, uma mulher tímida com cerca de cinquenta anos que falou menos de cinco palavras comigo nos últimos três anos. Para ela e o resto da família de Tamila, sempre fui um forasteiro, um estranho assustador de um mundo diferente. Eles não entendiam a decisão de Tamila de se casar comigo, até condenavam o ato, mas Tamila não se importava.

Ela sempre foi independente assim.

Outro corpo de mulher me chama a atenção. A mulher está deitada de lado, mas a curva suave do seu ombro é dolorosamente familiar. Minha mão treme quando a reviro, e uma dor profunda me atinge ao ver seu rosto.

A boca de Tamila está tão frouxa como imaginei, mas seus olhos não estão vazios. Eles estão fechados, seus cílios queimados e suas pálpebras coladas com sangue. Mais sangue cobre seu peito e braços, fazendo seu vestido cinza quase preto.

Minha esposa, a bela jovem que teve coragem de escolher seu próprio destino, está morta. Ela morreu sem nem mesmo sair da vila, sem ver Moscou como sonhava. Sua vida apagada antes que tivesse a chance de viver, e é tudo minha culpa. Eu deveria ter estado aqui, deveria proteger a ela e Pasha. Inferno, eu deveria saber sobre essa porra de operação; ninguém deveria estar aqui sem informar minha equipe.

O ódio cresceu dentro de mim, misturado com dor e culpa agonizantes, mas eu o retirei de mim e continuei procurando. Só tem corpos de adultos colocados nas fileiras, mas ainda tem aquela pilha.

Por favor, faça com que ele esteja vivo. Farei qualquer coisa contanto que ele esteja vivo.

Minhas pernas pareciam fósforos queimando quando me aproximei da pilha. Existem membros soltos lá, e corpos danificados além de reconhecimento. Essas devem ter sido as vítimas das explosões. Removo cada parte de corpo para o lado, procurando. O cheiro de sangue pisado e carne carbonizada pesando o ar. Um homem normal vomitaria agora, mas nunca fui normal.

Por favor, faça com que ele esteja vivo.

— Peter, espere. Tem uma força especial a caminho, e eles não querem que toquem nos corpos. — É o piloto, Anton Rezov, se aproximando por detrás do abrigo. Trabalhamos juntos por anos e ele é um amigo íntimo, mas se ele tentar me parar, vou matá-lo.

Sem responder, continuo meu trabalho macabro, metodicamente olhando cada membro e torso antes de colocar de lado. A maioria das partes dos corpos parece pertencer a adultos, apesar de me deparar com alguns com tamanho de criança também. Mas eles são muito grandes para serem de Pasha, e sou egoísta o bastante para ficar aliviado com aquilo.

Então, eu vejo.

— Peter, você me ouviu? Você ainda não pode fazer isso. — Anton segura meu braço, eu me viro, minha mão fechando automaticamente. Meu punho bate no queixo dele, e ele cai para trás pela pancada, seus olhos rolando para trás da cabeça. Não o vejo cair; já estou me movendo, removendo a pilha remanescente de corpos para chegar à mãozinha que havia visto antes.

A mãozinha que está agarrada a um carrinho quebrado.

Por favor, por favor, por favor. Por favor, faça com que

haja um erro. Por favor, faça com que ele esteja vivo. Por favor, faça com que ele esteja vivo.

Trabalho como um homem possuído, todo meu ser focado num objetivo: pegar aquela mão. Alguns dos corpos por cima da pilha estão quase que completos, mas não sinto seus pesos enquanto jogo-os para o lado. Não sinto o queimar da força que meus músculos fazem ou o cheiro do fedor de morte violenta. Apenas me abaixo, levanto e jogo até que as partes dos corpos estejam todos em volta de mim, e estou ensopado de sangue.

Não paro até que o pequeno corpo é descoberto na sua inteireza, e não há mais dúvida.

Tremendo, caio de joelhos, minhas pernas incapazes de me sustentar.

Por algum milagre, a parte direita do rosto de Pasha não está ferida, sua pele de bebê sedosa imaculada por nem sequer um arranhão. Um dos seus olhos está fechado, sua boquinha aberta, e se ele estivesse deitado de lado como Tamila estava, ele poderia ter passado por uma criança dormindo. Mas ele não estava deitado de lado, e vejo o buraco onde a explosão rasgou metade do seu crânio. Seu braço esquerdo faltando também, assim como sua perna esquerda abaixo do joelho. Seu braço direito, contudo, está ileso, os dedos curvados convulsivamente no carrinho.

Distante, eu ouço um uivo, um som louco intermitente de ira humana. Apenas quando me vejo apertando o copinho no meu peito que concluo que o som está vindo de mim. Fico em silêncio então, mas não consigo parar de me mover para frente e para trás.

Não posso parar de abraçá-lo.

Não sei por quanto tempo fiquei daquele jeito, segurando os restos do meu filho, mas já é noite quando a força tarefa chega. Eu não luto com eles. Não adianta. Meu filho se foi, sua luz brilhante se extinguiu antes que tivesse a chance de brilhar.

— Sinto muito — Sussurro quando eles me levam. Com cada metro de distância entre nós, o frio dentro de mim cresce, os restos da minha humanidade sangrando abandonando a minha alma. Não tem mais como implorar, nem barganhar com ninguém ou algo. Estou desprovido de esperança, vazio de calor ou amor. Não posso voltar o relógio e segurar meu filho por mais tempo, não posso ficar em casa como ele me pediu. Não posso levar Tamila para Moscou no ano que vem, como a tinha prometido que levaria.

Há apenas uma coisa que posso fazer pela minha esposa e filho, e essa é a razão de eu continuar vivo.

Farei seus assassinos pagarem.

Cada um deles.

Responderão por esse massacre com suas vidas.

2

ESTADOS UNIDOS, DIAS ATUAIS

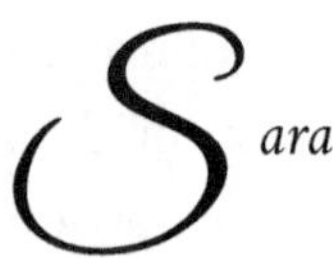

*S*ara

— Você tem certeza que não quer sair para beber comigo e as meninas? — Pergunta Marsha se aproximando do meu armário. Ela já tirou sua roupa de enfermeira e colocou um vestido sexy. Com seu batom vermelho vivo e cachos extravagantes, ela parece uma versão mais velha de Marilyn Monroe e gosta igualmente de ir a festas.

— Não, obrigada. Não posso. — Eu suavizo minha recusa com um sorriso. — Foi um longo dia, e estou exausta.

Ela rola os olhos. — Claro que está. Você sempre tem estado exausta nesses dias.

— O trabalho faz isso contigo.

— Sim, se você trabalhar noventa horas por semana.

Se eu não soubesse, diria que está trabalhando para se matar. Você não é mais um residente, sabe? Não tem que aturar essa merda.

Eu suspiro e pego minha bolsa. — Alguém tem que ficar à disposição.

— Sim, mas não tem que ser você toda vez. É noite de sexta-feria, e você trabalhou cada final de semana no mês passado, além dos turnos noturnos. Sei que você é a doutora mais nova na sua área e tudo mais, mas...

— Não me importo com os turnos noturnos — Interrompo, indo para o espelho. A máscara que pus essa manhã deixou manchas escuras sob meus olhos, e uso um papel toalha umedecido para removê-las. Não melhora muito minha aparência de cansada, mas suponho que não importa, visto estar indo direto para casa.

— Certo, porque você não dorme — Diz Marsha, vindo para ficar em pé atrás de mim, e eu me preparo, sabendo que ela está para falar sobre seu assunto preferido. Apesar de ela ter quinze anos a mais do que eu, Marsha é minha melhor amiga no hospital, e ela tem cada vez mais falado sobre suas preocupações.

— Marsha, por favor, estou muito cansada para isso — Digo, puxando meus cachos teimosos num rabo de cavalo. Eu não preciso de discurso para saber que estou me tornando um farrapo. Meus olhos avelã parecem vermelhos e cansados no espelho, me sinto como se tivesse sessenta anos em vez de vinte e oito.

— Sim, porque você está sobrecarregada de

trabalho e sem dormir. — Ela cruza os braços no peito. — Sei que você precisa de distração depois de George e o resto, mas...

— Mas nada. — Virando-me, olho para ela. — Não quero falar sobre George.

— Sara... — Sua testa se franze. — Você tem que parar de se punir por isso. O erro foi dele. Ele *escolheu* dirigir; a decisão foi *dele*.

Minha garganta se fecha, meus olhos pinicam. Para meu horror, vejo que estou quase chorando, e me viro num esforço de me controlar. Só que não tem nenhum lugar para me virar; o espelho está na minha frente, e reflete tudo o que estou sentindo.

— Me desculpa, querida. Sou uma porra insensível. Não deveria ter falado isso. — Marsha parece genuinamente arrependida quando se chega e aperta meu braço levemente.

Respiro fundo e me viro para encará-la. Eu *estou* exausta, o que não ajuda com as emoções ameaçando me esmagar.

— Tudo bem. — Forço um sorriso nos lábios. — Não é nada. Você deveria ir; as meninas provavelmente estão te esperando. — E eu tenho que ir para casa antes de ter um troço e ficar chorando em público, o que seria o ápice da humilhação.

— Tá bom, querida. — Marsha me devolve o sorriso, mas noto a pena latente no seu olhar. — Só durma um pouco neste final de semana, ok? Me promete que vai dormir.

— Sim, vou dormir... *Mamãe.*

Ela rola os olhos. — Tá, tá, entendi. Te vejo na segunda. — Ela sai do vestiário, e eu espero um minuto antes de segui-la para evitar me encontrar com o grupo de amigas nos elevadores.

Já tive minha cota de pena mais do que posso aguentar.

AO ENTRAR NO ESTACIONAMENTO DO HOSPITAL, CHECO meu telefone por força do hábito, e meu coração dá um salto quando vejo um texto de um número bloqueado.

Paro, passo o dedo trêmulo na tela.

Está tudo bem, mas tive que adiar a visita desta semana, diz a mensagem. *Conflito de horários.*

Suspiro aliviada, e na mesma hora, a culpa familiar me atinge. Eu não deveria me sentir aliviada. Essas visitas deveriam ser algo que desejo fazer, em vez de uma obrigação desagradável. Só que não consigo evitar o jeito que sinto. Toda vez que visito George, vem à minha mente memórias daquela noite, e não durmo por dias depois.

Se Marsha acha que estou privada de sono, ela deveria me ver depois das visitas.

Retornando o telefone à minha bolsa, eu me aproximo do carro. É um Toyota Camry, o mesmo dos últimos cinco anos. Agora que acabei de pagar meus empréstimos da faculdade de medicina e juntei uma poupança, posso comprar um melhor, mas não vejo motivo.

George era o cara dos carros, não eu.

A dor me bate, familiar e aguda, e sei que é por causa da mensagem. Bem, isso e a conversa com Marsha. Ultimamente tem dias que nem penso sobre o acidente, entrando na rotina sem a pressão esmagadora da culpa, mas hoje não é um desses dias.

Ele era um adulto, eu lembro a mim mesma, repetindo o que todos sempre dizem. *Foi dele a decisão de dirigir naquele dia.*

Racionalidade, sei a verdade dessas palavras, mas não importa quão frequente as ouço, não as aceito. Minha mente está presa num nó, relembrando aquela noite vez após vez, e não importa o quanto eu tente, não consigo parar o carretel sombrio de girar.

Já basta, Sara. Concentre-se na estrada.

Respirando com força, saio do estacionamento e dirijo à minha casa. É uma viagem de mais ou menos quarenta minutos do hospital, que são mais ou menos quarenta minutos longe demais neste momento. Minha barriga está começando a doer e vejo que em parte estou tão emotiva hoje porque estou perto de menstruar. Como obstetra e ginecologista, sei melhor do que qualquer um o quão potente o efeito dos hormônios pode ser, e quando a síndrome prémenstrual se combina com longas horas de trabalho e lembretes de George... Bem, é um milagre que eu já não esteja chorando e esperneando.

Sim, é isso. Meu problema é apenas hormônios e cansaço. Preciso chegar em casa, e tudo ficará bem.

Determinada a me controlar, eu ligo o rádio,

sintonizo na estação pop do final dos anos noventa, e começo a cantar junto com Britney Spears. Pode não ser a música mais séria, mas é otimista, e é exatamente isso que preciso.

Não me entregarei. Hoje à noite, eu *irei* dormir, mesmo se tiver que tomar um Ambien para que isso aconteça.

MINHA CASA É NUM BECO SEM SAÍDA LADEADO POR árvores, logo na saída de uma via de duas pistas que contorna uma área fértil. Como muitas outras na área luxuosa de Homer Glen, Illinois, é grande – cinco quartos e quatro banheiros, mais um porão completamente mobiliado. Tem um quintal nos fundos enorme, e com tantos carvalhos em volta da casa que é como estar no meio de uma floresta.

É perfeita para aquela família grande que George queria e horrivelmente solitária para mim.

Depois do acidente, eu considerei vender a casa e me mudar para mais perto do hospital, mas não consegui fazer isso. E ainda não consigo. George e eu renovamos a casa juntos, modernizamos a cozinha e banheiros, dolorosamente decorando cada cômodo para dar um tom aconchegante e acolhedor. Um *tom* da família. Sei que as chances da gente ter tal família é inexistente agora, mas parte de mim se prende ao velho sonho, a vida perfeita que deveríamos ter.

— Três filhos, pelo menos — Disse-me George no

nosso quinto encontro. —, dois meninos e uma menina.

— Por que não duas meninas e um menino? — Perguntei, com sorriso aberto. — O que aconteceu à igualdade dos gêneros e tudo o mais?

— Como é dois contra um igual? Todos sabem que as garotas te fazem de gato e sapato, e quando se tem duas delas... — Ele deu de ombros sombriamente. — Não, precisamos de dois meninos, dessa forma, haverá equilíbrio na família. De outra forma, Papai está ferrado.

Eu ri e bati nele no ombro, mas secretamente, gostei da ideia de dois meninos em volta de um pandemônio e protegendo a irmãzinha. Sou filha única, mas sempre quis um irmão mais velho, e foi fácil adotar o sonho de George como meu próprio.

Não. Não vá lá. Com esforço, retiro as memórias, porque para o bem ou para o mal, elas levam àquela noite, e eu não posso lidar com isso agora. As dores pioram, e é tudo que posso fazer para manter minhas mãos no volante enquanto guio para dentro da garagem para três carros. Preciso de Advil, uma almofada térmica e minha cama, nessa ordem, e se tiver sorte, desmaio logo depois, sem necessidade de Ambien.

Segurando um gemido, fecho a porta da garagem, digito o código do alarme, e me arrasto para dentro. As dores são tão fortes que não consigo andar sem me curvar, então, vou direto para o remédio no armário da cozinha. Nem mesmo me importo de ligar as luzes; o interruptor é inconvenientemente longe da entrada da garagem, além de eu conhecer a cozinha bem o bastante para andar nela no escuro.

Abrindo o armário, acho o vidro de Advil pelo tato, tiro duas pílulas e jogo na minha boca. Então, vou para a pia, encho minha mão com água, e engulo as pílulas. Ofegante, me seguro no balcão da cozinha e espero o remédio começar a fazer efeito antes de tentar fazer algo tão ambicioso como ir para o quarto principal no segundo andar.

Sinto-o apenas um segundo antes de acontecer. É sutil, apenas um deslocamento no ar atrás de mim, um cheiro de algo estranho... um sentimento de perigo repentino.

Os pelos atrás do meu pescoço se levantam, mas é tarde demais. Um momento estou em pé na pia, no próximo, um mão grande está cobrindo minha boca enquanto um corpo grande e duro me segura contra o balcão pelas minhas costas.

— Não grite — Uma voz profunda masculina sussurra no meu ouvido, e algo frio e afiado pressiona minha garganta. —, você não quer que minha lâmina escorregue.

$\mathcal{S}$*ara*

EU NÃO GRITO. NÃO PORQUE É A COISA SÁBIA A SE FAZER, mas porque não posso fazer um som. Estou congelada de terror, completa e totalmente paralisada. Todos os meus músculos travaram, incluindo minhas cordas vocais, e meus pulmões pararam de funcionar.

— Vou retirar minha mão de sua boca — Murmura ele no meu ouvido, sua respiração quente na minha pele pegajosa. — E você vai ficar em silêncio. Entendeu?

Não posso fazer muito mais do que lamuriar, mas de alguma forma consigo um assentimento fraco.

Ele abaixa a mão, e seu braço rodeia meu tórax, e meus pulmões escolhem esse momento para recomeçar seu trabalho. Sem querer, dou uma respirada.

Imediatamente, a lâmina pressiona mais na minha pele, e congelo novamente quando sinto o sangue quente gotejando no meu pescoço.

Vou morrer. Oh Deus, vou morrer aqui, na minha própria cozinha. O terror é uma coisa monstruosa dentro de mim, me furando com agulhas congeladas. Nunca estive tão perto da morte antes. Apenas dois centímetros para a direita e...

— Você precisa me ouvir, Sara. — A voz do intruso é calma, não combinando com a faca enterrada na minha garganta. — Se você cooperar, vai sair daqui viva. Se não, vai sair num saco de defunto. É sua escolha.

Viva? Uma ponta de esperança passa pela nuvem de pânico no meu cérebro, e vejo que ele tem um pequeno sotaque. É algo exótico. Do Oriente Médio, talvez, ou Europa Oriental.

Estranhamente, aquele detalhe me chama um pouco a atenção, me dá algo concreto para minha mente começar a trabalhar. — O-o que você quer? — As palavras saem num sussurro trêmulo, mas é um milagre que eu possa falar. Sinto-me como um veado na frente de faróis, chocada e impressionada, meus pensamentos são processados estranhamente lentos.

— Apenas algumas poucas perguntas — Diz ele, e a faca se afasta um pouco. Sem o aço frio cortando minha pele, parte do meu pânico diminui, e registro outros detalhes, como o fato de que meu agressor é pelo menos uma cabeça mais alto do que eu e coberto de músculos. O braço em volta do meu tórax é como uma barra de aço, e o corpo grande me pressionando contra minhas costas não deixa espaço, nada macio em lugar algum. Tenho altura média para uma mulher, mas sou magra e com pequena estatura óssea, e se ele é tão musculoso como suspeito, ele deve ter pelo menos o dobro do meu peso.

Mesmo se não tivesse a faca, eu não conseguiria escapar.

— Que tipo de respostas? — Minha voz é um pouco mais firme desta vez. Talvez ele apenas esteja aqui para me roubar e tudo que precisa é a combinação do cofre. Ele tem cheiro de limpeza, como sabão de lavanderia e pele masculina saudável, então, não se trata de um viciado em metaanfetamina ou vagabundo das ruas. Um arrombador profissional, talvez? Se for o caso, estarei feliz em dar minhas joias e o dinheiro de emergência que George escondeu na casa.

— Quero que você me fale sobre seu marido. Especificamente sua localização.

— George? — Minha mente apaga quando um novo temor me pega. — O-o que... por quê?

A lâmina pressiona. — Sou eu que faço as perguntas.

— P-por favor — Eu engasgo. Não posso pensar, não posso focar em nada além da faca. Lágrimas quentes descem no meu rosto, e estou com o corpo todo tremendo. — Por favor, eu não...

— Apenas responda minha pergunta. Onde está seu marido?

— Eu... — Oh Deus, o que falo para ele? Ele deve ser

um *deles,* a razão para todo o cuidado. Meu coração está batendo tão rápido que estou hiperventilando. — Por favor, eu não... eu não tenho...

— Não minta para mim, Sara. Preciso da localização dele. Agora.

— Não sei isso, juro. Por favor, nós estamos... — Minha voz instável. — Estamos separados.

O braço em volta do meu tórax aperta, e a faca crava uma fração mais fundo. — Você quer morrer?

— Não, não, eu não. Por favor... — Estou tremendo mais, as lágrimas descem no meu rosto incontrolavelmente. Depois do acidente, houve dias em que pensava que queria morrer, quando a culpa e a dor dos arrependimentos eram avassaladores, mas agora que a lâmina está na minha garganta, eu quero viver. Quero muito.

— Então, me diga onde ele está.

— Eu não sei! — Meus joelhos estão ameaçando dobrar, mas não posso trair George assim. Não posso expô-lo a este monstro.

— Você está mentindo. — A voz do meu agressor é gelo puro. — Li suas mensagens. Você sabe exatamente onde ele está.

— Não, eu... — Eu tento pensar numa mentira plausível, mas não consigo formar nenhuma. O pânico é amargo na minha língua enquanto perguntas desesperadas aparecem na minha mente. Como ele pode ler minhas mensagens? Quando? Há quanto tempo ele está de tocaia. Ele é um *deles?* — Eu... eu não sei do que você está falando.

A faca pressiona mais fundo, e aperto meus olhos fechados, minha respiração vinda em soluços ofegantes. A morte está tão perto que posso sentir seu gosto, cheirá-la... senti-la em cada fibra do meu ser. É o gosto forte metálico do meu sangue e o suor frio descendo pelas minhas costas, o barulho do meu pulsar nas minhas têmporas e a tensão dos meus músculos tremendo. Mais um segundo, ele cortará minha jugular, e sangrarei, aqui no piso da minha cozinha.

É isso que mereço? É assim que aplaco meus pecados?

Aperto meus dentes para que não façam barulho. *Por favor, me perdoe, George. Se é isso que você precisa...*

Ouço meu agressor suspirar, e no próximo instante, a faca desaparece e sou virada sobre o balcão. Minhas costas batem forte o granito, e minha cabeça cai para trás na pia, os músculos do meu pescoço gritando de dor. Ofegando, eu chuto e tento socá-lo, mas ele é muito forte e rápido. Num piscar de olhos, ele pula no balcão e trepa em mim, me prendendo com seu peso. Ele segura meus punhos com algo duro e inquebrável antes de prendê-los com uma mão, e não importa o quanto luto, não posso fazer nada para me livrar. Meus calcanhares deslizam inutilmente no balcão liso, e os músculos do meu pescoço queimam por segurarem minha cabeça. Sou impotente, presa e um novo tipo de pânico me atinge.

Por favor, Deus. Qualquer coisa, menos estupro.

— Vamos tentar algo diferente — Diz ele, e um

pedaço de pano cai no meu rosto. —, veja se está disposta a morrer por aquele bastardo.

Ofegando, eu balanço minha cabeça de um lado para o outro, tentando retirar o pano, mas é muito longo e eu quase não consigo respirar sob ele. Está ele tentando me sufocar? É esse o plano?

Então, a bica faz barulho, e tudo fica claro.

— Não! — Luto com mais força, mas ele segura meu cabelo com a mão livre, me segurando sob a torneira com minha cabeça para trás.

O primeiro choque úmido é ruim, mas em segundos, a água desce pelo meu nariz. Minha garganta se aperta, meus pulmões se estendem, e todo meu corpo se agita enquanto fico com ânsia e sufoco. O pânico é instintivo, incontrolável. O pano é como uma mão molhada presa em meus nariz e boca, apertando e mantendo-os fechados. A água está no meu nariz, minha garganta. Estou sufocando, me afogando. Não consigo respirar, não consigo...

A torneira para, e o pano é puxado do meu rosto. Tossindo, eu inspiro com força, soluçando e respirando rápido. Todo meu corpo chacoalhando, tremendo descontroladamente, e pontos brancos dançam na minha visão. Antes que possa me recuperar, o pano é jogado no meu rosto, e a água é ligada novamente.

Desta vez é até pior. Minha passagem nasal está queimando com a água, e meus pulmões gritam por ar. Estou tremendo e ofegando, sufocando e chorando. Não consigo respirar. *Oh, Deus, estou morrendo; não consigo respirar...*

No próximo instante, o pano some, e estou convulsivamente puxando o ar.

— Me diga onde ele está, e paro. — Sua voz é um sussurro sombrio sobre mim.

— Não sei! Por favor! — Sinto o gosto de vômito na minha garganta, e saber que ele irá fazer aquilo novamente transforma meu sangue em ácido. Foi fácil ser corajosa com a faca, mas isso não. Não consigo me deixar morrer assim.

— Última chance — Meu algoz diz calmamente, e o pano molhado cai no meu rosto.

A torneira começa a fazer barulho.

— Para! Por favor! — O grito sai de mim. — Vou falar! Vou falar.

A água para e o pano é puxado do meu rosto. — Fale.

Estou soluçando e tossindo tão forte para formar frases coerentes, então, ele me puxa do balcão para o piso e se agacha para me circular com seus braços. Para alguém que estivesse olhando, pareceria como um abraço consolador ou um enlace de um amante. Juntando-se à ilusão, a voz do meu torturador é calma e gentil como doce cantiga nos meus ouvidos. — Me fale, Sara. Me diz o que quero saber, e partirei.

— Ele está... — Eu paro um segundo de falar a verdade. O animal em pânico dentro de mim exige que eu sobreviva a todo custo, mas não posso fazer isso. Não posso mandar esse monstro para George. — Ele está no Hospital Advocate Christ — Digo ofegando. —, na unidade de tratamento de longo prazo.

É uma mentira, e aparentemente não é boa, porque os braços à minha volta se apertam, quase que quebrando meus ossos. — Não fale essa porra de merda para mim. — A doce cantiga nos meus ouvidos desaparecem, trocadas por ódio mortífero. — Ele saiu de lá, saiu há meses. Onde ele está escondido?

Estou soluçando mais forte. — Eu não... eu não...

Meu agressor fica em pé, puxando-me com ele, e eu grito e luto enquanto ele me leva para a pia. — Não! Por favor, não! — Fico histérica quando ele me levanta no balcão, minhas mãos presas se mexendo enquanto tento segurar seu rosto. Meus calcanhares batem no granito quando ele sobe em mim, me prendendo no lugar, e bile chega à minha garganta quando ele pega meu cabelo, puxando minha cabeça para trás na pia. — Pare!

— Me fala a verdade, e paro.

— Eu... eu não posso. Por favor, eu não posso! — Eu não posso fazer isso com George, não depois de tudo. — Pare, por favor!

O pano molhado bate no meu rosto, e minha garganta se fecha em pânico. A água ainda está desligada, mas já estou me afogando; não consigo respirar, não consigo respirar...

— Porra!

Sou abruptamente retirada do balcão e colocada no chão, onde eu colapso soluçando, tremendo fortemente. Apenas desta vez não há braços para me restringir, e noto levemente que ele se afasta.

Eu deveria me levantar e correr, mas não posso

fazer minhas pernas funcionarem. Tudo o que posso fazer é um rolamento patético para o lado, seguido de uma tentativa de engatinhar. O medo cega, é desorientador e não consigo ver nada na escuridão.

Não consigo vê-*lo*.

Corra. Desejo para meus músculos mancos e trêmulos. *Se levanta e corre.*

Sugando o ar, eu me seguro em algo – uma quina da parte de cima do balcão – e me forço para cima para ficar de pé. Só que é tarde demais; ele já está em mim, a parte dura do seu braço se enrolando no meu tórax quando ele me segura por trás.

— Vamos ver se isso funciona melhor — Sussurra ele, e algo frio e pontudo entra no meu pescoço.

Uma agulha, concluo com um pulo de terror, e minha consciência se apaga.

UM ROSTO APARECE EM FRENTE AOS MEUS OLHOS. É um belo rosto, até muito bonito, apesar da cicatriz que divide a sobrancelha esquerda. Alto, maçãs do rosto inclinadas, olhos cinza aço moldurados por cílios negros, uma mandíbula forte com uma barba por fazer – um rosto de homem, minha mente tenta esquadrinhar. Seu cabelo é grosso e escuro, maior em cima do que nos lados. Não é um homem velho, mas também não é um adolescente. Um homem na sua plenitude.

O rosto está franzido, suas feições com linhas

severas e sombrias. — George Cobakis — Diz a boca severa e esculpida. É uma boca sexy, bem acabada, mas ouço as palavras como que vindo de um megafone distante. —, você sabe onde ele está?

Eu assinto, ou pelo menos tento. Minha cabeça está pesada, meu pescoço estranhamente dolorido. — Sim, eu sei onde ele está. Eu também achei que o conhecesse, mas não o conhecia, realmente não. Você realmente conhece alguém? Eu não acho, ou, pelo menos, não conhecia *ele*. Achei que conhecia, mas não conhecia. Todos aqueles anos juntos, e todos achavam que éramos tão perfeitos. O casal perfeito. Éramos a nata da nata, a jovem doutora e o jornalista que ascendia na carreira. Eles falavam que ele um dia ganharia o prêmio Pulitzer. — Estou vagamente consciente que estou tagarelando, mas não consigo parar. As palavras jorram de mim, toda a dor e amargura presas. — Meus pais ficaram tão orgulhosos, tão felizes no dia do nosso casamento. Eles não tinham ideia, não tinham ideia de tudo que iria acontecer, o que aconteceria...

— Sara. Foque em mim — Diz a voz de megafone, e eu sinto um sotaque estrangeiro. Gosto disso, aquele sotaque me faz chegar mais perto e pressionar minha mão naqueles lábios esculpidos, então, passo os dedos naquela mandíbula forte para ver se tem barba por fazer. Eu gosto de barba por fazer. George sempre vinha para casa das suas viagens ao exterior, e estava cheio de barba por fazer e eu gostava daquilo. Eu gostava, apesar de falar com ele para se barbear. Ele ficava melhor bem barbeado, mas às vezes eu gostava de sentir a barba mal feita, gostava de sentir aquela aspereza nas minhas coxas quando ele ...

— Sara, pare — corta a voz, e o cenho franzido no rosto exótico e bonito se aprofunda.

Eu estava falando alto, concluo, mas não me sinto envergonhada, não mesmo. As palavras não parecem minhas; elas apenas vêm por conta própria. Minhas mãos também agem por conta própria, tentando pegar aquele rosto, mas algo as para, e quando abaixo minha cabeça pesada para olhar para baixo, vejo um lacre de bagagem prendendo meus pulsos, com uma grande mão de homem sobre minhas palmas. É quente, aquela mão, e está segurando minhas mãos presas ao meu colo. Por que está fazendo isso? De onde veio a mão? Quando olho para cima confusa, o rosto está mais perto, os olhos cinza verificando meus olhos.

— Preciso que me fale onde está seu marido — Diz a boca, o megafone se move para mais perto. Parece que está bem perto do meu ouvido. Me afasto, mas ao mesmo tempo, aquela boca me intriga. Aqueles lábios me fazem querer tocá-los, lambê-los, senti-los no meu... espera. Eles estão perguntando algo.

— Onde está meu marido? — Minha voz soa como se estivesse ecoando nas paredes.

— Sim, George Cobakis, seu marido. — Os lábios parecem tentadores ao formarem as palavras, e o sotaque acaricia minhas partes internas apesar do efeito persistente de megafone. — Diga-me onde ele está.

— Ele está seguro. Ele está num esconderijo — Digo — Eles poderiam vir pegá-lo. Eles não queriam que ele publicasse aquela história, mas ele publicou. Ele foi bem corajoso, ou estúpido... provavelmente estúpido, certo? ... e, então, o acidente aconteceu, mas eles ainda o perseguem, porque eles fazem isso. A máfia não se importa se ele é um vegetal agora, um pepino, um tomate, uma abobrinha. Bom, tomate é fruta, mas ele é um vegetal. Um brócolis, talvez? Eu não sei. De qualquer forma, não importa. É só que eles querem fazer dele um exemplo, ameaçar os outros jornalistas que os afrontam. É isso que fazem; é como agem. Trata-se apenas de molhar a mão e dar propina, e quando você começa a esclarecer as coisas...

— Onde é o esconderijo? — Tem uma luz sombria naqueles olhos de aço. — Diga-me o endereço do esconderijo.

— Não sei o endereço, mas é na esquina da lavanderia Ricky's, em Evanston — Digo para aqueles olhos. —, eles sempre me levam num carro, então, eu não sei o endereço exato, mas vejo aquele prédio da janela. Tem pelo menos dois homens naquele carro, e eles ficam dando voltas para sempre, às vezes trocam de carro também. É por causa da máfia, porque eles podem estar observando. Eles sempre mandam um carro para mim, e eles não puderam neste final de semana. Conflito de horários, disseram. Isso acontece às vezes; o turno dos guardas não casa e...

— Quantos guardas tem?

— Três, às vezes quatro. Eles são esses militares

grandes. Ou ex-militares, eu não sei. Eles só parecem assim. Não sei por quê, mas todos eles têm essa aparência. É como proteção à testemunha, mas não, porque ele precisa de cuidados especiais e eu não quero deixar meu emprego. Eles disseram que poderiam me transferir, fazer com que eu desaparecesse, mas eu não quero desaparecer. Meus pacientes precisam de mim, assim como meus pais. O que eu faria com meus pais? Nunca vê-los ou ligar para eles novamente? Não, é loucura. Então, eles desapareceram com o vegetal, o pepino, o brócolis ...

— Sara, cale-se. — Dedos pressionam minha boca, parando a onda de palavras, e o rosto fica até mais perto. — Você pode parar agora. Já terminou — A boca sexy murmura, e eu abro meus lábios, chupando os dedos. Eu sinto gosto de sal e pele, e quero mais, então, eu rolo minha língua em volta dos dedos, sentindo a aspereza dos calos e as pontas grossas das unhas curtas. Já faz tanto tempo desde que toquei alguém, e meu corpo esquenta do gostinho, do olhar naqueles olhos prata.

— Sara... — A voz com sotaque é mais baixa agora, mais profunda e calma. É menos do que um megafone e mais um eco sensual, como música feita em um sintetizador. — Você não quer isso, *ptichka*.

Oh, mas eu quero. Eu quero muito isso. Eu continuo rodando minha língua nos dedos, e vejo os olhos cinza ficarem sombrios, as pupilas estão aumentando visivelmente. É sinal de ereção, eu sei, e me faz querer fazer mais. Fazem-me querer beijar aqueles lábios esculturais, esfregar minhas bochechas naquelas mandíbulas mal barbeadas. E o cabelo, aquele cabelo escuro grosso. Teriam a sensação de maciez ou seriam como cachos espessos? Quero saber, mas não consigo mover minhas mãos, então, apenas chupo os dedos com mais força, fazendo amor com eles com meus lábios e língua, sugando-os como se fossem doces.

— Sara. — A voz é grossa e rouca, o rosto apertado com uma necessidade mal contida. — Você tem que parar, ptichka. Você vai se arrepender disso amanhã.

Me arrepender? Sim, provavelmente me arrependerei. Eu me arrependo de tudo, tantas coisas, e eu solto os dedos para dizer isso. Mas antes que eu possa falar uma palavra, os dedos saem dos meus lábios e o rosto vai para longe.

— Não me deixe. — O grito é triste, como de uma criança grudenta. Eu quero mais daquele toque humano, aquela conexão. Minha cabeça parece um saco de pedras, e sinto dor por todo o corpo, especialmente no meu pescoço e ombros. Minha barriga também dói. Quero alguém para escovar meus cabelos e massagear meu pescoço, me segurar e me balançar como um bebê. — Por favor, não vá embora.

Algo parecendo com dor passa pelas feições do homem, e sinto a picada fria da agulha no meu pescoço novamente.

— Adeus, Sara — Murmura a voz, e apago, minha mente flutuando para longe como uma folha caindo.

Sara

A DOR DE CABEÇA. PRIMEIRAMENTE TOMO CONSCIÊNCIA da dor de cabeça. Parece que meu crânio vai se despedaçar, as ondas de dor batendo como tambor no meu cérebro.

— Dra. Cobakis... Sara, pode me ouvir? — A voz feminina é calma e suave, mas me enche de medo. Tem apreensão naquela voz, misturada com uma contida urgência. Ouço esse tom no hospital o tempo todo, e nunca é bom.

Tentando não mover meu crânio latejante, abro minhas pálpebras e pisco dolorosamente ante a luz forte. — O que... onde... — Minha língua está grossa e descontrolada, minha boca dolorosamente seca.

— Aqui, tome isso. — Um canudo é colocado na

minha boca, e pego com a boca, gananciosamente sugando a água. Meus olhos estão começando a se ajustar à luz e consigo distinguir o quarto. É um hospital, mas não meu hospital, julgando dela decoração desconhecida. Também não estou onde comumente fico. Não estou em pé na cama de hospital de alguém; eu estou deitada numa.

— O que aconteceu? — Pergunto roucamente. Conforme minha mente clareia, fico consciente da náusea e uma variedade de dores e desconfortos. Minhas costas parecem um hematoma gigante, e meu pescoço está duro e machucado. Minha garganta também está machucada, como se eu tivesse gritado ou vomitado, e quando levanto minha mão para tocá-la, encontro um curativo grosso do lado esquerdo do meu pescoço.

— Você foi atacada, Dra. Cobakis — Uma mulher negra de meia-idade diz calmamente, e reconheço sua voz como a que falou mais cedo. Ela está vestindo roupa de enfermeira, mas de alguma forma não parece enfermeira. Quando olho para ela vagamente, ela explica: —, em casa. Havia um homem. Você se lembra de alguma coisa sobre aquilo?

Eu pisco, me ajeitando para tentar entender aquela afirmação confusa. Sinto como se uma bola de algodão gigante tivesse sido introduzida no meu cérebro, junto com um tambor de música. — Minha casa? Atacada?

— Sim, Dra. Cobakis — Responde uma voz masculina, e tremo instintivamente, minhas batidas do coração aumentam antes de reconhecer a voz. — Mas você está segura agora. Acabou. Esta é uma instalação secreta, onde tratamos dos nossos agentes; você está segura aqui.

Virando cuidadosamente minha cabeça dolorida, eu vejo o Agente Ryson, e meu estômago pula ante as suas feições pálidas e secas. Fragmentos do meu sofrimento estão aparecendo, e com as memórias, vem o sentimento de terror.

— George, ele está...

— Sinto muito. — As dobras na testa de Ryson se aprofundam. — Houve um ataque no esconderijo ontem à noite também. George... Ele não conseguiu. Nem os três guardas.

— O quê? — É como se um bisturi perfurasse meus pulmões. Não consigo digerir as palavras, não consigo processar a enormidade delas. — Ele se... foi? — Então, compreendo o resto da sua fala. — E os três guardas? O que... como...

— Dra. Cobakis... Sara. — Ryson chega mais perto. — Preciso saber exatamente o que aconteceu ontem à noite, para que, então, possamos prendê-lo.

— Ele? Quem é *ele?* — Sempre foi *eles,* a máfia, e estou muito tonta para essa mudança repentina de pronome. George se foi. George e três guardas. Não consigo encaixar minha mente naquilo, então nem tento. Ainda não, pelo menos. Antes de deixar a dor e pesar se instalarem, preciso recuperar mais daquelas memórias, juntar o quebra-cabeça horrendo.

— Ela pode não se lembrar. O coquetel no seu sangue foi muito potente — Diz a enfermeira, vejo que ela deve estar com o Agente Ryson. Isso explicaria porque ele está falando tão confortavelmente na frente dela quando ele é geralmente discreto ao ponto da paranoia.

Quando processo aquilo, a mulher chega mais perto. Estou ligada a um monitor de sinais vitais, e ela checa a abraçadeira da pressão sanguínea no meu braço, então, dá uma apertada no meu antebraço. Olho para meu braço, e um pulso frio apertaa meu peito quando vejo uma linha vermelha fina no meu pulso. O outro pulso também tem aquilo.

Lacre. A lembrança me chega com repentina clareza. Havia um lacre nos meus pulsos.

— Ele simulou afogamento em mim. Quando eu não falei a ele sobre onde George estava, ele enfiou uma agulha no meu pescoço.

Eu não percebi que tinha falado alto até que vi o horror nas feições da enfermeira. A expressão do Agente Ryson é mais contida, mas posso afirmar que ele também está chocado.

— Sinto muito por isso. — Sua voz é contida. — Deveríamos ter premeditado isso, mas ele não foi atrás das famílias dos outros, e você não quis se mudar... Mesmo assim, deveríamos ter sabido que ele não pararia por nada...

— Que outros? Quem é ele? — Minha voz aumenta quando mais memórias assaltam minha mente. *Faca na minha garganta, pano molhado sobre meu rosto, agulha no meu pescoço, não consigo respirar, não consigo respirar...*

— Karen, ela está tendo um ataque de pânico! Faça

alguma coisa. — A voz de Ryson é frenética quando os monitores começam a soar. Estou hiperventilando e tremendo, mesmo assim, de alguma forma consigo forças para olhar para aqueles monitores. Minha pressão sanguínea está no pico, e meu pulso está perigosamente rápido, mas ver aqueles números me estabiliza. Sou uma médica. Esse é meu ambiente, minha zona de conforto.

Consigo fazer isso. *Inspirar. Expirar.* Não sou fraca. *Inspira. expira.*

— Muito bem, Sara. Só respira. — A voz de Karen é calma e acalentadora quando ela acaricia o meu braço. — Você está pegando o jeito. Apenas dê outra respirada forte. Assim mesmo. Agora outra. E mais uma...

Sigo as instruções gentis dela enquanto vejo os números nos monitores, e vagarosamente, a sensação sufocante diminui e meus sinais vitais se normalizam. Mais memórias sombrias estão chegando, mas não estou pronta para encará-las ainda, então, eu as expulso, fecho uma porta mental nelas tão apertada quanto posso.

— Quem é ele? — Pergunto quando posso falar novamente. — O que você quer dizer por 'os outros'? George escreveu um artigo sozinho. Por que a máfia está atrás de mais alguém?

O Agente Ryson troca olhares com Karen, então, olha para mim. — Dra. Cobakis, infelizmente não fomos totalmente honestos contigo. Não falamos da situação real para protegê-la, mas claramente falhamos nisso. — Ele respira fundo. — Não era a máfia local que estava atrás do seu marido. Era um fugitivo internacional, um criminoso perigoso que seu marido encontrou numa missão no exterior.

— O quê? — Minha cabeça lateja dolorosamente, as revelações quase demasiadas para digerir. George começou como correspondente estrangeiro, mas nos últimos cinco anos, ele estava pegando mais e mais histórias domésticas. Eu ficava pensando naquilo, dada sua paixão por assuntos estrangeiros, mas quando eu perguntei, ele me disse que queria passar mais tempo em casa comigo, e esqueci o assunto.

— Esse homem, ele tem uma lista de pessoas que cruzaram o caminho dele, ou que ele acha que cruzaram seu caminho — Diz Ryson. — George estava na lista. As circunstâncias exatas acerca daquilo e da identidade do fugitivo são confidenciais, mas dado ao que aconteceu, você merece saber a verdade, pelo menos o tanto que sou autorizado a revelar.

Eu olho para ele. — É um homem? Um fugitivo? — Um rosto aparece na minha cabeça, um rosto muito bonito. É sob nuvens, como uma imagem de um sonho, mas de alguma forma eu sei que é ele, o homem que invadiu minha casa e fez aquelas coisas terríveis comigo.

Ryson assente. — Sim. Ele é altamente treinado e tem vastos recursos, por isso que ele foi capaz de ficar à nossa frente por tanto tempo. Ele tem ligações em todos os lugares, da Europa Oriental, a América do Sul e o Oriente Médio. Quando soubemos que seu marido estava na lista, levamos George para o esconderijo, e deveríamos ter feito o mesmo com você. Apenas pensamos que... — Ele para e balança a cabeça. — Acho que não importa o que achamos. Nós o subestimamos, e agora quatro homens estão mortos.

Mortos. Quatro homens estão mortos. Aquilo me atinge, saber que George se foi. Não havia registrado aquilo antes, realmente não. Meus olhos começam a queimar, e meu peito parece que está sendo espremido por um torno. Num estouro de clareza, as peças do quebra-cabeça caem no lugar.

— Fui eu, não foi? — Eu me sento, ignorando a onda de tontura e dor. — Eu fiz isso. Eu, de alguma forma, dei a localização do esconderijo.

Ryson troca outro olhar com a enfermeira, e meu coração entristece. Eles não estão respondendo minha pergunta, mas a linguagem corporal deles fala tudo.

Eu sou responsável pela morte de George. Pelas quatro mortes.

— Não é culpa sua, Dra. Cobakis. — Karen toca meu braço novamente, seus olhos castanhos cheios de simpatia. — A droga que ele te deu teria feito efeito de qualquer forma. Você conhece tiopental sódico?

— O barbitúrico anestésico? — Eu pisco para ela. — Claro. Era amplamente usado para induzir anestesia até que o propofol se tornou padrão. O que... oh.

— Sim — O Agente Ryson diz. — Vejo que conhece o outro uso. É realmente usado desse modo, pelo menos fora da comunidade das inteligências do nosso país, mas tem um efeito forte como soro da verdade. Diminui as funções do córtex cerebral superior e faz com que os sob seu efeito fiquem tagarelas e cooperantes. E essa é a versão inicial, tiopental misturado com compostos que nunca vimos antes.

— Ele me drogou para me fazer falar? — Meu estômago produz bile. Isso explica a dor de cabeça e o cérebro confuso, e saber que aquilo foi feito comigo – que fui violada desse modo – me faz desejar esfregar meu cérebro com alvejante. Aquele homem não apenas invadiu minha casa; ele invadiu minha mente, entrou nela como um ladrão.

— Essa é nossa melhor aposta, sim. — Diz Ryson. — Você tinha muita quantidade dessa droga no seu sistema quando nossos agentes te acharam amarrada na sala de estar. Também havia sangue no seu pescoço e coxas, e eles pensaram inicialmente que ...

— Sangue nas minhas coxas? — Me preparo para uma nova sessão de horror. — Ele...

— Não, não se preocupe, ele não te feriu desse modo — Diz Karen, olhando sombriamente para Ryson —, fizemos um exame completo do seu corpo quando você chegou, e era seu sangue de menstruação, mas nada mais. Não havia sinal de trauma sexual. Além de alguns arranhões e cortes superficiais no seu pescoço, você está bem, ou ficará, quando a droga se desfizer.

Bem. Risadas histéricas borbulham na minha garganta, e preciso de toda minha força para não deixá-las escapar. Meu marido e outros três homens estão mortos por minha causa. Minha casa foi invadida; minha *mente* foi invadida. E ela acha que ficarei bem?

— Por que vocês inventaram aquela mentira sobre a máfia? — Pergunto, lutando para controlar a onda de dor no meu peito. — Como isso me protegeria?

— Porque no passado, esse fugitivo não tinha ido atrás de inocentes, as mulheres e crianças das pessoas na lista que não estavam envolvidos em nada — Diz Ryson. — Mas ele matou a irmã de um homem porque este confiou nela e a envolveu na ocultação. Quanto menos você soubesse, o mais segura você ficaria, especialmente pelo fato de que você não queria se mudar e desaparecer junto com seu marido.

— Ryson, por favor — Diz Karen de forma firme, mas é muito tarde. Já estou digerindo esse novo golpe. Mesmo se pudesse ser perdoada por causa da minha tagarelice induzida pela droga, minha recusa em partir é somente minha culpa. Fui egoísta, pensando nos meus pais e minha carreira em vez do perigo que poderia trazer para meu marido. Eu achava que *minha* segurança que estava em jogo, não a dele, mas isso não é desculpa.

A morte de George está na minha consciência, assim como o acidente que feriu seu cérebro.

— Ele... — Eu engulo seco. — Ele sofreu? Quero dizer... como aconteceu?

— Uma bala na cabeça — Ryson responde num tom suave. — O mesmo que os três que o vigiavam. Eu acho que aconteceu muito rápido para quaisquer deles sofrerem.

— Oh Deus. — Meu estômago pula com violência repentina, e vômito sobe minha garganta.

Karen deve ter visto minhas feições descoloridas, pois ela age rápido, pegando uma bandeja de metal de uma mesa perto e colocando nas minhas mãos. Bem a tempo, visto eu já estar expelindo o conteúdo do meu estômago, o ácido queima meu esôfago enquanto seguro a bandeja com mãos trêmulas.

— Tudo bem. Tudo bem. Aqui, vamos te limpar. — Karen é pura eficiência, como uma enfermeira de verdade. Qualquer que seja seu papel no FBI, ela sabe o que fazer num ambiente médico. — Venha, deixe-me te ajudar a ir ao banheiro. Vai se sentir melhor num segundo.

Colocando a bandeja na mesa ao lado, ela põe um braço em volta das minhas costas e me conduz ao banheiro. Minhas pernas estão tremendo tanto que mal posso andar; se não fosse pela sua ajuda, não teria conseguido.

Mesmo assim, eu preciso de um momento de privacidade, então, digo a Karen: — Você pode, por favor, sair por um momento? Estou bem agora.

Devo ter soado bem convincente, pois Karen diz: — Estarei bem aqui fora se precisar de mim — E fecha a porta.

Estou suando e tremendo, mas consigo molhar minha boca e escovar os dentes. Então, cuido de outros assuntos mais urgentes, lavo minhas mãos, e jogo água fria no meu rosto. Na hora que Karen bate na porta, estou me sentindo um pouco mais humana.

Também estou mantendo minha mente vazia. Se eu pensar sobre o modo que George e os outros morreram, vou vomitar novamente. Vi vários ferimentos à bala durante minha residência na emergência, e sei o dano devastador que as balas causam.

Não pense nisso. Não ainda.

— Meus pais foram informados? — Pergunto depois que Karen me ajuda a voltar para a cama. Ela já retirou a bandeja, e o Agente Ryson está sentado numa cadeira perto da cama, suas feições calejadas com sinas visíveis de tensão.

— Não — Diz Karen com calma. —, ainda não. Na verdade, queremos discutir isso contigo.

Olho para ela, então, para Ryson. — Discutir o quê?

— Dra. Cobakis, Sara, achamos que o melhor seria se as circunstâncias da morte do seu marido, assim como o ataque que você sofreu, fossem mantidos confidenciais — Diz Ryson. — Te resguardaria de bastante atenção da mídia, além de...

— Você quer dizer, que resguardaria *você* de bastante atenção da mídia. — Um surto de ira retira parte da tontura da minha mente. — É por isso que estou aqui, em vez de num hospital normal. Você quer encobrir isso, fingir que isso nunca aconteceu.

— Queremos te manter segura e te ajudar a suplantar isso. — Diz Karen, seu olhar castanho sincero no meu rosto. — Nada de bom pode sair se essa história aparecer em todos os jornais. O que aconteceu foi uma tragédia horrível, mas seu marido já estava nos aparelhos. Você sabe melhor que qualquer um que era apenas uma questão de tempo até...

— E os outros homens? — Interrompo bruscamente. — Eles também estavam nos aparelhos?

— Eles morreram cumprindo seu dever — Diz Ryson. —, suas famílias já foram informadas, então, você não tem que se importar com isso. No caso de George, você era sua única família, então...

— Agora já fui informada também. — Minha boca se vira. — Sua consciência está tranquila, e agora é hora da limpeza. Ou deveria dizer hora de salvar seus traseiros?

As feições dele endurecem. — Isso ainda é totalmente confidencial, Dr. Cobakis. Se você for para a mídia, vai cutucar uma casa de marimbondos, e acredite em mim, você não quer isso. Nem iria querer seu marido, se estivesse vivo. Ele não queria que ninguém soubesse sobre esse assunto, nem mesmo você.

— O quê? — Olho para o agente. — George sabia? Mas...

— Ele não sabia que estava na lista, nem nós — Diz Karen, colocando a mão no encosto da cadeira de Ryson. — Soubemos disso depois do acidente, e naquela hora fizemos o que pudemos para protegê-lo.

Minha cabeça está latejando, mas espanto a dor e tento me concentrar no que eles estão me falando. — Eu não entendo. O que aconteceu naquela missão no exterior? Como George ficou envolvido com um fugitivo? E quando?

— Essa é a parte confidencial — Diz Ryson. —, desculpe-me, mas é realmente melhor se você deixar isso quieto. Estamos atrás do assassino do seu marido agora e estamos tentando proteger as outras pessoas da lista. Dado suas fontes, essa não é uma tarefa fácil. Se a mídia ficar nos nossos calcanhares, não conseguiremos fazer nosso trabalho com eficiência, e mais pessoas poderão morrer. Você entende o que estou falando, Dra. Cobakis? Para a sua segurança, e das outras pessoas, você tem que deixar isso para lá.

Fico tensa, lembrando-me do que o agente falou sobre os outros. — Quantos já foram assassinados?

— Muitos, infelizmente — Diz Karen sombriamente. — Não descobrimos sobre a lista até que ele já havia pego várias pessoas na Europa, e quando conseguimos montar as garantias necessárias, havia apenas alguns indivíduos sobrando.

Eu inspiro instavelmente, minha cabeça rodando. Eu sabia o que George fazia como correspondente estrangeiro, claro, e havia lido muitos dos seus artigos e denúncias, mas essas histórias não pareciam totalmente reais para mim. Mesmo quando o Agente Ryson veio falar comigo nove meses atrás sobre a suposta ameaça da máfia contra a vida de George, o medo que senti foi mais acadêmico do que visceral. Tirando o acidente de George e os anos dolorosos que levaram a isso, eu levava uma vida encantada, cheia das preocupações típicas de subúrbio como escola, trabalho e família. Fugitivos internacionais que torturam e matam pessoas numa lista misteriosa são tão fora da minha esfera de experiência que sinto como se tivesse sido jogada na vida de outra pessoa.

— Sabemos que é muita coisa para digerir — Diz gentilmente Karen, e vejo que parte do que eu sinto deve estar escrito nas minhas feições. — Você ainda está em choque pelo ataque, e ainda por cima saber de tudo isso... — Ela inspira. — Se você precisar de alguém para conversar, eu conheço um bom terapeuta que trabalhou com soldados com TEPT e outros.

— Não, eu... — Eu quero recusar, dizer a ela que eu não preciso de ninguém, mas eu não consigo fazer minha boca formar uma mentira. A bola de dor dentro do meu peito está me sufocando, e apesar da minha barreira mental, mais memórias horríveis estão chegando, flashes de escuridão e impotência e terror.

— Apenas te deixarei este cartão — Diz Karen, se aproximando da cama, e a vejo olhar preocupante para os monitores bipando. Eu não preciso olhar para eles para saber que meu coração está inconstante novamente, meu corpo está entrando no modo desnecessário de luta ou fuga.

A parte primitiva do meu cérebro não sabe que as memórias não podem me machucar, que o pior já passou. A não ser que...

— Terei que desaparecer? — Ofego através de uma garganta fechada. — Você acha que ele vai...

— Não — Diz Ryson, entendendo meu medo imediatamente. — Ele não irá atrás de você novamente. Ele conseguiu o que queria; não há razão de ele retornar. Se você quiser, ainda podemos te realocar, mas...

— Pare, Ryson. Você não vê que ela está

hiperventilando? — Diz Karen com firmeza, pegando meu braço. — Respire, Sara — Ela me fala num tom calmante. —, vamos, querida, apenas dê aquela respirada funda. E mais uma. Assim...

Obedeço à sua voz até que o ritmo do meu coração se normaliza novamente, e as piores memórias ficam presas atrás do muro mental. Ainda tremo, contudo, então Karen enrola um cobertor em volta de mim e se senta perto, na cama, me abraçando com força.

— Tudo vai ficar bem, Sara — Murmura ela enquanto a dor me suplanta e começo a chorar, as lágrimas como ondas de lava nas minhas bochechas. — Acabou. Você ficará bem. Ele se foi, e nunca te machucará novamente.

5

eter

— *Cinzas às cinzas, pó ao pó...*

A voz arrastada do padre chega aos meus ouvidos, e desvio minha atenção dele enquanto verifico o público de lamentadores. Tem mais de duzentas pessoas aqui, todas usando roupas escuras e com expressões sombrias. Sob o mar de guarda-chuvas escuros, muitos olhos estão vermelhos e inchados, e algumas mulheres estão chorando alto.

George Cobakis foi popular durante a sua vida.

O pensamento deveria me deixar com raiva, mas não deixa. Não sinto nada quando penso nele, nem mesmo a satisfação de que ele esteja morto. A ódio que me tem consumido por anos se acalmou neste momento, me deixando estranhamente vazio.

Estou em pé na parte de trás do público, meu casaco e guarda-chuva pretos são iguais aos dos outros lamentadores. Uma peruca castanho-claro e um bigode fino disfarçam minha aparência, assim como minha postura relaxada e um travesseiro fino preso à minha barriga.

Não sei por que estou aqui. Nunca fui a nenhum funeral antes. Uma vez que um nome é riscado da minha lista, minha equipe e eu nos mudamos para o próximo, fria e metodicamente. Sou um homem procurado; não faz sentido ficar parado aqui, nesta pequena cidade suburbana, mesmo assim não consigo sair.

Não sem vê-la novamente.

Meu olhar vai de pessoa a pessoa, procurando uma figura esbelta, e finalmente a vejo, bem na frente como se esperava da esposa do falecido. Ela está em pé perto de um casal idoso, segurando um guarda-chuva grande sobre os três, e mesmo no meio de tantas pessoas, ela parece estar longe, de alguma forma distante de todos.

É como se ela existisse num plano diferente, como eu.

Reconheço-a pelas ondas castanhas sob o pequeno chapéu preto. Ela deixou o cabelo solto hoje, e apesar do cinza do céu chuvoso, vejo os brilhos vermelhos na massa castanho-escuro que desce alguns centímetros pelos seus ombros. Não consigo ver muito mais – tem muitas pessoas e guarda-chuvas entre nós – mas fico a olhando de qualquer forma, como tenho observado no último mês. Apenas meu interesse nela é diferente agora, infinitamente mais pessoal.

Dano colateral. Assim que pensei nela inicialmente. Ela não era uma pessoa para mim, mas uma extensão do marido. Uma extensão inteligente e bonita, certamente, mas aquilo não importava para mim. Eu particularmente não queria matá-la, mas teria feito o que fosse necessário para alcançar meu objetivo.

Eu *sempre* fazia o que era necessário.

Ela congelou de terror quando peguei no seu braço, sua reação era a resposta de alguém não treinado, o instinto primitivo da presa incapacitada. Deveria ser fácil naquele ponto – alguns cortes rasos e pronto. O fato de ela não ceder instantaneamente sob minha lâmina foi impressionante e irritante. Já me deparei com assassinos que se mijam e começam a cantar com menos incentivo.

Eu poderia ter feito mais com ela naquela hora, usado minha faca de verdade, mas em vez disso, usei uma técnica de interrogatório menos danosa.

Coloquei-a sob a torneira.

Funcionou como um feitiço – e foi aí que cometi um erro. Ela estava tremendo e soluçando tanto depois da primeira vez que a coloquei no chão e envolvi meus braços em volta dela, restringindo-a e acalmando-a ao mesmo tempo. Fiz aquilo para que ela pudesse falar, mas não contava com minha resposta a ela.

Ela parecia pequena e quebrável, totalmente desamparada enquanto tossia e soluçava no meu abraço, e, por alguma razão, me lembrei quando segurava o meu filho daquele jeito, confortando-o enquanto chorava. Só que Sara não é uma criança, e meu corpo reagiu às curvas esbeltas dela com fome impressionante, com um desejo tão primitivo quanto irracional.

Eu desejava a mulher que fui interrogar, aquela cujo marido eu pretendia matar.

Tentei ignorar minha reação inconveniente, continuar como antes, mas quando a coloquei no balcão novamente, me vi incapaz de ligar a água. Estava muito consciente dela, ela se tornara uma pessoa para mim, uma mulher viva e que respira em vez de uma ferramenta a ser usada.

Aquilo tornou a droga como única opção. Não havia planejado usá-la nela, por causa do tempo que levava para funcionar propriamente e por ser nosso último lote. O químico que tinha feito foi assassinado recentemente, e Anton me alertou que levaria tempo para conseguir outro suprimento. Estava guardando aquele lote para uma emergência, mas não tive escolha.

Eu, que já tinha torturado e matado centenas, não conseguia juntar forças para ferir mais aquela mulher.

— *Ele era um homem bom e generoso, um jornalista talentoso. Sua morte é uma perda incomensurável, tanto para a sua família como para a sua profissão...*

Tiro meus olhos de Sara para focar no palestrante. É uma mulher de meia-idade, seu rosto fino cheio de lágrimas. Eu a reconheço como uma das colegas de Cobakis do jornal. Eu investiguei todos eles para determinar sua cumplicidade, mas para sorte deles, Cobakis era o único envolvido.

Ela continuou discorrendo sobre todas as qualidades notáveis de Cobakis, mas retiro minha atenção dela novamente, meu olhar volta à figura esguia sob o guarda-chuva gigante. Tudo o que posso ver dela são suas costas, mas posso discernir facilmente seu rosto pálido e em forma de coração. Suas feições estão presas em minha mente, tudo desde seus grandes olhos cor de avelã e nariz pequeno e fino, aos seus lábios macios e aveludados. Tem algo sobre Sara Cobakis que me faz pensar em Audrey Hepburn, um tipo de beleza fora da moda reminiscente das estrelas dos filmes dos anos quarenta e cinquenta. Acrescenta-se a isso o fato de que ela não pertence a este local, que ela é de alguma forma diferente das pessoas que a cercam.

Que ela está de alguma forma acima deles.

Imagino se ela está chorando, se está lamentando o homem que ela admitiu que realmente não conhecera. Quando Sara disse-me pela primeira vez que ela e seu marido estavam separados, eu não acreditei, mas algumas das coisas que ela disse sob a influência da droga me fizeram repensar aquela conclusão. Algo havia ido muito errado no seu casamento supostamente perfeito, algo que deixou um traço indelével nela.

Ela conheceu a dor; ela viveu com ela. Pude ver aquilo nos seus olhos, na curva macia e trêmula da sua boca. Aquilo me intrigou, aquela olhada dentro da sua mente me fez querer mergulhar mais fundo nos seus segredos, e quando ela fechou seus lábios nos meus dedos e começou a chupá-los, a fome que eu estivera tentando conter retornou, meu pau ficando incontrolavelmente duro.

Eu poderia tê-la possuído, e ela teria deixado. Caralho, ela teria me acolhido de braços abertos. A droga tinha abaixado suas inibições, despido-a de todas as defesas. Ela havia estado aberta e vulnerável, carente de uma forma que chamou pelas minhas partes mais profundas.

Não me deixe. Por favor, não me deixe.

Mesmo agora posso ouvir seus rogos, muito parecido com os de Pasha na última vez que o vi. Ela não sabia o que estava pedindo, não sabia quem eu era ou o que estava quase para fazer, mas suas palavras me estremeceram até meu âmago, fazendo-me desejar algo totalmente impossível. Exigiu toda a minha força de vontade ir embora e deixá-la amarrada na cadeira para o FBI achá-la.

Exigiu tudo o que eu tinha para sair e continuar minha missão.

Minha atenção retorna ao presente quando a colega de Cobakis para de falar e Sara se aproxima do palanque. Sua figura magra, com roupas pretas, se move com graça inconsciente, e um pressentimento revira minhas entranhas quando ela se vira e encara o público.

Um scarf escuro está enrolado em volta do seu pescoço, protegendo-a do vento frio de outubro e escondendo o curativo que deve estar lá. Acima do lenço, seu rosto com formato de coração está pálido como fantasma, mas seus olhos estão secos – pelo menos até onde posso ver à distância. Eu adoraria ficar mais perto, mas é muito arriscado. Já estou me arriscando por estar aqui. Tem pelo menos dois agentes do FBI entre a assistência, e mais alguns estão sentados discretamente em carros do governo na rua. Eles não esperam que eu esteja aqui – a segurança seria muito maior se esperassem – mas isso não significa que eu possa baixar a guarda. Desse jeito, Anton e os outros acham que sou doido por aparecer aqui.

Geralmente saímos da cidade poucas horas após uma etapa bem sucedida.

— Como todos sabem, George e eu nos conhecemos na faculdade — Diz Sara no microfone, e minha espinha dá uma pontada ao som da sua voz suave e melodiosa. Já observei-a o bastante para saber que ela pode cantar. Ela frequentemente canta junto com música popular quando está só no carro ou quando está fazendo tarefas em casa.

Na maioria das vezes ela soa melhor do que o próprio cantor.

— Nos encontramos num laboratório de química — Continua ela —, porque, acreditem ou não, George pensava em ir para a escola de medicina naquele tempo. — Ouço algumas risadinhas no público, e os lábios de Sara se curvam num sorriso fraco quando diz: — Sim, George, que não conseguia ver sangue, na verdade considerou se tornar um médico. Felizmente, ele descobriu rapidamente sua paixão verdadeira – jornalismo – e o resto é história.

Ela continua a falar dos vários hábitos e manias, incluindo seu amor por sanduíche de queijo coberto de mel, então, passa para suas consecuções e boas ações, detalhando seu apoio incondicional aos veteranos e sem teto. Enquanto fala, noto que tudo que fala tem a ver com *ele*, em vez de eles dois. Além da menção inicial de como se encontraram pela primeira vez, o discurso de Sara poderia ter sido escrito por um colega de quarto ou um amigo – realmente qualquer um que conhecesse os Cobakis. Até sua voz é constante e calma, sem sinal da dor que vi nos seus olhos aquela noite.

Apenas quando ela chega ao acidente que vejo alguma emoção real nas suas feições. — George foi muitas coisas maravilhosas — Diz ela, olhando para o público —, mas tudo terminou dezoito meses atrás, quando seu carro atingiu uma mureta e capotou. Tudo que ele era morreu naquele dia. O que sobrou não era George. Era uma casca dele, um corpo sem mente. Quando a morte alcançou-o cedo no sábado de manhã, não pegou meu marido. Pegou apenas uma casca. O próprio George havia ido há muito, e nada podia fazê-lo sofrer.

Seu queixo levanta quando ela diz esta última parte, e eu olho para ela atentamente. Ela não sabe que estou aqui – o FBI estaria em cima de mim se soubesse – mas sinto como se ela estivesse falando direto para mim, me dizendo que falhei. Será que ela me sente em algum nível? Sente que estou observando-a?

Ela sabe que quando fiquei ao lado da cama do seu marido duas noites atrás, por um breve momento considerei *não* puxar o gatilho?

Ela termina seu discurso com as palavras tradicionais sobre quanta saudade vai sentir de George. E, então, sai do palco, deixando o padre ter a última palavra. Vejo-a voltar para o lado do casal idoso, e quando o público começa a se dispersar, eu quietamente sigo os outros lamentadores para fora do cemitério.

O funeral acabou, e minha fascinação por Sara também deve acabar.

Existem mais pessoas na minha lista e, felizmente para ela, Sara não é uma delas.

PARTE II

ara

— Querida, você não vai comer novamente? — Pergunta minha mãe com uma expressão preocupada. Apesar de estar passando o aspirador quando cheguei, sua maquiagem está perfeita como sempre, seus cabelos baixos e brancos estão belamente ondulados, e seus brincos combinam com o colar de estilo. — Você tem estado tão magra ultimamente.

— A maioria das pessoas considera isso como uma coisa boa — Digo em tom seco, mas para satisfazê-la, pego outro pedaço de torta de maçã caseira.

— Não quando você parece como se um chihuahua pudesse arrastá-la — Diz mamãe e empurra mais torta para mim. —, você tem que se cuidar; senão não poderá cuidar dos seus pacientes.

— Eu sei disso, Mãe — Digo entre mordidas na torta. — Não se preocupe, tá? Foi um inverno ocupado, mas as coisas devem se acalmar em breve.

— Sara, querida... — As linhas de preocupação se aprofundam nas suas feições. —Já se passaram seis meses desde que George... — Ela para e respira. — Olha, o que estou dizendo é que você não pode continuar trabalhando feito uma condenada. É muito para você, sua carga regular de trabalho, além de todo esse voluntariado. Você está conseguindo dormir?

— Claro, Mãe. Durmo como morto. — Não é mentira; desmaio na hora que minha cabeça bate no travesseiro e não acordo até que o alarme soe. Ou pelo menos é o que acontece se eu estiver completamente esgotada. Nos dias que tenho algo que se assemelha a uma rotina normal, acordo tremendo e suando com os pesadelos, então, faço o melhor para ficar exausta todos os dias.

— Como está indo a venda da casa? Já tem alguma oferta? — Pergunta papai, entrando na sala de jantar. Ele está usando um andador novamente, então, sua artrite deve estar atacada, mas estou satisfeita em ver que sua postura está um pouco ereta. Ele está mesmo seguindo as ordens do seu fisioterapeuta desta vez e nadando no ginásio todos os dias.

— O corretor fará uma demonstração de casa aberta na próxima semana — Respondo, segurando o desejo de elogiar meu pai por fazer a coisa certa. Ele não gosta de ser lembrado da sua idade, então, quaisquer coisas que tenham a ver com a saúde dele ou de mamãe não deve ser mencionada pelo menos durante as conversas do jantar. Fico passada, mas, ao mesmo tempo, não posso deixar de admirar sua determinação.

Com quase oitenta e sete anos, meu pai continua durão como sempre esteve.

— Oh, bom — Diz Mamãe. —, espero que consiga algumas ofertas na demonstração. Certifique-se de assar biscoitos pela manhã; eles fazem a casa cheirar bem.

— Devo pedir ao corretor para comprar alguns e fazê-los no micro-ondas antes que os visitantes cheguem. — Digo, sorrindo para ela. — Não acho que terei tempo de assá-los.

— Claro que não vai ter, Lorna. — Papai senta-se perto de mamãe e pega um pedaço de torta. Olhando para mim, diz rispidamente: — Você provavelmente não estará em casa, certo?

Assinto. — Devo ir para a clínica direto do hospital naquele dia.

Ele franze. — Você ainda faz isso?

— Aquelas mulheres precisam de mim, pai. — Tento manter o desespero fora do meu tom de voz. — Você não tem ideia de como são as coisas naquela vizinhança.

— Mas, querida, é exatamente por causa daquela vizinhança que não te queremos lá — Exclama mamãe. — Você não pode ser voluntária em outro lugar? E fazer isso à noite após ter terminado um dos seus turnos...

— Mãe, eu nunca levo dinheiro ou coisas valiosas comigo, e só fico lá por duas horas durante as noites. — Digo, mantendo minha paciência por um fio. Já tivemos essa discussão pelo menos cinco vezes nos últimos três meses, e em cada vez, meus pais fingem como se nunca tivéssemos discutido isso antes. — Estaciono bem em frente ao prédio, e vou direto para dentro. É tão seguro quanto pode ser.

Mamãe suspira e balança a cabeça, mas não discute mais. Papai, contudo, continua franzindo para mim sobre sua fatia da torta. Para distraí-lo, levanto e digo: — Alguém gostaria de café ou chá?

— Café descafeinado para seu pai — Diz mamãe. — E chá de camomila para mim, por favor.

— Um café descafeinado e um chá de camomila saindo — Digo, indo para a máquina de café chique que dei para eles no último natal. Após fazer as bebidas solicitadas, levo para a mesa, volto e faço uma xícara de café java para mim.

Após este jantar, estou de plantão e posso precisar da cafeína.

— Então, adivinha, querida? — Diz mamãe quando me junto a eles novamente na mesa. — Vamos receber os Levinsons para o jantar no sábado.

Dou um gole no meu café. É quente e forte, exatamente como gosto dele. — Legal.

— Eles têm perguntado por você — Diz papai, mexendo o açúcar no café.

— Uh-huh. — Mantenho minha expressão neutra. — Por favor, diz olá a eles por mim.

— Por que você não vem também, querida? — Diz mamãe, como se a ideia acabasse de lhe ocorrer. — Sei que eles adorariam vê-la, e farei seu favorito...

— Mãe, não estou interessada em namorar Joe – ou qualquer um – agora. — Digo, abrandando minha recusa com um sorriso. — Me desculpe, mas ainda não cheguei lá. Sei que você adora os pais de Joe, e ele é um advogado maravilhoso e um homem muito educado, mas simplesmente ainda não estou pronta.

— Você não saberá se está pronta se não sair e tentar. — Diz papai enquanto mamãe suspira e olha para a sua xícara de chá. — Você não pode se deixar morrer junto com George, Sara. Você é mais forte do que isso.

Engulo meu café em vez de responder. Ele está errado. Não sou forte. E tudo que posso fazer é sentar aqui e fingir que estou bem, que ainda estou inteira e funcional e sã. Meus pais, como todos os demais, não sabem o que aconteceu naquela sexta-feira à noite. Eles acham que George morreu enquanto dormia, sua morte como o resultado atrasado do acidente de carro que o colocou em coma dezoito meses antes. Expliquei o fato do funeral ser com caixão fechado como um modo de eu lidar com meu pesar, e ninguém questionou o fato. Se meus pais soubessem a verdade, eles ficariam devastados, e eu nunca faria isso com eles.

Ninguém exceto o FBI e meu terapeuta sabem sobre o fugitivo e meu papel na morte de George.

— Só pense sobre o assunto — Diz mamãe quando eu fico calada. — Você não tem que se comprometer com nada ou fazer nada que não queira. Apenas, por favor, considere vir neste sábado.

Eu olho para ela, e pela primeira vez, percebo o pesar escondido sob sua maquiagem perfeita e acessórios finos. Minha mãe é nove anos mais jovem que papai, e ela é tão em forma e energética que às vezes esqueço que a idade está pesando nela também, que toda essa preocupação comigo não pode ser boa para a sua saúde.

— Vou pensar no assunto, mãe — Prometo e me levanto para retirar os pratos da mesa. —, se não tiver que trabalhar no sábado, vou tentar vir.

7

Sara

MEU TURNO EXTRA É EMERGÊNCIA PURA, TUDO, DE mulher grávida de cinco meses com sangramento grave a uma das minhas pacientes entrando em trabalho de parto sete semanas mais cedo. E acabo fazendo uma cesariana nela, mas por sorte o bebê – um menino minúsculo, mas perfeitamente formado – é capaz de respirar e sugar por conta própria. A mulher e seu marido soluçam de felicidade e me agradecem profusamente, e quando me dirijo ao vestiário para retirar meu uniforme, estou física e emocionalmente esgotada. Contudo, estou também profundamente satisfeita.

Cada criança que trago ao mundo, cada mulher cujo

corpo ajudo a curar, me faz sentir um pouquinho melhor, aliviando a culpa que me sufoca como um pano molhado.

Não, não pense nisso. Pare. Só que é tarde demais, e as memórias inundam, sombrias e tóxicas. Ofegando, sento-me no banco perto do meu armário, minhas mãos agarradas à tábua dura.

Uma mão na minha boca. Uma faca na minha garganta. Um pano molhado no meu rosto. Água no meu nariz, nos meus pulmões...

— Ei, Sara. — Uma mão macia pega meu braço. — Sara, o que está acontecendo? Você está bem?

Estou chiando, minha garganta impossivelmente apertada, mas consigo assentir discretamente. Fechando os olhos, concentro em diminuir o ritmo da respiração como meu terapeuta me ensinou, e após alguns momentos, a pior parte da sensação sufocante passa.

Abrindo os olhos, olho para Marsha, que está olhando para mim com preocupação.

— Estou bem — Digo tremendo, e me levanto para abrir meu armário. Minha pele está fria e grudenta, e meus joelhos parecem que vão ceder a qualquer momento, mas não quero que ninguém no hospital saiba dos meus ataques de pânico. — Me esqueci de comer novamente, então, provavelmente estou apenas com falta de açúcar no sangue.

Os olhos azuis de Marsha se arregalam. — Você não está grávida, está?

— O quê? — Apesar da minha respiração ainda instável, dou uma gargalhada. — Não, claro que não.

— Oh, bem. — Ela dá um sorriso largo para mim. — E eu achei que você estivesse finalmente vivendo a vida.

Dei um olhar para ela do tipo: cai na real. — Mesmo se estivesse, você acha que não sei como prevenir gravidez?

— Ei, nunca se sabe. Acidentes acontecem. — Ela abre o armário e começa mudar o uniforme. — Sério mesmo, você deveria se juntar a mim e às garotas. Estamos indo no Patty's agora.

Levanto minhas sobrancelhas. — Um bar às cinco da manhã?

— Sim, e daí? Não vamos encher a cara. Eles têm café da manhã todos os dias, e é melhor do que a lanchonete. Você deveria provar.

Estou quase recusando, mas então me lembro que não tenho quase nada na minha geladeira. Não menti sobre não ter comido hoje; o jantar na casa dos meus pais foi há mais de dez horas e estou faminta.

— Tá bem. — Digo, surpreendendo Marsha tanto quanto a mim mesma. —, irei.

E ignorando os pulinhos de excitação da minha amiga, coloco minhas roupas normais e vou para a pia para me refrescar.

QUANDO CHEGAMOS AO PATTY'S, NÃO ME SURPREENDO de ver muitos rostos familiares lá. Muitos dos funcionários do hospital vêm a este bar para se descontrair e socializar depois do trabalho. Não esperava que o lugar estivesse tão cheio a esta hora da noite – ou manhã, dependendo da perspectiva de cada um – mas se eles servem café da manhã assim como bebida alcoólica, faz sentido.

Marsha, eu e duas enfermeiras da emergência vamos para uma mesa no canto, onde uma garçonete rabugenta anota nossos pedido. Quando ela vai embora, Marsha começa uma história sobre um final de semana louco no centro de Chicago, e as duas enfermeiras, Andy e Tonya, riem e mexem com ela sobre o cara que ela quase ficou. Depois, Andy fala a todos sobre a insistência do seu namorado em usar camisinha roxa, e na hora que nossa comida chega, as três estão rindo tanto que a garçonete nos dá um olhar de repreensão.

Eu estou rindo também, porque a história *é* engraçada, mas não sinto a alegria que vem geralmente com uma risada. Não sinto isso faz tempo. É como se algo dentro de mim estivesse congelado, entorpecendo todas as emoções e sensações. Meu terapeuta diz que essa é outra forma do meu TEPT se manifestar, mas não sei se ele está certo. Muito antes do estranho invadir minha casa – até antes do acidente – vinha sentindo como que havendo uma barreira entre mim e o resto do mundo, uma parede de aparências falsas de mentiras.

Por anos, estou usando uma máscara, e agora sinto como se eu me tornasse a máscara, como se não existisse nada real sob ela.

— E você, Sara? — Pergunta Tonya, e vejo que minha mente se distanciou, comendo meus ovos no piloto automático. — Como foi seu final de semana?

— Foi bem, obrigada. — Largando o garfo, tento sorrir. — Nada excitante. Estou vendendo minha casa, então, tive que limpar minha garagem e fazer outras coisas chatas. — Também tive turno de dezoito horas e trabalhei como voluntária da clínica por mais cinco, mas não digo isso a Tonya. Marsha já acha que sou *workaholic*; se ela soubesse que estou substituindo alguns dos outros médicos do meu consultório e ajudando uma clínica além da minha carga normal de trabalho, vou ter que escutar até o final da minha vida.

— Você deveria vir conosco na próxima sexta — Diz Tonya, esticando um braço fino e moreno para pegar o saleiro. Com vinte e quatro anos, ela é uma das enfermeiras mais jovens no quadro, e pelo que Marsha me disse, é ainda mais um garota de festas do que minha amiga, conquistando caras de todas as idades com seu sorriso com covinha e corpo durinho. — Vamos comprar bebidas no Patty's, depois, iremos para a cidade. Conheço um promotor naquele novo clube legal no centro, não vamos nem precisar entrar na fila.

Eu pisco ante a oferta inesperada. — Oh, não sei... não tenho certeza se...

— Você não vai trabalhar sexta à noite — Diz Marsha. — Eu sei, verifiquei sua tabela.

— Sim, mas você sabe como é. — Enfio meu garfo nos ovos. — Os bebês nem sempre chegam cumprindo o horário da tabela.

— Vamos lá, Marsha, deixe-a em paz. — Diz Andy, tocando um cacho vermelho atrás da orelha. —, você não vê que a pobre garota está cansada agora? Se ela quiser ir, ela vai. Não precisa arrastá-la a lugar nenhum.

Ela pisca para mim, e sorrio agradecida para ela. Esta é minha primeira vez interagindo com Andy fora dos corredores do hospital, e estou descobrindo que realmente gosto dela. Como eu, ela tem vinte e tantos, e segundo Marsha, ela tem um namorado fixo nos últimos cinco anos. O namorado – o das camisinhas roxas – é metido e chato, mas Andy o ama mesmo assim.

— Você se mudou para cá de Michigan, certo? — Perguntei, e Andy assente, então, me fala como Larry, seu namorado, conseguiu um emprego na área, forçando os dois a se mudar. Ouvindo-a falar, decido que Marsha não está muito errada nas observações do namorado de Andy.

Larry realmente parece um imbecil egoísta.

O resto da refeição continua com conversas casuais e amigáveis e quando pagamos a conta e saímos do bar, me sinto mais leve do que me sentia em meses. Talvez meu pai esteja certo; sair e me socializar poderia ser bom para mim.

Talvez eu *vá* naquele jantar com os Levinsons, e até ao clube com Tonya.

Meu humor melhorado continua quando digo até logo às três mulheres e ando dois quarteirões para o estacionamento do hospital para pegar meu carro. Lady Gaga está cantando no meu fone de ouvido, e o céu está começando a clarear. Parece que o amanhecer está falando comigo, prometendo-me que em algum momento num futuro não tão distante, a escuridão poderá desaparecer para mim também.

Me sinto bem, esse pequenino raio de esperança. Parece como um passo à frente.

Já estou no estacionamento quando acontece novamente.

Começa como pontadas pela minha pele... um repicar quieto nos meus nervos. A explosão de adrenalina se segue, acompanhada por um terror debilitante. O ritmo do meu coração dispara e meu corpo se prepara para um ataque. Ofegando, me viro, puxando meus fones de ouvido e vasculho minha bolsa tentando achar uma lata de spray de pimenta, mas não tem ninguém lá.

Existe apenas o sentimento de perigo, um sentimento de estar sendo observada. Ofegando, viro-me num círculo, segurando a lata de spray, mas não vejo ninguém.

Nunca vejo ninguém quando meu cérebro me engana desse modo.

Tremendo, vou para o carro e entro. Leva vários minutos de exercício de respiração antes de me acalmar para poder dirigir e sei que apesar do cansaço, não conseguirei dormir hoje.

Saindo do estacionamento, viro à esquerda em vez da direita.

Eu também poderia ir para a clínica. Eles não devem estar me esperando até amanhã, mas são sempre gratos pela ajuda.

8

Sara

— FALE-ME DESSE SEU ÚLTIMO EPISÓDIO, SARA — DIZ O Dr. Evans, cruzando suas longas pernas. — O que te fez pensar que alguém estava te olhando?

— Eu não sei. Era só... — Eu inspiro, tentando achar as palavras certas, então, balanço a cabeça. — Não era nada de concreto. Honestamente não sei.

— Ok, vamos retomar por um segundo. — Seu tom é tanto caloroso quanto profissional. É essa parte que o faz um bom terapeuta, a habilidade de mostrar que se importa enquanto se mantém separado ao mesmo tempo. — Você disse que saiu para tomar café da manhã com algumas colegas do trabalho; então, você estava voltando para o carro, certo?

— Certo.

— Você ouviu alguma coisa? Ou viu alguma coisa? Qualquer coisa que possa ter desencadeado o surto em você? Uma batida de porta, folhas voando... um pássaro, talvez?

— Não, nada específico que possa me lembrar. Eu estava apenas andando, ouvindo música, foi quando senti aquilo. Não sei como explicar. Era como... — Eu engulo, o ritmo do meu coração aumentando por causa das memórias. — Era como aquela hora na cozinha, quando eu o senti um segundo antes de ele me segurar. Aquele mesmo tipo de sentimento.

As feições finas e inteligentes do terapeuta tomam uma expressão de preocupação. — Com que frequência isso está acontecendo?

— Foi a terceira vez esta semana — Admito, minhas bochechas transparecendo o embaraço quando ele anota algo no seu notepad. Odeio esse sentimento de não estar no controle, saber que meu cérebro está me pregando peças. — A primeira vez foi num mercado, então, quando estava entrando na clínica, e agora, no estacionamento. Eu não sei por que isso está acontecendo. Achei que estivesse melhorando, realmente achei. Eu só tive um ataque de pânico nas últimas duas semanas, e me senti genuinamente esperançosa após o café da manhã ontem. Isso simplesmente não faz sentido.

— Nossas mentes demoram a se curar, Sara, igual nossos corpos. Às vezes você tem uma recaída, e às vezes a doença toma um rumo diferente. Você sabe disso tanto quanto eu. — Ele faz outra anotação no seu notepad, então, olha para mim. — Já considerou falar com o FBI novamente?

— Não, eles vão achar que fiquei louca.

Conversei com o Agente Ryson depois do primeiro episódio de paranoia um mês atrás, e ele me disse que naquele exato momento, a Interpol estava seguindo a pista do assassino do meu marido na África do Sul. Mas apenas como prevenção, ele colocou uma proteção em mim. Depois de me seguir vários dias, eles determinaram que não havia nenhum tipo de ameaça, e o Agente Ryson os retirou com desculpas e resmungos de limitação de fundos e pessoal. Ele não me acusou de ser paranoica, mas eu sei que ele secretamente pensou assim.

— Porque o homem que você teme está muito longe — Diz o Dr. Evans, e eu assinto.

— Sim. Ele se foi, e não tem razão para voltar.

— Bom. Racionalmente, você sabe disso. Vamos trabalhar para convencer seu subconsciente disso, também. Primeiro, você precisa entender o que aciona sua paranoia; daí, você poderá aprender a localizar os gatilhos e aprender a lidar com eles. Na próxima vez que acontecer, preste atenção ao que você estava fazendo e como estava se sentindo quando teve a sensação pela primeira vez. Você está num lugar público ou sozinha? É barulhento ou calmo? Está dentro de algum lugar ou ao ar livre?

— Tá bom, vou me certificar de me lembrar de tudo isso enquanto estou dando um ataque de nervos e segurando o spray de pimenta.

Dr. Evans sorri. — Tenho fé em você, Sara. Você já fez um grande progresso. Você já fica perto da pia da sua cozinha novamente, certo?

— Sim, mas ainda não consigo tocar a torneira — Digo, minhas mãos se fechando no meu colo. —, é mais ou menos inútil sem isso.

A pia da minha cozinha é uma das muitas razões por que estou vendendo a casa. No início, eu não conseguia nem entrar na cozinha, mas depois de meses de terapia intensiva, estou no estágio de poder me aproximar da pia sem um ataque de pânico – apesar de ainda não ligar a água.

— Passinhos de bebê — Diz o Dr. Evans. — Você ligará a água um dia também. A não ser que venda a casa primeiro, claro. Você ainda planeja vender?

— Sim, meu agente irá fazer uma demonstração de casa aberta em alguns dias, na verdade.

— Ok, bom. — Ele sorri novamente e guarda o notepad. — Nossa sessão está terminada por hoje, e estarei fora de férias na próxima semana e meia, mas te vejo no final do mês. Enquanto isso, por favor, continue fazendo o que tem feito e faça anotações detalhadas se tiver mais episódios de paranoia. Discutiremos isso e seus sentimentos sobre a venda da casa na próxima sessão, ok?

— Parece bom. — Levanto-me e aperto a mão do doutor. — Te vejo então. Aproveite as férias.

E saindo do seu escritório, vou em direção ao meu carro, forçando minha mão para que esteja do meu lado e não dentro da minha bolsa, segurando o spray de pimenta.

Durmo bem naquela noite, e na noite seguinte. É porque trabalho tanto que literalmente desmaio. Quando estou tão cansada assim, posso dormir em qualquer lugar, até na minha grande casa no meio dos pinheiros. Os federais não conseguiram entender como o fugitivo entrou sem acionar o alarme ou sequer quebrar nenhuma fechadura, então, apesar de ter melhorado meu sistema de segurança, me sinto tão segura na minha casa quanto se estivesse dormindo na rua.

É na terceira noite que os pesadelos me acham. Não sei se é porque tive outro ataque de paranoia mais cedo naquele dia – desta vez, numa rua movimentada perto de uma lanchonete – ou porque só trabalhei doze horas, mas naquela noite sonho com *ele*.

Como sempre, seu rosto é vago na minha mente; só consigo distinguir seus olhos cinza e a cicatriz separando sua sobrancelha esquerda. Aqueles olhos me prendem no lugar enquanto ele segura um faca na minha garganta, seu olhar tão agudo e cruel quanto sua lâmina. Então, George está lá também, seus olhos castanhos vagos enquanto ele se dirige a mim.

— Não — Eu sussurro, mas George continua vindo,

e vejo o sangue saindo da sua testa. É um ferimento pequeno e limpo, nada comparado ao buraco que uma bala real deixou na sua cabeça, e algumas partes de mim sabem que estou sonhando, mas ainda soluço e tremo quando o homem de olhos cinza me levanta e me leva para a pia.

— Não, por favor — Imploro ao homem, mas ele é implacável, segurando minha cabeça na pia enquanto George continua vindo na minha direção, suas feições mortas tortas com ódio.

— Pelo que você fez comigo — Diz meu marido, ligando a água. — Por tudo que fez.

Acordo gritando e chiando, meus lençóis ensopados de suor. Quando me acalmo um pouco, desço as escadas e preparo uma xícara de café descafeinado, usando a água do filtro do refrigerador. Enquanto bebo meu café, o relógio do micro-ondas olha para mim, os números verdes piscando me dizendo que não são nem três da manhã – muito cedo para eu me levantar se for ter alguma esperança de conseguir passar pelo longo turno do próximo dia. Tenho uma cirurgia à tarde, e preciso ficar em forma; qualquer coisa menos do que isso colocaria minha paciente em perigo.

Depois de alguns minutos de debate interno, levanto-me e pego Ambien no armário de remédios. Cortando uma pílula pela metade, engulo com o resto da minha bebida e volto para cima.

O tanto quanto odeio me drogar, não tem outra escolha hoje. Só espero que não sonhe com o fugitivo novamente. Não porque esteja com medo do pesadelo da água – ele nunca vem duas vezes na mesma noite – mas porque nos meus sonhos, ele não está sempre me torturando.

Às vezes, ele está me fodendo, e estou fodendo-o de volta.

9

P*eter*

ESTOU EM PÉ AO LADO DA SUA CAMA, VENDO-A DORMIR. Me arrisco por estar aqui em pessoa em vez de olhá-la pelas câmeras que meus homens instalaram pela casa, mas o Ambien deve preveni-la de acordar. Ainda assim, tomo cuidado para não fazer barulho. Sara é sensível à minha presença, ligada a mim de uma forma estranha. É por isso que ela leva aquele spray de pimenta, e parece uma gazela perseguida toda vez que chego perto.

Subconscientemente, ela sabe que voltei. Ela sente que venho para ela.

Ainda não sei por que estou fazendo isso, mas já desisti de tentar analisar minha loucura. Tentei ficar longe, ficar focado na minha missão, mas mesmo ao perseguir e eliminar todos, com exceção de um nome da minha lista, continuo pensando em Sara, lembrando como ela aparentava naquele dia no funeral e relembrando a dor nos seus ternos olhos cor de avelã.

Lembrando-me de como ela circulou seus lábios nos meus dedos e implorou-me para ficar.

Não há nada normal no meu fascínio por ela. Sou são o bastante para admitir isso. Ela é a esposa de um homem que assassinei, uma mulher que torturei como tinha torturado terroristas suspeitos. Eu não deveria sentir nada por ela, assim como não senti nada pelas minhas outras vítimas, mas não consigo tirá-la da minha mente.

Eu a quero. É completamente irracional, e errado em tantos aspectos, mas a quero. Quero provar aqueles lábios macios e sentir a maciez da sua pele pálida, afundar meus dedos nos seus cabelos castanhos e inspirar seu aroma. Quero ouvi-la implorando para fodê-la e, então, quero segurá-la e fazer exatamente isso, vez após vez.

Quero curar os ferimentos que provoquei nela e fazê-la desejar-me do jeito que a desejo.

Ela continua a dormir enquanto a olho, e meus dedos coçam para tocá-la, para sentir sua pele, apenas por um momento. Mas se fizer isso, ela poderá acordar e não estou pronto para isso.

Quando Sara me vir novamente, quero que seja diferente.

Quero que ela me conheça como outra coisa além de seu agressor.

S*ara*

Ao longo dos últimos dias, minha paranoia só aumenta. Eu sinto constantemente que estou sendo observada. Até quando estou sozinha em casa, com todas as persianas fechadas e as portas trancadas, sinto olhos invisíveis em mim. Estou dormindo com o spray de pimenta debaixo do meu travesseiro, e até o levo comigo para o banheiro, mas não é o bastante.

Não me sinto segura em lugar nenhum.

Na terça-feira, eu finalmente desisto e ligo para o Agente Ryson.

— Dra. Cobakis. — Ele parece tanto cauteloso quanto surpreso. — Como posso ajudá-la?

— Gostaria de conversar com você — Digo. —, pessoalmente, se possível.

— Oh? Sobre o quê?

— Gostaria de não discutir isso pelo telefone.

— Entendo. — Passa um tempo em silêncio. — Tudo bem. Suponho que posso te encontrar para um café rápido hoje de tarde. Estaria bem para você?

Olho para minha agenda no meu laptop. — Sim. Você poderia me encontrar no Snacktime Café perto do hospital? Por volta das três?

— Estarei lá.

EU ACABO DEMORANDO MAIS COM UM PACIENTE E JÁ passa dez minutos das três quando me apresso para dentro do café.

— Eu já estava quase saindo — Diz Ryson, ficando de pé numa mesa pequena no canto.

— Desculpe-me por isso. — Sem ar, escorrego para a cadeira à sua frente. — Prometo ser rápida.

Ryson senta-se novamente. O atendente vem, e fazemos os pedidos: um espresso para ele e uma xícara de café descafeinado para mim. Meus ataques não precisam da dose extra de café hoje.

— Tudo bem — Diz ele quando o atendente se vai. —, continue.

— Preciso saber mais sobre esse fugitivo — Digo sem dar voltas. — Quem é ele? Por que ele estava atrás de George?

As sobrancelhas grossas de Ryson se juntam. — Você sabe que isso é confidencial.

— Eu sei, mas também sei que esse homem me torturou com água, me drogou e matou meu marido — Digo calmamente. —, e que você sabia que ele estava vindo e nunca se importou em me informar. Essas são as coisas que sei – as únicas coisas que sei, na verdade. Se soubesse de mais – como seu nome e motivação – isso poderia me ajudar a entender e superar o que aconteceu. De outro modo, é como uma ferida aberta, ou talvez uma bolha que não foi furada. Só piora, entende, e está constantemente na minha mente. Pode chegar o dia que eu não consiga me segurar e a bolha se estoure sozinha. Você entende meu dilema?

As mandíbulas de Ryson se apertaram. — Não nos ameace, Sara. Você não gostará das consequências.

— É Dra. Cobakis para você, Agente Ryson. — Contraponho seu olhar forte. — E eu já não gosto dos resultados. Os colegas de George no jornal também não gostariam – se eles os pressentissem. É por isso que você me falou sobre o fugitivo, certo? Daí, eu manteria minha boca fechada e continuaria com essa merda de "ele morreu pacificamente enquanto dormia"? Você sabe que os colegas de George investigariam até o inferno esse suposto ataque da máfia, e você não precisa disso. Você ainda não precisa, estou certa?

Ele olha para mim, e vejo seu debate interno. Compartilhar informação confidencial e potencialmente se meter em apuros, ou não compartilhar e definitivamente entrar em apuros?

Autopreservação deve ter vencido, porque ele diz sombriamente: — Tudo bem. O que você quer saber?

— Vamos começar pelo seu nome e nacionalidade.

Ryson olha em volta, então, chega mais perto. — Ele tem vários codinomes, mas acreditamos que seu nome real seja Peter Sokolov. — Ele fala baixo ainda que as mesas em volta estejam vazias. — Segundo nossas fontes, ele é originalmente de Moscou, Rússia.

Isso explica o sotaque. — Qual sua história? Por que ele é um fugitivo?

Ryson se recosta novamente. — Não sei a resposta para essa última pergunta. Não tenho nível de segurança suficiente. — Ele fica quieto quando o atendente se aproxima com nossas bebidas. Depois que o atendente sai, ele diz: — O que posso te falar é que antes de ele se tornar um fugitivo, era Spetsnaz, parte da Força Especial Russa. Seu trabalho era seguir e interrogar qualquer um que fosse considerado uma ameaça à segurança da Rússia – terroristas, insurgentes das antigas repúblicas da União Soviética, espiões e assim por diante. Diz-se que ele era muito bom nisso. Então, cerca de cinco anos atrás, ele mudou de lado e começou a trabalhar para os piores do submundo do crime – ditadores sentenciados por crimes de guerra, cartéis Mexicanos, vendedores ilegais de armas... No processo, ele apareceu com uma lista de nomes – pessoas que ele acredita que o prejudicaram de alguma forma – e ele tem os eliminado sistematicamente desde então.

Minha mão está fraca quando pego meu café. — E George estava na lista?

Ryson assente e dá um gole grande no seu espresso. Colocando a xícara na mesa ele diz: — Desculpe-me, Dra. Cobakis. Isso é tudo o que posso te falar, porque isso é tudo que sei. Não tenho ideia do que seu marido ou os outros fizeram para estar nessa lista. Eu entendo que você gostaria de ter mais respostas, e acredite em mim, nós também, mas muita coisa do arquivo de Sokolov foi apagada. — Ele para deixando o atendente passar novamente, depois, diz calmamente: — Você precisa esquecer esse homem, Dra. Cobakis, tanto para sua segurança quanto para a nossa. Você não quer atrair sua atenção novamente, acredite.

Eu assinto, meu estômago apertando. Eu não sei por que achei que saber alguns detalhes sobre o homem que assombra meus sonhos seria melhor do que ficar na escuridão. Se para alguma coisa, estou mais ansiosa agora, minhas mãos e pés gelados de ansiedade.

— Vocês têm certeza de que ele se foi? — Pergunto quando o agente fica de pé. — Vocês têm certeza de que ele não está em nenhum lugar por aqui por perto?

— Ninguém pode estar certo de nada quando se trata desse psicopata, mas até onde se sabe, há pouco mais de seis semanas, ele matou outra pessoa na lista – essa na África do Sul — Diz Ryson sombriamente. —, e antes disso, ele matou mais dois no Canadá apesar das melhores tentativas de protegê-los. Então, sim, até onde sabemos, ele está longe do solo Americano.

Olho para ele, muda de horror. Três outras vítimas no últimos seis meses. Mais três vidas perdidas enquanto fico batalhando pesadelos e paranoias.

— Boa sorte, Dra. Cobakis — Diz Ryson, não de forma rude, e coloca algumas notas na mesa. — O tempo realmente cura, e um dia, você também vai vencer isso. Tenho certeza.

— Obrigada — Digo com voz carregada, mas ele já está saindo, sua figura robusta desaparecendo pela porta de vidro do café.

NAQUELA NOITE, SONHO COM O ATAQUE DE PETER Sokolov novamente, e o pesadelo toma a direção que mais temo. Em vez de me segurar sob a torneira, ele me tem segura sob ele na cama, seus dedos fortes prendendo meus pulsos. Eu o sinto se movendo dentro de mim, seu pau longo e grosso, enquanto invade meu corpo, e o calor aumenta sob minha pele, meus mamilos duros e pulsando quando esfregam nos músculos do seu peito.

— Por favor — Imploro, enrolando minhas pernas em volta do seu quadril quando seus olhos metálicos olham dentro dos meus. —, mais forte, por favor. Eu preciso de você.

Estou cheia daquela necessidade; ela explode dentro de mim, quente e sombria, e ele sabe disso. Ele sente isso. Posso ver na frieza do seu olhar de prata, na forma cruel da sua boca sensual. Seus dedos apertados nos meus pulsos, cortando minha pele como um lacre, e seu pau se transforma numa lâmina, me abrindo, fazendo-me sangrar.

— Mais forte — Imploro, meu quadril se levantando para encontrar suas estocadas. — Não me deixe. Me possui mais forte.

Ele faz exatamente isso, cada estocada me abrindo, e eu grito de dor e me viro de prazer, com alívio e doce agonia.

Eu grito ao morrer nos seus braços, e essa é a melhor morte que posso imaginar.

Acordo com meu sexo pegajoso e latejando e meu estômago doendo com náuseas. De todas as peças que meu cérebro tem me pregado, esses sonhos pervertidos são as piores. Posso entender os ataques de pânico e a paranoia – eles são o resultado natural do que passei – mas não tem nada de natural nesses pesadelos com inclinação sexual. Apenas pensar neles me faz ficar envergonhada.

Levantando-me, visto um roupão sobre o pijama e desço à cozinha. Minha respiração está inconstante e meu coração acelerado, mas desta vez, não é de medo. Me sinto agitada, meu corpo pulsando com excitação frustrada.

Eu quase gozei durante aquele sonho. Mais alguns segundos, e eu teria um orgasmo – como já tive duas vezes durante esses sonhos antes.

O nojo de mim mesma é um tijolo pesado no meu estômago quando faço meu chá descafeinado. Que tipo de pessoa tem sonhos eróticos com o assassino do seu marido? Quão confuso alguém tem que estar para gostar de morrer nos braços desse tal assassino?

Considerei discutir isso com o Dr. Evans, mas sempre que tento falar sobre o assunto nas nossas sessões, eu travo. Eu simplesmente não consigo me fazer dizer as palavras. Verbalizar os sonhos os daria substância, transformando-os de um produto nebuloso do meu subconsciente em algo que penso e falo quando estou acordada, e não posso suportar isso.

Nesse caso, sei o que o terapeuta me diria. Ele falaria que sou uma mulher jovem saudável que não faz sexo há muito tempo, e que é normal sentir esses tipos de necessidades. Que são minha culpa e autopunição que estão transformando minhas fantasias sexuais em algo sombrio e deturpado, e os sonhos não significam que eu realmente esteja me sentindo atraída pelo homem que me torturou e matou George.

Dr. Evans tentaria aliviar minha culpa e vergonha, e isso não é algo que eu mereça.

Quando o chá está pronto, levo para a mesa da cozinha e me sento. Estou quase tomando o primeiro gole quando sinto que estou sendo observada novamente. Racionalmente, sei que estou só, mas meu coração acelera, minhas palmas ficam molhadas com suor.

Minha lata do spray de pimenta está lá em cima, então, me levanto, tão calma quanto posso, vou para o faqueiro no balcão. Separo a faca maior e mais afiada e levo para a mesa comigo. Sei que seria inútil contra alguém como Peter Sokolov, mas é melhor do que nada. Depois de algumas respiradas profundas, eu me acalmo o bastante para tomar meu chá, mas a sensação desconcertante de olhos invisíveis persiste.

Se não vender a casa em breve, simplesmente vou me mudar, decido quando volto para a cama.

Tenho condições de pagar outra casa, e até um estúdio caidinho seria melhor do que isto.

11

Sara

— Então, como foi a demonstração da sua casa ontem? — Grita Marsha no meio do barulho da música enquanto esperamos nossa quarta rodada de bebidas no bar.

— O corretor disse que foi boa — Grito de volta, tentando soar natural. Há séculos que não faço isso e o álcool está me pegando forte. — Vamos ver se aparece alguma oferta.

— Não consigo acreditar que você tem uma casa e está tentando vendê-la. — Diz Tonya quando a próxima música começa e o volume diminui de ensurdecedor a meramente alto. — Eu adoraria comprar uma casa algum dia, mas vai levar a vida toda para eu economizar.

— Sim, se você gasta metade do seu pagamento com roupas e sapatos — Diz Andy com um sorriso aberto, seus cachos vermelhos dançando enquanto ela balança seu quadril curvilíneo ao som da música. — Além do mais, Sara é uma doutora. Ela ganha bem, mesmo não sendo metida como os outros.

Tonya dá risadinhas, seus longos brincos sacudindo. — Oh, sim, tá certo. Você parece bem jovem, Sara, sempre esqueço que é uma médica de verdade.

— Ela *é* jovem — Diz Marsha antes que eu possa responder. — Ela é nossa própria pequena Doogie Howser.

— Oh, cala a boca. — Dou uma cotovelada em Marsha, minhas bochechas vermelhas de embaraço quando vejo o barman tatuado rindo para mim. Ele está fazendo nosso Lemon Drops com movimentos habilidosos, seu olhar castanho preso em mim com interesse inegável.

— Aqui está, senhoras — Diz ele, passando nossas bebidas, e Andy pisca para mim quando me dá um dos copos.

— Virando os copos — Diz ela e damos a última golada antes de voltarmos para a pista de dança, onde a próxima música já está começando a berrar nas caixas.

Eu não iria sair nesta sexta depois da semana de turnos que tive, mas no último minuto, decidi que sair e ficar bêbada seria preferível a dormir mais cedo e arriscar outro sonho de sexo conturbado. Por sorte, guardo um par de sapatos prata bonito no meu armário no trabalho, e Tonya me emprestou um vestido curto escuro que coube surpreendentemente bem.

— H&M, meu bem — Disse ela orgulhosamente quando perguntei onde tinha comprado, e fiz uma nota mental de passar na loja e pegar algo similar para mim – em caso de ficar tentada a repetir essa insanidade.

Começamos com umas bebidas no Patty's, daí, pegamos um carro para nos levar ao clube que Tonya havia falado. Como ela disse, o promotor conseguiu nos colocar para dentro sem termos que entrar na fila, e já estamos dançando sem parar por duas horas. Estou suando, meus pés doem e provavelmente terei a mãe de todas as ressacas amanhã, mas faz... anos que não me divirto tanto.

Talvez mais de cinco anos.

O público no clube varia de crianças de faculdade aos assanhados com quarenta e alguma coisa como Marsha, mas a maioria parece estar com vinte e tantos, como eu. O DJ é excepcional, misturando os últimos sucessos com clássicos do hip-hop e eu canto junto enquanto dançamos, cantando bem alto e me entregando de corpo e alma ao ritmo. Sempre amei a música e a dança – fiz balé no Ensino Fundamental e tive aulas de salsa durante a faculdade – e com o efeito do álcool nas minhas veias, me sinto sexy e livre pela primeira vez como qualquer outra mulher jovem no clube. Nesta noite, não sou a aluna séria, a doutora que trabalhou demais, a filha obediente, ou a perfeita esposa. Não sou nem mesmo a viúva com paranoia e sonhos estranhos.

Nesta noite, sou apenas eu.

Nós quatro dançamos só por um tempo; então, dois caras se juntam a nós, dançando com Tonya e Marsha. Andy me leva para o banheiro com ela, e quando retornamos, Tonya e Marsha estão num flerte só com os caras.

— Quer outra bebida? — Andy grita mais alto que a música, e eu assinto, seguindo-a para o bar. O salão está rodando em minha volta, eu concluo que só vou beber uma água.

O clube ficou mais cheio na última hora, a pista de dança extravasando para o bar e a área do saguão, e quando um grupo de mulheres rindo passa na minha frente, eu perco Andy de vista. Não estou particularmente preocupada – consigo alcançá-la no bar – eu passo em volta do grupo para evitar a parte mais densa de pessoas.

Estou a alguns metros do bar quando dedos fortes seguram meu braço, e uma voz forte e masculina murmura nos meus ouvidos — Dance comigo, Sara.

Eu congelo, meu sangue petrifica nas minhas veias.

Conheço aquela voz, o sutil sotaque russo.

Vagarosamente, eu viro a cabeça e vejo o olhar metálico que persegue meus sonhos.

Peter Sokolov está na minha frente, sua boca esculpida curvada num sorriso leve.

eter

ELA SE VIRA, SEU ROSTO PÁLIDO, EU SEGURO O OUTRO braço dela para mantê-la parada. Ela claramente sabe quem sou; ela me reconhece.

— Não grite — Digo —, não estou aqui para machucá-la.

Seus olhos avelã parecem selvagens, e eu sei que ela não está processando o que estou dizendo. Tudo que vê é uma ameaça mortal, e ela está reagindo de acordo. Em alguns segundos ela ou irá desmaiar ou ter um ataque de histeria, e nenhum dos dois seria bom.

— Sara. — Reforço minha voz. — Não estou aqui para machucar ninguém, mas irei se for preciso. Você entende? Se você fizer qualquer coisa para atrair a atenção para nós, pessoas irão morrer.

O pânico irracional no seu olhar diminui um pouco, trocado por um medo que é mais racional, se não um pouco menos intenso. Eu me fiz entender.

Ajuda o fato de eu não estar blefando.

— O-o que você quer? — Mesmo com as camadas de gloss, seus lábios trêmulos estão pálidos. — Por que você está aqui?

— Eu quis te ver — Eu digo, puxando-a comigo pela multidão enquanto direciono para longe das câmeras colocadas no bar. Os braços nus de Sara estão tensos na minha pegada, sua pele fria ao toque, mas como esperado, ela não grita.

De tudo que sei sobre ela, a pequena doutora morreria a por em risco um grupo de estranhos.

— Dance comigo — Digo novamente quando a tenho no local que quero – perto de uma parede numa parte da pista com pouca iluminação, onde as pessoas formam uma barreira humana em volta de nós. Para facilitar que ela aceite meu pedido, eu solto seus braços e seguro sua cintura, tendo o cuidado de manter uma pegada leve.

Seu corpo está duro como um bloco de gelo quando a seguro mais perto, para todos à nossa volta, parecemos como qualquer outro casal dançando com a música. A ilusão é apenas reforçada quando suas mãos sobem e suas palmas se abrem nos meus peitos. Ela está tentando me empurrar, mas está muito chocada para impor muita força. Não que ajudaria se ela pusesse *toda* sua força.

Consigo sobrepor a maioria dos homens com um

mínimo esforço, quanto mais uma mulher tão pequena quanto ela.

— Não tenha medo — Murmuro, fixando no seu olhar. Mesmo numa pista de dança cheia, posso sentir seu aroma, algo delicado e com flores, e meu corpo reage à sua aproximação, meu pau ficando duro ao sentir sua cintura fina entre minhas palmas. Quero puxá-la para mais perto, sentir seu corpo contra o meu, mas me forço a ficar numa distância próxima. Não quero amedrontá-la com a intensidade da minha necessidade. Do jeito que vejo, o olhar dentro dos olhos de Sara é o de um animal pequeno pego numa armadilha, apenas medo cego e desespero. Isso me faz querer pegá-la no colo e aconchegá-la no meu peito, mas apenas a aterrorizaria mais. Nada que eu faça não a deixaria aterrorizada, eu poderia convidá-la para um karaokê, e ela teria um ataque de pânico.

— O que você quer de mim? — Sua respiração é rápida e rasa ao olhar para mim. — Eu não sei de nada...

— Eu sei. — Mantenho minha voz calma. — Não se preocupe, Sara. Essa parte já acabou.

Confusão se mistura com o terror nos seus olhos. — Mas, então, por que...

— Por que estou aqui?

Ela assente desconfiada.

— Eu realmente não estou certo — Digo, e essa é a mais absoluta verdade.

Nos últimos cinco anos, a vingança norteou minha vida. Tudo que fiz foi para alcançar aquele objetivo, mas agora que já quase terminei com a lista, o futuro parece monótono e vazio à minha frente, a vereda à frente encoberta por uma neblina sombria. Quando matar a última pessoa responsável pela morte da minha família, não terei um propósito. A razão da minha existência terá terminado.

Ou era o que eu pensava quando a encontrei e vi a dor nos seus olhos inocentes. Agora *ela* consome meus sonhos e assombra meus momentos acordados. Quando penso em Sara, não vejo o corpo dilacerado do meu filho ou o rosto cheio de sangue deTamila.

Eu só a vejo.

— Você vai me matar?

Ela está tentando – e falhando – manter a voz firme. Mesmo assim, admiro sua tentativa de ter compostura. Eu me aproximei dela em público para fazê-la sentir-se segura, mas ela é muito esperta para achar isso. Se eles falaram a ela qualquer coisa sobre meu passado, ela deve saber que posso quebrar seu pescoço antes que ela consiga gritar por ajuda.

— Não — Respondo, recostando-me mais perto quando uma música mais alta começa. — Não vou te matar.

— Então, o que você quer comigo?

Ela está tremendo na minha mão, e algo sobre isso tanto me intriga como me perturba. Eu não quero que ela tenha medo de mim, mas, ao mesmo tempo, gosto de tê-la sob meu controle. Seu medo acende o predador dentro de mim, fazendo meu desejo por ela algo mais sombrio.

Ela é uma presa capturada, macia, doce e minha para ser devorada.

Abaixando a cabeça, enterro meu nariz no seu cabelo cheiroso e murmuro no seu ouvido: — Encontre-me no Starbucks perto da sua casa amanhã ao meio-dia, e vou te dizer tudo o que quer saber.

Afasto-me e ela olha para mim, seus olhos grandes nas suas feições com formato de coração. Sei o que ela está pensando, então, me curvo outra vez, abaixando a cabeça para que minha boca fique perto do seu ouvido.

— Se você contatar o FBI, eles tentarão te esconder de mim. Do mesmo jeito que tentaram esconder seu marido e os outros na minha lista. Eles vão te remover, te levar para longe dos seus pais e da sua carreira, e será tudo em vão. Te acharei não importa aonde você vá, Sara... não importa o que eles façam para te manter separada de mim. — Meus lábios esfregam na curva de sua orelha, e a sinto ofegar. — Alternativamente, eles podem querer te usar como isca. Se esse for o caso – se eles armarem uma armadilha para mim – eu saberei, e nosso próximo encontro não será para um café.

Ela treme, e eu respiro fundo, inalando seu perfume delicado pela última vez antes de liberá-la.

Dando um passo atrás, me misturo na multidão e envio uma mensagem para Anton para posicionar a equipe.

Tenho que me certificar que ela chegue em casa segura e bem, sem ser molestada por ninguém além de mim.

13

Sara

NÃO SEI COMO CHEGUEI EM CASA, MAS DE ALGUMA forma estou no chuveiro, nua e tremendo sob o jato quente. Tenho apenas uma vaga lembrança de ter dado uma desculpa estranha a Andy e sair tropeçando do clube para pegar um táxi; o resto da viagem é um borrão de dormência provocada por choque e tontura alcoólica.

Peter Sokolov falou comigo. Ele me *segurou*.

O assassino do meu marido, o homem que me torturou e dilacerou minha vida, dançou comigo.

Meus joelhos se dobram sob mim, e mergulho no piso. Uma onda de tontura faz o box girar à minha volta, e todas as bebidas que tomei ameaçam voltar.

Peter Sokolov estava no clube comigo. Não era minha mente brincando; ele realmente estava lá.

Engulo convulsivamente quando minha náusea piora. A água cai em mim, a ducha quase dolorosa de quente, mas não paro de tremer.

O monstro dos meus pesadelos é real.

Ele está me seguindo.

Minha tontura aumenta, e eu deito, me enrolando numa bola fetal no piso. Meu cabelo sobre meu rosto, molhado e grosso, e minha garganta se fecha quando as lembranças daquela noite aumentam. Por alguns dias após o ataque, evitei lavar meu cabelo porque não podia sentir água descendo pela minha cabeça, mas com o tempo, a necessidade de ficar limpa suplantou a fobia.

Inspira, expira. Devagar e com ritmo.

Vagarosamente, a sensação sufocante diminui, deixando apenas miséria para trás. Sinto-me bêbada e com náuseas, e preciso de toda a minha força para ficar de pé e desligar o chuveiro.

Por que ele está aqui? O que o fez retornar? O que ele quer de mim?

As perguntas percorrem na minha cabeça enquanto me seco, mas não estou mais perto das respostas do que quando estava no clube. Minha mente parece um pântano, todos os meus pensamentos letárgicos e vagarosos.

Enrolando a toalha no meu cabelo, vou tropeçando para o quarto e caio na minha cama *king-size*. O teto vai para trás e para frente, como se estivesse num navio, e sei que terei uma ressaca daquelas amanhã. Desde a faculdade não bebo tanto, e meu corpo não sabe como lidar com isso.

Respirando devagar e profundamente, me enrolo de lado, abraçando o travesseiro no meu peito. O álcool me puxa para baixo, mas dessa vez luto contra o sono. Preciso pensar, entender o que aconteceu e decidir o que fazer.

O assassino que me torturou com água quer se encontrar para um café amanhã.

Seria cômico se não fosse aterrador. Não entendo o que ele está procurando. Por que vir a mim no clube? Por que me pedir para encontrá-lo em público novamente? Ele é procurado por todos os órgãos da justiça lá fora; com certeza ele sabe disso. Por que se arriscar assim?

A não ser... a não ser que ele sinta que não é um risco.

Talvez ele seja arrogante o bastante para achar que pode fugir da justiça para sempre.

A raiva se acende em mim, retirando parte da névoa do meu cérebro. Fico sentada, lutando contra a onda de tontura, e pego o telefone com fio na minha mesa de cabeceira. É um dinossauro, desajeitado e desnecessário na era do celular, mas George insistia em ter uma linha em casa.

— Nunca se sabe — Disse respondendo minhas objeções. — Celulares nem sempre são confiáveis. Se falta luz durante uma tempestade de inverno, o que você vai fazer?

Meus olhos doem ao lembrar, e pego o fone com a mão fraca. Sou boa para lembrar números, então, ligo para o Agente Ryson de memória, pressionando um botão após outro.

Já disquei quase todos os números quando um pensamento repentino me congela no lugar.

Teria Peter grampeado meu telefone? Será que era isso que queria dizer quando disse que saberia se preparassem uma armadilha?

Minha mente pula para outra possibilidade.

Poderia ele estar me observando neste exato momento?

Minha respiração acelera, minha pele coçando com a adrenalina. Antes do clube, eu descartaria a ideia como manifestação da minha paranoia, mas não é paranoia se é real.

Não sou louca se realmente está acontecendo.

Peter tem recursos, disse Ryson. Teria ele acesso a artigos de espionagem de alta tecnologia?

Existem câmeras e escutas dentro da minha casa?

Meu coração martelando, recoloco o telefone no gancho e seguro o cobertor, levantando para cobrir meus seios nus. Raramente me importo de colocar o roupão no meu quarto; mesmo no inverno, durmo nua, coberta apenas pelo meu cobertor. Nunca liguei para meu corpo – George adorava quando eu andava pela casa nua – mas a ideia de que seu assassino possa estar me vendo nua me faz sentir violada e dolorosamente exposta.

Isso também me faz lembrar dos meus sonhos confusos.

Não. Não, não, não. Ofegando, eu enrolo um cobertor em mim e vou tropeçando para o armário e pego uma camiseta e roupa de baixo. Não posso pensar naqueles sonhos. Recuso-me. Estou bêbada; essa é a única razão por que minha mente segue em conexão com o monstro.

Exceto que ele não parece um monstro. Mesmo com a cicatriz cortando sua sobrancelha, ele é um homem muito bonito, o tipo que as mulheres salivam. Se eu o tivesse encontrado no clube sem saber quem era, eu teria dançado com ele.

Eu teria desejado seus braços fortes em volta de mim, seu corpo duro esfregando no meu.

Minhas mãos tremem quando coloco a calcinha e me sinto um pouco molhada quando meu sexo toca o tecido de algodão.

Não. Isso não está acontecendo. Não estou com tesão.

Vestindo a primeira camiseta que acho, volto cambaleante para a cama e colapso, me enrolando no cobertor. A sala está dando voltas, e meu estômago embrulha. Ofego ante a náusea e vejo que minhas pálpebras estão ficando pesadas enquanto meus pensamentos começam a ficar longe.

Apertando os dentes, forço meus olhos a se manterem abertos. Não posso desmaiar enquanto não decidir o que farei amanhã.

Olhando para o teto girando, verifico minhas opções mentalmente.

A coisa sã a se fazer seria falar a Ryson sobre isso e esperar que eles possam me proteger. Exceto se minhas suspeitas forem corretas e Peter Sokolov esteja realmente me observando, ele saberá que contatei o FBI e eu provavelmente não sobreviverei o bastante para os agentes me alcançarem.

Claro, se ele decidir me matar, eu provavelmente não sobreviverei nem com a proteção do FBI. As pessoas na sua lista certamente não sobreviveram e ele disse que viria atrás de mim.

Ele prometeu me achar não importa onde eu vá.

Ainda, provavelmente vale o risco, porque a alternativa é continuar com qualquer jogo cruel que Peter esteja jogando. Eu não sei o que ele quer de mim, mas o que quer que seja, não pode ser bom. Talvez ele odiasse George o bastante ao ponto de querer atormentar sua viúva, ou talvez, apesar do que ele falou, ele acha que sei de algo – como a irmã do pobre homem que matou.

Neste exato momento, ele deve estar arquitetando alguma nova e exótica forma de tortura para mim, algo espetacularmente horrível que de alguma forma tenha a ver com café.

Minhas pálpebras caem novamente, e esfrego minhas mãos no meu rosto, tentando manter meus olhos abertos. Sei que não estou pensando com lógica, mas não posso dormir sem decidir.

Chamo o FBI ou não? E se não chamar, vou realmente ao Starbucks?

Tremedeiras violentas me atingem quando me vejo encontrando com o assassino do meu marido para um café. Não acho que possa fazer isso. A simples ideia disso faz minhas entranhas darem cambalhota. Mas o que eu faria em vez de ir? Me esconder na cama o dia todo e, então, ir para o jantar com os Levinsons como prometi? Fingir que o monstro que destruiu minha vida não está atrás de mim?

É pensando nos meus pais que decido. Se eu estivesse só, poderia arriscar a proteção dúbia do FBI, mas não posso colocar meus pais em perigo desse modo. Não posso forçá-los a sair de sua casa e todos que eles conhecem na possibilidade improvável de que Ryson e seus colegas sejam capaz de nos proteger melhor que protegeram os outros. E deixar meus pais para trás está fora de questão; mesmo se a idade deles não fosse um problema, não posso arriscar Peter interrogando-os como me interrogou sobre George.

Só há uma coisa a fazer.

Tenho que me encontrar com meu perseguidor amanhã e esperar que o que quer que ele faça comigo não afete o resto da minha família.

Quando finalmente fecho meus olhos e desmaio, sonho com ele novamente. Só que desta vez ele nem me tortura nem me fode.

Ele está sentado na minha cama me olhando, seu olhar caloroso e estranhamente possessivo no meu rosto.

14

Sara

Na hora que saí para o Starbucks ao meio-dia, a dor dilacerante no meu crânio tinha diminuído para uma palpitação dormente, e meu estômago não ameaçava se revoltar a cada segundo. Contudo, minhas palmas estão molhadas de ansiedade e minhas mãos tremem tanto que quase derrubo minhas chaves quando saio do carro.

Atravesso o estacionamento, me sentindo como se estivesse indo para a minha execução. O medo pulsando em mim com cada batida rápida do meu coração. Ele poderia me matar neste exato momento, simplesmente me matar com um *sniper*. Talvez seja por isso que ele me seduziu para vir aqui: para me matar num lugar público e deixar o corpo para aterrorizar todo mundo.

Mas nenhuma bala me atinge, e quando entro no café, o vejo na hora. Ele está sentado numa mesa vazia no canto, suas mãos grandes segurando um copo do Starbucks.

Meu olhar encontra o dele, e tudo dentro de mim se revira, como se recebesse um choque de um desfibrilador. Pela primeira vez, o vejo à luz do dia sem álcool ou drogas no meu sistema.

Pela primeira vez compreendo totalmente o quão perigoso ele é.

Ele está encostado na cadeira, suas pernas longas vestidas de jeans esticadas e cruzadas nos calcanhares sob a pequena mesa. É uma pose casual, mas não tem nada de casual sobre o poder sombrio que emana dele em ondas. Ele não é apenas perigoso; ele é letal. Vejo isso na frieza metálica do seu olhar e na postura preparada do seu enorme corpo, no conjunto arrogante da sua mandíbula e na curva cruel dos seus lábios.

Este é um homem que vive e respira violência, o ápice de um predador para quem as regras da sociedade não existem.

Um monstro que torturou e matou inúmeras pessoas.

A onda de ira e ódio que chega em mim ultrapassa meu medo, e dou um passo à frente, então outro até que estou andando para ele com pernas quase firmes. Se ele quisesse me matar, ele já poderia tê-lo feito de um milhão de modos diferentes, então, qualquer coisa que ele queira hoje deve ser algo diferente.

Algo até mais perverso.

— Olá, Sara — Diz ele, se levantando quando me aproximo. —, bom te ver novamente.

Sua voz profunda me envolve, seu sotaque russo acariciando meus ouvidos. Deveria soar feio, aquela voz dos meus pesadelos, mas como tudo o mais sobre ele, é enganadoramente atraente.

— O que você quer? — Estou sendo rude, mas não me importo. Já passamos muito das delicadezas e boas maneiras. Não há por que fingir que este seja um encontro normal.

A única razão de eu estar aqui é porque se eu não aparecesse iria colocar meus pais em perigo.

— Por favor, sente-se. — Ele indica a cadeira à sua frente e se senta. — Tomei a liberdade de pedir um copo de café para você. Preto, sem açúcar... descafeinado, pois, você não está trabalhando hoje.

Olho para o segundo café – preparado exatamente do jeito que eu pediria – então, olho para ele novamente. Meu coração martela na minha garganta, mas minha voz é estável quando digo: — Você *tem* me vigiado.

— Sim, claro. Mas você percebeu isso ontem à noite, não foi?

Eu recuo. Não consigo evitar. Se ele me viu tentar fazer aquela chamada, então, ele me viu entrar cambaleando no banheiro e sair nua.

Se ele tem me vigiado já por um tempo, ele me viu em todo tipo de momento privado.

— Sente-se, Sara. — Ele gesticula para a cadeira novamente, eu obedeço – apenas para me dar uma chance de me acalmar. Ira e medo são dois fios enrolados no meu peito, e me sinto como se estivesse a uma respiração de explodir.

Nunca fui uma pessoa violenta, mas se eu tivesse uma arma, atiraria nele. Explodiria seu cérebro por toda a parede do Starbucks.

— Você me odeia. — Diz ele calmamente, como se declara um fato em vez de fazendo uma pergunta, e olho para ele, pega de surpresa.

Ele lê mentes, ou sou transparente assim?

— Tudo bem — Diz ele, e vejo uma pontinha de divertimento nos seus olhos —, pode admitir. Prometo não te machucar hoje.

Hoje? E amanhã e depois? Minhas mãos formam um punho sob a mesa, minhas unhas entrando na pele. — Claro que te odeio — Digo tão firme quanto posso. —, é uma surpresa?

— Claro que não. — Ele sorri, e meus pulmões se apertam, me impedindo de respirar. Não é um sorriso perfeito – seus dentes são brancos, mas um está um pouco torto embaixo, e seu lábio inferior tem uma pequena cicatriz que não estava visível até agora – mas mesmo assim é magnética.

É um sorriso projetado pela natureza para um único propósito: enganar uma mulher desavisada e fazê-la esquecer do monstro que jaz embaixo.

Minhas unhas afundam mais nas minhas palmas, uma pontada de dor me acertando quando ele diz: — Você tem todo o direito de me odiar pelo que fiz.

Eu o interrompo. — Você está tentando se *desculpar?* Você realmente acha que...

— Você entendeu errado. — O sorriso desaparece, seus olhos de prata piscam com fúria repentina. — Seu marido mereceu aquilo. Se ele não estivesse com morte cerebral, eu o teria feito sofrer muito mais.

Eu chego para trás instintivamente, empurrando a cadeira, mas antes de poder ficar de pé, sua mão segura meu pulso, prendendo na mesa.

— Não disse que você poderia ir, Sara. — Sua voz sombriamente fria. — Ainda não terminamos.

Seus dedos são como uma algema derretida no meu pulso, sua pegada quente e inquebrável. Fico sentada e instintivamente olho em volta. Os clientes mais próximos estão a uns bons quatro metros de distância, e ninguém está prestando atenção em nós. O pânico bate no meu peito, mas lembro de que a falta de atenção é uma coisa positiva. Não me esqueci de como ele ameaçou os outros no clube.

Livrando-me do medo, eu foco em respirar devagar. — O que você quer de mim?

— Estou tentando decidir isso — Diz ele, suas feições se acalmando. Liberando meu pulso, ele pega seu copo de café e toma um gole. — Você entende, Sara, eu não odeio *você.*

Eu pisco surpresa novamente. — Não?

— Não. — Ele coloca o copo na mesa e me olha com

olhos frios. — Provavelmente parece que odeio, dado o jeito que te tratei, mas eu não tenho nada contra você. Apenas o oposto, de fato.

Meu pulso se agita antes de estabelecer um novo ritmo frenético. — O que você quer dizer?

Os cantos da sua boca se viram. — O que você acha que quero dizer, Sara? Você me intriga. Você me fascina, de fato. — Ele se inclina, me prendendo com seu olhar. — Você não se lembra do que me disse quando estava drogada, lembra?

Um calor sobe meu pescoço e toma todo o meu rosto. Não me lembro de tudo naquela noite, mas lembro-me do bastante. Pequenos detalhes da minha confissão drogada vêm à tona na minha mente esporadicamente quando estou acordada e aparecem nos meus sonhos à noite.

Dentro dos meus sonhos *mais deturpados*, os que tento não pensar.

— Vejo que se lembra. — Sua voz fica baixa e rouca, suas pálpebras semifechadas quando suas mãos quentes ficam na minha palma que treme. — Tenho pensado o que teria acontecido se eu ficasse naquela noite... se a tivesse possuído conforme se ofereceu.

Seu toque queima em mim antes de eu puxar minha mão, fechando-a num punho sob a mesa. — Não houve oferta. — Meu coração martelando nos meu ouvidos, minha voz apertada com ódio. — Eu estava drogada. Não sabia o que estava falando.

— Eu sei. Drogas que diminuem a inibição tendem a ter esse efeito. — Ele se recosta, me libertando do efeito forte da sua aproximação, e meus pulmões inspiram profundamente pela primeira vez em dois minutos. — Você não sabia quem eu era ou o que eu estava fazendo. Você reagiria do mesmo jeito a qualquer outro homem igualmente atraente que a tivesse naquela situação.

— Isso é... isso é certo. — Meu rosto ainda pegando fogo, mas a explicação racional me acalma um pouco. — Você poderia ser qualquer um. Não era direcionado para você.

— Sim. Mas você consegue ver, Sara — Ele se aproxima de novo, seu olhar cheio com intensidade sombria... — Minha reação *foi* direcionada a você. *Eu* não estava drogado, e quando você veio a mim, eu a desejei. Eu *ainda* a desejo.

O horror congela meu sangue mesmo quando meu sexo se fecha em resposta. Ele não pode estar falando o que eu acho que está falando. — Você é... você é louco. —Sinto-me como se fosse jogada de um avião sem paraquedas. — Eu não... Isso é simplesmente doentio. — Quero pular e correr, mas me controlo, passando pelo pânico. Tenho que deixar isso claro para ele, colocar um ponto final nesta insanidade de uma vez por todas. — Não me importo o que você quer, ou qual foi sua reação. Não dormirei com você depois que assassinou meu marido e Deus sabe quantos outros. Depois que você me *torturou* e...

— Eu sei, Sara. — Sua mão encontra meu joelho sob a mesa e encosta nele. — Gostaria de poder voltar, eu teria achado um modo diferente.

Assustada, empurro minha cadeira para o lado, saindo do seu alcance. — Você não teria matado George?

— Eu não a teria torturado — Explica ele, colocando a mão de volta à mesa. — Eu poderia ter encontrado aquele *filho da puta* de outra maneira. Levaria mais tempo, mas teria valido a pena pelo fato de não te machucar.

Minha queda do avião termina, o ar assoviando nos meus ouvidos. De que planeta é esse homem? — Você acha que me torturar é um problema, mas *matar meu marido* seria aceitável?

— O marido que mentiu para você? O que você disse que na verdade não conhecia? — O ódio se acende nos meus olhos novamente. — Você pode falar para si mesma o que quiser, Sara, mas te fiz um favor. Fiz um favor ao mundo todo me livrando dele.

— Um favor? — Uma fúria em resposta se acende dentro de mim, eliminando toda a cautela. — Ele era um homem bom, você... você é *psicótico!* Não sei o que você acha que ele fez, mas....

— Ele massacrou minha esposa e filho.

O choque paralisa minhas cordas vocais. — O quê? — Ofego quando finalmente posso falar.

Um músculo pulsa na mandíbula de Peter. — Você sabe o que seu marido fazia para viver, Sara? O que ele *realmente* fazia?

Uma sensação de náusea passa por mim. — Ele era um... um correspondente estrangeiro.

— Esse era seu disfarce, sim. — O lábio superior do

russo se curva enquanto ele se ajeita na cadeira. — Imaginei que você não soubesse. A esposa raramente sabe, mesmo quando pressentem as mentiras.

Meu mundo pende no eixo. — O que você quer dizer 'disfarce'? Ele *era* um jornalista. Ele escrevia histórias para...

— Sim, ele escrevia. E enquanto compilava as histórias, ele juntava informação para a CIA e executava missões encobertas para eles.

— O quê? Não. — Balanço a cabeça freneticamente. — Você está errado. Você cometeu um erro. Eu *sabia* que você pegou o homem errado. George não era um espião. Isso é impossível. Ele nem sabia como trocar um pneu. Ele...

— Ele foi recrutado na faculdade — Peter diz friamente. —, Universidade de Chicago, onde vocês dois estudaram. Eles geralmente fazem assim, focam os campi das faculdades para se chegarem aos melhores e mais inteligentes. Eles procuram certas coisas: poucos laços familiares, uma inclinação patriótica, inteligente e ambicioso mas sem foco... Quaisquer desses soam como seu marido?

Olho para ele, meu peito aperta mais forte, mais forte. A mãe de George morreu num acidente de carro durante seu último ano do Ensino Médio, e seu pai, um Fuzileiro, tinha sido assassinado no Afeganistão quando George era apenas um bebê. Seu tio idoso o colocou na faculdade, mas também morreu, vários anos atrás, deixando apenas primos distantes para irem ao funeral de George seis meses atrás.

Não. Não podia ser verdade. Eu saberia.

— Apenas se ele te falasse — Diz Peter, e vejo que falei alto meu último pensamento. — Eles os ensinam como esconder seu trabalho real de todos, até das suas famílias. Você não achou suspeito como Cobakis descobriu sua paixão por jornalismo da noite para o dia? Como em um dia ele foi de biólogo, e então, estava fazendo estágio em revistas no exterior?

— Não, eu... — Meu peito está tão apertado que quase não consigo respirar. — Aquilo é apenas a faculdade. Entende-se que você vai se descobrir, achar sua paixão.

— E ele achou: trabalhando para seu governo. — Não tem compaixão nos olhos prateados do russo. — Eles o treinaram, deram a ele o foco que ele não tinha. O ensinaram como mentir para você e todos os outros. Quando ele se formou, eles conseguiram um trabalho para ele num jornal, e ele tinha uma desculpa para ir para todos os locais importantes do mundo.

Fico de pé, incapaz de ouvir mais. — Você está errado. Você não sabe sobre o que está falando.

Ele também fica de pé, seu porte grande se impondo sobre mim. — Não sei? Pense um pouco, Sara. Lembre-se do homem com que se casou, a vida que vocês *realmente* tiveram juntos. Não a vida perfeita que mostravam para o mundo, mas aquela que tinha atrás das paredes. Quem ele era, esse marido seu? Quão bem você realmente o conhecia?

Minhas entranhas parecem chumbo quando dou um passo atrás, minha cabeça balançando numa negação que não para. — Você está errado — Repito com voz presa, e me viro, corro para fora do café, indo cegamente para meu carro.

Apenas quando paro no sinal vermelho perto da minha casa que percebo que Peter Sokolov não fez nada para me parar.

Ele só ficou lá e me viu partir.

15

OLHO PELO BINÓCULO QUANDO SARA ENTRA NA CASA dos seus pais; então, abro meu laptop e aciono a câmera de dentro do hall de entrada.

Os pais de Sara moram numa casa pequena e asseada que poderia receber algumas melhorias, mas mesmo assim é quente e aconchegante. Mesmo eu posso falar que é um lar, não apenas um lugar para se viver. Por algumas razões bizarras, me lembra a casa da família de Tamila em Daryevo, apesar desta casa suburbana americana não ser nada parecida com um abrigo numa vila na montanha.

Sara beija os dois pais no hall, e os segue para a sala de jantar. Mudo para a câmera de lá, dando zoom no rosto dela quando cumprimenta os convidados – um casal mais velho e um homem alto e magro nos seus trinta anos.

São os Levinsons e seu filho Joe, o advogado que os pais de Sara querem que ela namore.

Algo feio mexe dentro de mim quando Sara aperta a mão do advogado com um sorriso educado. Não quero vê-la com ele; essa simples ideia me faz querer enterrar minha lâmina nas suas costelas. Ontem, quando o barman estava sorrindo para ela, quis enterrar meu punho na cara dele e a vontade é ainda mais forte hoje.

Eu posso não tê-la reivindicado ainda, mas ela será minha.

Sara ajuda seus pais a trazer os salgadinhos e docinhos e senta-se perto do advogado. Ligo o áudio e ouço os dois conversando trivialidades. Para alguém que acabou de saber da vida dupla do marido, a doutorazinha tem bastante compostura, sua máscara sorridente firmemente no lugar. Ninguém olhando para ela saberia que, antes de ir para lá, ela se escondeu no seu armário por horas e saiu há menos de quarenta minutos com olhos vermelhos e inchados.

Ninguém suspeitaria que ela esteja horrorizada porque a desejo.

Precisei juntar todas as minhas forças para deixá-la ficar no armário e chorar só. Ela entrou lá para escapar das câmeras, e dei esse tempo a ela. Ela ficaria mais perturbada se eu entrasse e a abraçasse – se tentasse confortá-la do jeito que eu queria.

Preciso dar-lhe mais tempo para se acostumar com a ideia de nós – e confiar que não irei feri-la.

O jantar dura duas horas; então, Sara ajuda sua mãe a limpar a mesa e dá uma desculpa para sair. O advogado pede o número do telefone dela, ela dá, mas vejo que é apenas para ser educada. Suas bochechas estão perfeitamente pálidas – e não há nenhum sinal da cor que inunda suas feições na minha presença – e sua linguagem corporal denota indiferença. Joe Levinson não a excita, e isso é bom.

Significa que ele vai chegar em casa vivo.

Sigo Sara a certa distância e ela dirige para a clínica, espero no meu carro até ela sair, me entretendo assistindo-a nas câmeras que instalei dentro da clínica. Sei que o que estou fazendo é pura perseguição, mas não consigo parar.

Tenho que saber o que ela está fazendo e onde está.

Tenho que me certificar de que ela está segura.

Poderia confiar a guarda física dela para Anton e meus outros homens – eles já a monitoram quando não posso – mas quero estar aqui pessoalmente. Quero vê-la com meus próprios olhos. A cada dia que passa, minha necessidade se intensifica e agora que tive uma conversa em pessoa com ela, minha fascinação está rapidamente se transformando em obsessão.

Tenho que tê-la. Em breve.

Ela sai da clínica cerca de três horas depois, e a sigo se dirigindo para um hotel. Ela provavelmente acha que ficará mais segura lá do que na sua casa com todas as câmeras, mas está errada.

Espero até que ela se registre no hotel e vá para o seu quarto, então, saio do meu carro e entro.

16

Sara

O TURNO NA CLÍNICA FOI ESPECIALMENTE DIFÍCIL HOJE. Tive uma paciente de quatorze anos que pediu pílulas do dia seguinte porque seu irmão a estuprou e outra que acabou de sair da adolescência e chegou no terceiro aborto. Fiz o que pude, mas sei que não é o bastante.

Nada que faça por essas garotas é o bastante.

Estou tão drenada emocionalmente que preciso de toda a força para tomar banho e escovar os dentes com a pequena escova que a recepcionista me deu. Vir para cá passar a noite foi uma decisão por impulso, então, eu nem tenho roupa de baixo para trocar. Tenho que passar em casa amanhã antes de ir trabalhar, mas é melhor do que estar em casa sabendo que meu observador mortal possa estar vigiando cada um dos meus movimentos.

Me observando e desejando. Talvez até se masturbando enquanto olha meu corpo nu.

É doentio, mas começa um calor entre minhas pernas quando penso.

Saindo do chuveiro, enrolo numa toalha nos meus seios e me olho no espelho. Colírio Visine fez um bom trabalho em remover o vermelho dos meus olhos, e meu rosto está vermelho do banho quente. Também tenho uma dor de cabeça causada pelo estresse que me tira a vontade de pensar, o que não me importo.

Já pensei muito mais cedo.

George como espião. George vivendo uma vida dupla. Parece impossível, mas explicaria bastante coisa. A proteção dos agentes do FBI veio do nada. As mudanças de humor que começaram pouco depois do nosso casamento seis anos atrás. Será que algo deu errado numa de suas missões secretas?

Poderia seu trabalho real ser o culpado de ele ter mudado tanto nos anos que acabaram com o acidente?

Minha dor de cabeça aumenta, e vejo que estou fazendo aquilo novamente. Estou pensando em George, obcecada com o passado que não posso mudar em vez de focar no futuro que ainda está sob meu controle. Eu deveria estar tentando planejar o que fazer com o assassino que está de tocaia, mas minha mente simplesmente se recusa a fazer isso.

Vou pensar nele mais tarde, quando tiver dormido um pouco e meu cérebro não estiver tão cansado.

Enrolando uma segunda toalha no meu cabelo pingando, abro a porta do banheiro, saio, e pulo com um grito de espanto.

Peter Sokolov está sentado na cama, seu olhar com pálpebras semicerradas fixo no meu rosto.

17

— Não grite, Sara. — Ele se levanta rápido. — Não há necessidade de envolver os hóspedes nisso.

Ofego, pontadas de adrenalina na minha pele quando ele vem em minha direção, seu corpo grande movendo-se com maestria predatória.

— Você... me seguiu até aqui. — Meus joelhos se batem quando instintivamente me afasto, segurando desajeitada a toalha que cobre meu corpo.

— Sim. — Ele para meio metro na minha frente, seus olhos cinza brilhando. — Você não deveria ter vindo para cá. Seu sistema de alarme em casa me desafia um pouco. Aqui, posso entrar com facilidade.

— Por que você está aqui? — Meu coração parece que vai pular da minha garganta. — O que você quer?

Seus lábios se revirando num prazer sinistro. — Você é uma doutora que lida com os efeitos dessa atividade. Provavelmente pode imaginar o que eu quero.

Oh Deus. Minha pele está tão quente quanto gelada, e meu pulso aumenta ainda mais. — Saia. Eu... eu vou gritar, juro.

Ele pende a cabeça fazendo troça. — Vai? Por que ainda não gritou?

Dou outro passo atrás, meu olhar na porta do quarto numa fração de segundos. *Será que consigo antes que ele me agarre?*

— Não tente isso, Sara. Se você correr, eu *vou* te caçar.

Continuo indo para trás. — Te disse, não vou dormir com você.

— Não? Veremos.

Ele vem em minha direção, e eu me afasto mais, minha barriga dando voltas. Sei o que um ataque sexual faz com as mulheres; já vi o resultado, os desastres físico e emocional que ficam. Não sei se posso sobreviver a isso além de tudo que passei.

Não sei se posso sobreviver a isso vindo *dele*.

Minhas mãos trêmulas tocam a porta, mas antes que possa virar a maçaneta, suas palmas batem na porta em cada lado meu, me engaiolando entre seus braços poderosos.

— Você não pode fugir de mim, ptichka — Diz ele, olhando para mim —, nem agora nem nunca. Você também deve se acostumar com isso.

Ele não está me tocando, mas está tão perto que posso sentir o calor saindo do seu corpo grande e ver mais duas pequenas cicatrizes no seu rosto simétrico. As imperfeições acrescentam um detalhe mortal ao seu magnetismo, intensificando seu impacto nos meus sentidos. Minhas batidas do coração são um estrondo nos meus ouvidos, mesmo assim meu corpo se aperta de um modo que não tem nada a ver com medo. Eu deveria estar gritando estridentemente ou, pelo menos, tentando lutar contra ele, mas não consigo me mover. Não consigo fazer nada além de olhar o assassino letalmente belo que me mantém prisioneira.

— Venha, Sara. — Suas mãos descem para a minha cintura numa conhecida algema de ferro. — Não vou machucá-la.

Inalo tremendo. — Não vai? — Talvez ele seja delicado. *Por favor, faça com que ele seja pelo menos delicado.* Já experimentei violência em suas mãos, e isso me horroriza mais do que o espectro de estupro.

— Não. Agora vem.

Ele sai da porta, mas em vez de me levar para a cama, ele me leva para a cadeira à frente de um espelho.

— Sente-se. — Ele aperta meu ombro e eu sento, tentando controlar minha respiração hesitante. O que ele está fazendo? Por que ele não está simplesmente me atacando? Minhas feições no espelho são mortalmente pálidas, meus olhos arregalados quando ele fica atrás de mim e tira algo do bolso interno da sua jaqueta.

É uma pequena escova de cabelo enrolada num

plástico – uma daquelas baratas que eles às vezes dão nos hotéis e nas empresas aéreas.

— Isso era tudo que tinham na loja de presentes lá debaixo — Diz ele, retirando o plástico antes de me olhar no espelho. — Achei que fosse melhor que nada.

Melhor do que nada para o quê? Algum jogo depravado estranho? Minha garganta se aperta, mas antes que o pânico possa tomar conta de mim, ele retira a toalha na minha cabeça e joga no chão. Suas mãos fortes queimadas de sol parecem grandes perto do meu crânio quando ele pega meu cabelo num rabo molhado e começa a desfazer os nós com a escova.

O choque rouba todo o ar dos meus pulmões. O assassino do meu marido – o homem que tem estado de tocaia me observando – *está escovando meus cabelos*.

Seu toque é gentil, mas firme, sem qualquer traço de hesitação. É como se ele tivesse feito isso dezenas de vezes antes. Ele passa a escova nas pontas primeiro, alisando-as e retirando os nós; então, ele sistematicamente sobe até que a pequena escova possa deslizar por todo o cabelo sem prender. E durante o processo, não tem dor – só o oposto, na verdade. As cerdas plásticas massageiam meu couro cabeludo em cada passada, e pontadas de prazer descem para a minha espinha sempre que seus dedos quentes roçam na pele sensível da minha nuca.

Medo ou não, é a experiência mais sensual que já senti na minha vida.

Um sentimento estranho de algo irreal me atinge, olhando-o escovar meu cabelo pelo espelho. Em todos os nossos encontros anteriores, estive tão focada no perigo que ele é para mim que não prestei atenção para as coisas menos importantes, como sua roupa. Então, agora, pela primeira vez, noto que ele está usando uma jaqueta de couro cinza desgastada por cima de uma camisa preta e jeans escuros combinando com as botas pretas. A roupa é casual, algo que qualquer homem usaria durante o início da primavera em Illinois, mas não tem como comparar meu perseguidor a um cara normal na rua.

Peter Sokolov não é nada menos do que uma força da natureza, implacável e alguém que jamais se consegue parar.

Ele escova meu cabelo por vários longos minutos enquanto eu sento tão imóvel quanto possa, não ousando mexer um músculo para não dar-lhe motivo para parar. Cada passada da escova é como um carinho, cada toque das suas mãos ásperas acalmando e me amedrontando ao mesmo tempo. Mais importante, enquanto ele escova meu cabelo, ele não está fazendo outras coisas comigo – coisas que tenho medo.

Cedo demais, contudo, ele coloca a escova na penteadeira, e seus olhos se encontram com os meus no espelho. — Levante-se — Ordena ele, suas mãos em volta dos meus ombros nus me fazendo levantar.

Engolindo seco, me viro para encará-lo quando ele me solta, mas ele já se afastou e está retirando a jaqueta.

Meu coração desaba, olho enquanto ele pendura a jaqueta na cadeira e coloca a mão na parte inferior da sua camisa de manga longa. Num movimento lento, ele tira a camisa pela cabeça e minha respiração para na garganta quando ele pendura a camisa por cima da jaqueta.

Seus ombros são largos, seus braços contornados por camadas de músculos grossos e claramente definidos. Mais músculos cobrem seu dorso magro e em forma de V e seu abdômen é totalmente desprovido de sinal de gordura. Como suas mãos, seu peito e ombros são bronzeados como se ele tivesse passado bastante tempo no sol e seu braço esquerdo é quase todo coberto com tatuagens que se estendem de cima do ombro até o pulso. No meio de uma penugem de cabelo escuro no seu peito, vejo várias outras cicatrizes que já estão desaparecendo, e me vejo olhando a trilha sexy de cabelo que começa no seu umbigo e desaparece na cintura do seu jeans vestido um pouco abaixo do normal.

Ele vai então para o jeans, abrindo o zíper e me forço a olhar para o outro lado. Apesar da sua beleza masculina primitiva, uma camada de suor frio cobre meu corpo, e meu pulso está perigosamente rápido. Ele pode ser um animal lindo, mas é tudo que é: um animal, um monstro de coração frio. Não importa que sob circunstâncias diferentes, eu estaria totalmente atraída por ele. Não quero o que está prestes a acontecer. Isso me deixaria devastada.

Do canto dos meus olhos, o vejo tirar as botas e abaixar o jeans até as pernas, revelando uma cueca boxer azul esticada por um monte longo e grosso, e pernas poderosas cobertas com pelo escuro. Ele se curva para retirar o jeans completamente e meu terror atinge o ápice.

Esquecendo suas ameaças, corro para a porta.

Desta vez, eu nem mesmo chego perto do meu objetivo. Ele me segura a meio metro da porta, um braço forte enrolado no meu peito e me levantando do chão enquanto a outra mão tapa minha boca, abafando meu grito instintivo.

Seguro nos seus antebraços, meus pés chutando as canelas dele quando ele me leva para a cama, mas é inútil. Tudo que consigo é ter a toalha desenrolada nas minhas costas. Seu braço em volta do meu tórax impede que caia no chão, mas minhas costas, nádegas e a parte direita do meu corpo estão completamente expostas. Posso sentir seu peito nu roçando nas minhas costas, cheirar o odor de almíscar masculino da sua pele e a intimidade não desejada aumenta meu pânico, fazendo-me lutar ainda mais.

— Porra — Ele geme quando meu calcanhar se prende ao seu joelho e sinto uma pontada de triunfo.

Não dura muito. Um segundo depois, ele cai de costas na cama, me puxando com ele e antes que possa reagir, ele rola me prendendo sob ele. Eu termino de barriga para baixo no cobertor, minhas mãos arranhando sem efeito a superfície macia e minhas pernas amassadas pelo peso dos músculos das suas panturrilhas. Com sua mão na minha boca, eu não posso fazer nada a não ser barulhos abafados, e lágrimas de pânico queimam meus olhos quando sinto a dureza da tora na sua ereção contra a curva do meu traseiro. Apenas sua cueca nos separa agora, e redobro meus esforços apesar da futilidade do ato.

Leva dois minutos para que minhas energias acabem – e para ver que ele não está se movendo.

Ele está me segurando, mas não está fazendo nada para me possuir.

— Terminou? — Ele murmura quando paro, meus músculos tremendo pelo esforço e meus pulmões gritando por ar. — Ou quer lutar mais? Eu posso fazer isso a noite toda.

Eu acredito nele. Ele é tão maior do que eu que tudo que tem que fazer é ficar deitado em cima de mim e eu não posso nem machucá-lo nem sair. O esforço feito por ele é mínimo, enquanto estou usando toda minha força com zero sucesso.

— Vai se comportar se eu retirar minha mão? — Seus lábios passando bem perto da minha orelha, sua respiração esquentando minha pele.

Meus ombros sobem para proteger meu pescoço daqueles lábios inoportunos, e ele dá um sonoro suspiro. — Certo, acho que vou te amordaçar e pegar minhas algemas.

Faço um barulho abafado atrás das palmas dele e ele dá uma risadinha. — Não? Vai se comportar então?

Assinto levemente. Derrota tem um sabor ácido na minha garganta, mas não quero ser amordaçada e algemada.

— Boa menina. — Ele sai de cima de mim e tira a mão da minha boca, possibilitando pegar ar para meus pulmões famintos. — Agora que você retirou isso do seu sistema, que tal dormirmos? Sei que você tem um dia longo amanhã e eu também.

— O quê? — Estou tão espantada que rolo de costas esquecendo minha nudez.

Um sorriso lento e maldoso curva sua boca enquanto seu olhar viaja meu corpo antes de passar para meu rosto. — Dormir, ptichka. Ambos precisamos disso.

Eu me sento e pego um travesseiro, segurando pressionado ao meu peito enquanto me deslizo pela cabeceira – tão longe dele quanto a cama permite. O que ele está falando não faz sentido. Ele claramente me quer; sua ereção enorme está quase rasgando a cueca. — Você... você quer dormir comigo? *Só* dormir?

O sorriso sai das feições dele, e seus olhos brilham com calor sombrio. — Obviamente quero mais, mas esta noite, vou me contentar em dormir. Eu te disse, Sara, não vou te machucar novamente. Esperarei até que esteja pronta... até que você me deseje tanto quanto te desejo.

Desejá-lo? Quero gritar que ele é louco, que jamais farei sexo com ele voluntariamente, mas engulo a resposta. Estou muito vulnerável agora, e ele é imprevisível demais. Além do mais, quando ele dormir, terei a chance de fugir – talvez atingi-lo na cabeça e chamar os tiras.

— Certo. — Tento soar até mais indefesa do que na verdade estou. — Se você prometer não me machucar...

Seus lábios fazem um muxoxo — Prometo. — Saindo da cama, ele puxa o cobertor sob mim com um puxão forte e o abaixa antes de afofar os outros travesseiros. Batendo nos lençóis expostos, ele diz: — Vem aqui.

Escorrego alguns centímetros na direção dele, segurando meu travesseiro no meu peito.

— Mais perto.

Eu repito a manobra, meu coração martelando com ansiedade. Não confio nada nele. Ele poderia estar brincando comigo, mentindo sobre suas intenções por algum propósito bizarro.

— Entre no cobertor — Diz ele e eu obedeço, feliz por ter algo além de um travesseiro para me cobrir. Infelizmente, meu alívio é curto. Na hora que eu me deito, ele desliga a luz da cabeceira e entra sob o cobertor ao meu lado, seu corpo longo e musculoso se espreguiçando ao meu lado como se ele pertencesse ao lugar.

— Role para seu lado direito — Ele fala e faz o mesmo depois de desligar o abajur ao lado da cama – nossa última fonte de iluminação.

Meu tórax se aperta quando entendo o que ele pretende.

O assassino do meu marido quer dormir de conchinha comigo.

Ignorando o escuro desorientador e o sentimento sufocante na minha garganta, viro de lado e tento respirar normalmente quando um braço musculoso se estica sob meu travesseiro e o outro se enrola possessivamente no meu tórax, puxando-me na curva do seu corpo grande. Assim, respirar normalmente é impossível. Minha bunda nua encostada na dureza grande do seu pau, sua respiração quente de menta assoprando o cabelo fino na minha têmpora, e suas pernas se moldam às minhas por trás. Estou cercada, completamente tomada pelo seu tamanho e força. E calor. Deus, seu corpo gera demasiado calor. Onde quer que sua carne nua pressione a minha, sinto-me queimada, como se ele fosse mais quente do que um humano normal. Exceto que não é ele – sou eu. Estou tão gelada e tremendo, o suor frio tendo evaporado da minha pele.

Não sei por quanto tempo ficamos deitados daquele jeito, mas eventualmente, seu calor se confunde com o meu e se transforma num diferente tipo de calor, aquele traiçoeiro que invade meus sonhos e me faz queimar de vergonha. Agora que não estou tão aterrorizada, estou consciente do seu corpo poderoso como algo além de uma ameaça... do seu pau duro como algo além de uma ferramenta de violação. Seu odor quente masculino me envolve e meus seios ficam pesados e sensíveis sobre a parte grossa do seu braço, meus mamilos se enrijecem e meu sexo pulsando com um vazio pegajoso e pulsante. Há quanto tempo que não sou segurada deste modo? Dois anos? Três? Não me lembro da última vez que George e eu fizemos sexo, quanto mais deitarmos juntos como dois apaixonados e, apesar da situação errada, meu lado animal gosta de ser segurada deste modo, sentindo o calor de um corpo de homem e o pulsar da excitação dentro de mim.

É bom que eu não esteja planejando dormir, porque

eu não conseguiria deste modo – não com meu coração disparado e minha mente mais rápida ainda com uma confusão de pensamentos. Medo e ódio, excitação e vergonha – tudo misturado, aumentando o ritmo do meu coração e fazendo meu estômago doer. O que Peter quer realmente? O que ele consegue deste aconchego bizarro? Essa ereção massiva deve ser desconfortável, até dolorosa, mas ele parece feliz deitado aqui não fazendo nada além de me segurar. Por quê? Qual o seu plano? Por que ele se prende a mim?

E poderia isso ser realmente verdade, o que ele disse sobre George? Poderia meu marido ter de alguma forma ferido sua família?

É a pior ideia no mundo, mas não consigo me conter. Minha boca parece operar independentemente do meu cérebro quando sussurro: — Um, Peter... você pode me falar sobre você?

Consigo sentir sua surpresa no apertar minúsculo dos seus músculos e na sua respiração. Nunca me dirigi a ele por seu nome antes, mas seria estranho chamá-lo de qualquer outra coisa quando estou deitada nua nos seus braços. Também, uma intimidade emocional poderia fazê-lo mais inclinado a responder minhas perguntas – e menos provável que ele me machuque por perguntá-las.

— O que você quer saber? — Ele murmura um segundo depois, se mexendo para que eu fique mais confortável.

Por que você acha que meu marido massacrou sua família? É essa pergunta que estou morta de vontade de fazer, mas não sou estúpida o bastante para ir direto. Lembro-me de sua ira na última vez que tocamos nesse assunto. Em vez, eu digo calmamente: —Eles me disseram que você nasceu na Rússia. É verdade?

— Sim. — Sua voz profunda tem um tom de divertimento. — Você não consegue ver pelo meu sotaque?

— É bem pouco, então não. Você poderia ser de qualquer lugar na Europa e Oriente Médio. De modo geral, seu inglês é excelente. — Estou falando rápido demais por causa do nervosismo, então, respiro e diminuo o ritmo. — Você aprendeu na escola?

— Não, no meu trabalho.

O trabalho onde ele seguia e interrogava supostas ameaças à Russia? Eu seguro uma tremedeira e tento não pensar sobre os métodos de interrogatório. *Fique calma,* digo para mim mesma. *Vá trabalhando no assunto.* Num tom normal, digo: — Quando já era adulto? É impressionante. Geralmente, você tem que aprender uma língua quando criança para ser capaz de falar tão bem quanto você fala.

Assim, está bom. Um pouco de bajulação, um pouco de admiração genuína. É o que se deve fazer quando está numa posição vulnerável: manter uma troca de ideia com seu agressor, fazê-lo ver que você é alguém que ele possa ter empatia. Claro, essa estratégia depende da capacidade do agressor de sentir empatia – algo que suspeito que o psicopata enrolado em mim não tem.

— Bem, aprendi algumas palavras em inglês quando era criança — Diz ele —, suponho que tenha ajudado.

— Oh. Onde você as aprendeu? Na escola, ou dos seus pais?

Ele dá uma risadinha, os músculos do seu peito se expandem nas minhas costas. —Nenhum dos dois. Apenas de filmes americanos. Eles são sua exportação principal, você sabe – isso e hambúrgueres.

— Certo. — Inspiro, tentando ignorar o braço pesado no meu tórax e a evidência da sua ereção empurrando por trás. Incomoda-me de um jeito que não quero pensar. — Então, o que te fez decidir entrar na sua... profissão?

Ele afunda o nariz nos meus cabelos e inspira profundamente, como que respirando em mim. — O que Ryson te falou exatamente?

Fico tensa ante ao uso casual do último nome do agente, mas tento relaxar. Claro que ele sabe quem é Ryson; provavelmente ele nos viu conversar no café. — Ele falou que você foi das Forças Especiais da Rússia. Está certo?

— Sim. — Sua voz soa rouca enquanto ele se move contra mim, seu pau, como uma barra de aço pressionada contra mim. — Controlei uma pequena unidade não registrada especializada em contraterrorismo e contra insurgências.

— Isso é... incomum. — Falo com ele - e assim o mantendo num estado de excitação - não parece uma boa ideia, mas não consigo ficar de boca fechada. —

Como alguém entra nesse tipo de negócio? Você entrou nas forças armadas e foi recrutado lá?

— Não. — Ele continua a colocar o nariz nos meus cabelos. — Eles me acharam no que você chamaria de reformatório.

— Uma prisão para delinquentes juvenis?

— Era mais como um campo de trabalho forçado, mas sim.

— O que... — Eu engulo, tentando me concentrar nas palavras dele em vez de no efeito que seu desejo óbvio por mim está fazendo no meu corpo. — O que você fez para ir para lá?

Isso não tem nada a ver com George, mas não posso suprimir minha curiosidade. Suspeito que qualquer coisa que aprenda irá apenas me deixar mais espantada, mas quero saber o que faz meu inimigo agir desse modo.

Quero conhecer suas fraquezas para que possa usá-las contra ele.

— Matei o diretor do orfanato onde cresci. — Não há traço de arrependimento ou desculpa nas palavras de Peter, nenhuma emoção além da luxúria engrossando sua voz. Ele poderia também estar falando o que comeu no jantar. — Acho que você pode dizer que comecei minha carreira bem cedo.

— Entendo. — Minha pele treme, mas faço o máximo para soar calma. — Quantos anos você tinha?

— Onze, quase doze.

— O que ele fez contra você?

Ele suspira e se afasta um pouco. — Isso realmente

importa, ptichka? Você já decidiu sobre mim, e nenhuma história negativa sobre meu passado deve mudar isso. Neste momento, você me odeia demais para sentir qualquer coisa além de felicidade por qualquer desfortúnio que eu possa ter passado.

Depois de tanto esforço para conseguir um relacionamento emocional. — Bem, o que você esperava? — Pergunto de forma amarga, perdendo toda a pretensão de ouvir com simpatia. — Que você me torturaria e mataria meu marido e seríamos melhores amigos?

— Não, ptichka. Apesar do que você possa pensar, não sou louco. Seus sentimentos negativos para comigo são racionais e esperados. Só espero mudá-los com o tempo.

Ele *é* louco se acha que irei sentir algo além de ódio por ele, mas não tento argumentar. — Que palavra é essa que você sempre me chama? Pitchi-alguma coisa?

— Ptichka. — Ele fala enfiando o nariz nos meus cabelos, ou os cheirando, ou o que quer que ele esteja fazendo. — Significa *passarinho* em russo.

Minhas mãos formam um punho no cobertor à minha frente. — Um pássaro?

— Aham. Um pequeno pássaro cantador, belo e gracioso como você. — Ele pausa, então, acrescenta calmamente: — Também engaiolado, como você.

Esse descarado. Aperto meus dentes e tento me afastar dele tanto quanto seu braço que segura minha cintura deixa. — Essa situação é temporária.

— Oh, não quero dizer engaiolada por mim. —

Posso ouvir o sorriso na sua voz quando ele aperta sua pegada em mim, impedindo-me de me afastar. — Eu posso estar te segurando neste momento, mas você estava presa bem antes de eu entrar na sua vida.

Eu congelo surpresa. — O quê?

— Oh, sim. Não finja que não sabe do que estou falando, Sara. Sei que você sentia isso: todas as expectativas da sociedade, dos seus pais e seu marido e amigos... A pressão de ser bem sucedida porque você nasceu inteligente e bonita, o desejo de ser perfeita, a necessidade de ser tudo para todos o tempo todo... — Sua voz é mansa e sombria, me enrolando numa teia sedosa e sedutora. — Vi isso no clube ontem: seu desejo por liberdade, seu desejo de viver sem contenções colocadas em você. Por alguns momentos naquela pista de dança, você deixou as amarras cair, e eu vi o belo pássaro sair da gaiola de ouro e voar livremente. Eu vi *você*, Sara, e foi lindo.

Por dois segundos, tudo que posso fazer é ficar deitada quieta, meu peito pulsando e meus olhos queimando na escuridão. Quero rir e negar essas palavras, mas tenho medo que se tentar falar, vou desmoronar e gritar. Como pode esse homem, esse estranho violento, saber algo tão pessoal – algo que acabei de entender sobre mim?

Como podia ele saber que minha vida legal e confortável não me faz mais feliz... que talvez nunca tenha feito?

Tentando forçar a bolha na minha garganta, eu bufo de forma sarcástica e digo: —Então, você vai.... o quê?

Me livrar da minha vida restritiva? Me libertar e deixar voar?

— Não, ptichka. — Sua voz cheia de sarcasmo gentil. — Nada tão nobre assim.

— O que então?

— Vou colocá-la numa gaiola minha e fazer você cantar.

ELA ESTREMECE NOS MEUS BRAÇOS E SINTO O MEDO passando por ela. Parte de mim se arrepende da minha honestidade, mas não consigo me ver mentindo para ela. Meu desejo por ela não se compara nem de perto com a afeição carinhosa que sentia por Tamila ou a luxúria desenfreada que experimentei com outras mulheres.

Minha necessidade por Sara é mais sombria, somado ao que ocorreu entre nós e por saber que ela pertencia ao meu inimigo. Não quero machucá-la, mas não posso negar que o sofrimento dela me agrada de certo modo perverso. Atormentá-la diminui minha ira fervente, satisfaz minha necessidade de punir e me vingar, mesmo quando digo para mim mesmo que quero curá-la, me redimir pela dor que causei.

Quando se trata de Sara, sou um emaranhado de contradições, e a única coisa que tenho certeza é que uma simples foda não será o bastante.

Quero mais.

Quero fazê-la minha.

É tentador faltar com minha palavra e possuí-la agora, tê-la e acalmar minha fome que me consome vivo. Ela está completamente nua nos meus braços, sua pele nua esfregando na minha a cada respirada. Posso sentir o cheiro do seu shampoo de flores nos seus cabelos úmidos, sentir a maciez dos seus seios no meu braço, e meu pau pulsa dolorosamente contra a curva do seu traseiro, meu corpo pulsando com a necessidade de me afundar dentro dela. Ela lutaria no início, mas eu posso fazê-la gostar.

Ela não é imune a mim. Sei disso, sinto isso.

Antes que o impulso sombrio me controle, respiro fundo e deixo o ar sair vagarosamente. Tão bom como seria foder Sara, quero sua confiança tanto quanto seu corpo.

Quero que ela cante para mim no seu próprio tom.

— Durma, ptichka — Murmuro quando ela fica em silêncio, todas as suas perguntas presas por enquanto. —, você ficará segura esta noite.

E ignorando a fome consumindo meu corpo, fecho meus olhos e mergulho num sono leve, mas reparador.

〜

Acordo três vezes durante a noite, duas quando Sara tenta se soltar do meu abraço – sem dúvida para escapar e fazer algo que me fira – e uma quando ela acorda de um pesadelo. Seguro-a apertado em cada vez, e ela eventualmente cai no sono novamente. Depois de um tempo, eu também durmo, apesar do desejo que me remói apenas aumentar noite a dentro. De manhã estou prestes a explodir e levo apenas vinte segundos me masturbando quando uso o banheiro.

Ela ainda está dormindo quando saio do banheiro e penso na possibilidade de entrar nas cobertas com ela. Entretanto, já são quase sete e quero me encontrar com Anton antes de ele iniciar o dia. Também não estou completamente confiante do meu autocontrole; a liberação rápida acalmou muito pouco a minha vontade por ela.

Se subir na cama com Sara novamente, corro o risco de quebrar minha promessa.

Rejeitando o resultado tentador, visto-me quietamente e saio do quarto.

Verei Sara novamente em breve. Enquanto isso, tem trabalho a ser feito.

19

Sara

Tenho uma cesariana programada de manhã e uma não programada de tarde. Nesse meio tempo, atendo uma mulher que tem dores menstruais horríveis mas não tolera o remédio hormonal usado no controle de natalidade – algo pelo qual tenho empatia – e outra que tem tentado ficar grávida por dois anos sem muito sucesso. Indico um ultrassom para a primeira para checar os endometriomas e encaminho a segunda para um especialista em fertilidade. Quando termino, sou chamada na emergência para examinar uma grávida de seis meses que sofreu um acidente de carro grave. Por sorte, consigo falar para ela que o bebê está saudável e chutando – o melhor desfecho em uma colisão frontal dessa magnitude.

Surpreende-me poder focar no meu trabalho depois de ontem à noite, mas pela primeira vez em meses, as memórias sombrias não invadem minha mente a toda hora e a paranoia do mês passado não voltou. Perversamente, agora que eu *sei* que estou sendo observada, a ideia não me invade com tanta ansiedade de quando tinha apenas a sensação que me deixava nervosa. Também me sinto descansada e alerta com um consumo mínimo de cafeína e suspeito que seja porque tive sólidas nove horas de sono apesar do corpo duro enroscado ao meu a noite toda.

Ou talvez *por esse* motivo. Não importava o quanto tentava ficar acordada ontem à noite, o calor animal vindo da pele de Peter e sua respiração constante me atraíram para dormir. Acordei duas vezes na noite e tentei me soltar dele, mas foi impossível. Ele me segurava com a força de uma criança prendendo seu ursinho preferido, e eventualmente, desisti e simplesmente dormi, meu subconsciente alegremente despercebido que a fonte dos meus pesadelos estava bem perto de mim.

De qualquer modo, qualquer que seja a razão, estou calma e focada por todo meu turno. Ajuda que consegui superar todos os pensamentos em relação a Peter e suas intenções, enviando-os para o canto da minha mente enquanto me concentro nos pacientes. Se me deixar levar pelas suas declarações, sairia correndo do hospital gritando, e quem sabe o que meu opressor faria então? Quando acordei viva e sem danos nesta manhã, decidi que a melhor linha de ação é viver um dia de cada vez e evitar provocá-lo o máximo possível.

Talvez ele fique bonzinho por mais um tempo e poderei pensar no que fazer.

Quando termino meu turno, vou para o vestiário e encontro Andy no corredor. Ela deve estar começando seu turno, porque seu uniforme está asseado e seu cabelo encaracolado está num coque perfeito, sem um fio fora do lugar.

No final de um turno longo, a maioria das enfermeiras e doutores – eu incluída – parece bem mais amarrotado.

— Ei — Diz ela, parando na minha frente. — Tudo bem?

Pisco. — Mm, sim. — Ela não pode saber sobre Peter, pode? — Por quê?

— Você disse que não estava se sentindo bem outro dia de noite — Diz Andy, com a testa franzida —, quando você saiu de fininho do clube.

— Oh, sim, desculpe-me por aquilo. — Dou um sorriso constrangida. — Bebi muito e me pegou legal. Acho que vomitei quando cheguei em casa, mas está tudo meio obscuro agora.

— Ah, entendo. — Um sorriso de alívio toma o lugar do franzido nas suas feições. — Achei que talvez você estivesse preocupada com algo. Você parecia como alguém que teve seu pônei favorito morto na sua frente.

Eu rio e balanço a cabeça, apesar de ela não estar

muito longe da verdade. — Infelizmente a única vítima foi meu fígado.

Andy ri, então pergunta: — O que você vai fazer no próximo sábado? Tonya e Marsha estão planejando outra noite fora com as meninas, mas eu estava pensando em só pedir um jantar e ver um filme com Larry – os dois numa hora razoável, pois, tenho turno cedo no domingo. Quer se juntar a nós?

— Você e seu namorado? — Olho surpresa para ela. — Não seria uma a mais?

— Bem... — Um sorriso largo e malicioso aparece no seu rosto com pintas. — A verdade é que Larry tem um amigo muito bonito – e bem sucedido – que está doido para conhecer uma garota legal. Ele é um magnata imobiliário e tem uma lista de pedidos impossível, mas... — Ela levanta um dedo quando estou quase interrompendo. — você parece se encaixar em todos eles. Se você tiver a fim, Larry vai convidá-lo e poderíamos ter um encontro duplo.

Franzo o nariz. — Oh, não sei...

— Ele é um cara bonito. Olha. — Ela pega o telefone do bolso, roda a tela agumas vezes e me mostra a foto de um cara que parece um Tom Cruise louro. — Vê? Você poderia conseguir um bem pior.

Dou uma risadinha. — Com certeza, mas...

— Sem mais. — Ela levanta a mão quando tento argumentar. — Só apareça e vamos nos divertir. Sem pressão para fazer nada. Se você gostar do amigo de Larry, excelente. Se não, nós nos juntamos às garotas e

Larry pode sair com os colegas – ele tem enchido o saco por uma saída dessa há séculos.

Eu hesito, então balanço a cabeça. — Obrigada, mas não posso. — Não sei se Peter é uma ameaça para Andy ou seu namorado, mas não quero arriscar. Com o assassino russo observando cada movimento meu, todos à minha volta poderiam se tornar seu alvo.

Até que a situação do meu perseguidor seja resolvida, é melhor me resguardar.

As feições de Andy caem. — Oh, ok. Bem, se mudar de ideia me manda mensagem. Marsha tem meu número.

— Vou mandar, obrigada — Digo, mas Andy já está se afastando, andando tão rápido quanto seu tênis branco permite.

A CAMINHO PARA CASA, OUÇO A MÚSICA 'STRONGER', DE Kelly Clarkson, e luto contra a vontade de continuar dirigindo até que esteja em outro estado. Ou talvez até em outro país. Canadá e México parecem bons, como Antártida e Timbuktu. Em vez de ir para minha casa infestada de câmeras, eu poderia dirigir direto para o aeroporto e pegar um avião para algum lugar – qualquer lugar.

Eu iria para o Polo Norte se tivesse uma garantia que Peter não viria atrás de mim.

Infelizmente, não tenho essa garantia. Muito pelo

contrário, na verdade. Se eu correr, ele virá atrás de mim. Tenho certeza disso. Ele é um caçador, um rastreador e não vai descansar até que me ache, do mesmo jeito que achou todos da sua lista. Eu poderia ir para outro hotel ou outro continente e não faria nenhuma diferença.

Ele não me deixará em paz enquanto não conseguir o que quer – o que quer que seja.

Minhas palmas estão escorregadias no volante e vejo que estou respirando rápido, minha calma desaparecendo quando os pensamentos da noite passada começam a chegar. Ainda não tenho certeza do que ele está procurando, mas parece que é algo além de apenas sexo.

Algo sombrio e bem mais estranho.

Vendo que estou prestes a ter outro ataque de pânico, troco de Kelly Clarkson para música clássica e começo a fazer o exercício de respiração. Talvez esteja cometendo um erro em não ir ao FBI. Pelo menos há uma chance de que eles possam me proteger, enquanto que sozinha não tenho chance nenhuma. O melhor que posso esperar é que ele se encha de mim e passe para outra vítima, deixando-me viva e com a maior parte da minha sanidade intacta.

Já estou quase pegando o telefone quando me lembro por que não liguei pra Ryson na mesma hora: meus pais. Não posso desaparecer e deixá-los e seria egoísmo deixá-los na tênue chance de que o FBI seria capaz de nos proteger. Explicar a necessidade de mudança, eu teria que falar tudo para meus pais e não sei se o coração do meu pai sobreviveria a esse tipo de stress. Ele teve três pontes de safena instaladas alguns anos atrás e os doutores o aconselharam a manter atividades estressantes ao mínimo. Saber que há um homicida nos vigiando, que me torturou e matou George, poderia literalmente matar meu pai e pode até ser perigoso para a minha mãe.

Não. Não farei isso a eles. Controlando minha respiração, volto com Kelly Clarkson. Meus pais têm uma vida feliz e normal e farei o que for preciso para que continue assim. Se isso significar ter que lidar com Peter sozinha, que seja.

Espero que eu seja forte o bastante para sobreviver a qualquer coisa que ele queira.

20

S *ara*

O QUE ELE ME APRESENTA É COMIDA. UM MONTE DE comida com aroma fabuloso.

Pasma, olho para as coisas na mesa da minha sala de jantar. Tem um frango assado inteiro, uma tigela de purê e uma salada verde – tudo belamente arrumado entre velas acesas e uma garrafa de vinho.

Achei que houvesse uma emboscada em minha casa hoje, mas não esperava isso.

— Com fome? — Uma voz forte e com leve sotaque me pergunta pelas costas e eu me viro, meu pulso pulando quando Peter Sokolov sai do corredor. A parte da frente do seu cabelo está molhada, como se acabasse de lavar o rosto e ele veste uma camisa azul e jeans escuros, ele não usa sapatos, apenas meias.

Ele está lindo – e mais perigoso do que nunca.

— O que... — Minha voz é muito alta, então, eu respiro fundo e tento novamente: — O que é isso?

— Jantar — Ele diz parecendo divertir-se. —, o que parece?

— Eu... — O ar na sala fica rarefeito quando ele para a dois metros de mim, o olhar de intimidade lembrando-me que dormi nua nos seus braços. — Não estou com fome.

— Não? — Ele levanta suas sobrancelhas escuras. — Tudo bem então. Vamos dormir. — Ele se move como se fosse me pegar e pulo para trás.

— Não, espera! Posso comer.

Um sorriso curva seus lábios. — Também achei. Sirva-se.

Ele gesticulou num semicírculo e eu fui sentar, tentando engolir meu coração de volta para meu peito quando ele apaga a luz principal, deixando apenas a iluminação das velas e me segue para a mesa.

Ele puxa uma cadeira e sento-me. Ele vai para a cadeira do outro lado e senta. Noto que a mesa está com dois pratos e talheres formais – o que George gostava que eu usasse apenas nos feriados e festas.

Silenciosamente, vejo o assassino de George cortar o frango com maestria e colocar uma das coxas – minha parte favorita – no meu prato, junto com várias colheres de purê e uma porção de salada.

— Onde você conseguiu toda essa comida? — Pergunto enquanto ele se serve.

— Eu preparei. — Ele olha para mim. — Você gosta de frango, certo?

Gosto, mas não falo. — Você cozinha?

— Engano. — Ele pega sua faca e garfo. — Vai, prove.

Eu empurro minha cadeira e me levanto. — Tenho que lavar minhas mãos. — Acabei de chegar da garagem, e a doutora em mim não me deixará tocar na comida sem lavar os germes do hospital.

— Certo — Diz ele, largando os talheres e vejo que vai me esperar.

Meu perseguidor tem maneiras excelentes à mesa.

Entro no banheiro mais perto e lavo as mãos, esfregando entre os dedos e em volta do pulso como sempre faço. Quando volto para a mesa, ele já colocou vinho para nós dois e o cheiro forte de Pinot Grigio se mistura com o delicioso aroma da comida, aumentando a estranheza da situação.

Se não soubesse, acharia que estávamos num encontro.

— Como você sabia que eu viria para cá em vez do hotel? — Pergunto quando me sento.

Ele dá de ombros. — Foi um palpite. Você é inteligente, então, não cometeria o mesmo erro duas vezes.

— Aham. — Pego meu garfo e provo o purê. O sabor rico em manteiga alegra minha língua, aumentando meu apetite apesar da ansiedade em minha barriga. — É muita comida para se fazer para uma simples aposta.

— Sim, bem, sem riscos, sem recompensas, certo? Além do mais, já vi como você pensa e calcula, Sara. Você não faz coisas estúpidas, sem razão, e ir para outro hotel seria exatamente isso.

Minha mão se aperta no garfo. — É assim? Você acha que me conhece porque me observou por algumas semanas?

— Não. — Seus olhos brilham à luz da vela. — Não te conheço, ptichka, pelo menos nem perto do que gostaria.

Ignorando as palavras provocantes, foco no meu prato. Agora que comi, minha boca está salivando por mais. Apesar do que falei com Peter mais cedo, estou morta de fome e feliz mergulho no meu delicioso prato. O tempero do frango está perfeito, o purê está com a quantidade certa de manteiga e a salada verde está refrescante com o molho incomun de limão. Estou tão concentrada em comer que apenas depois da metade do prato um pensamento assustador me ocorre.

Largando o garfo, olho para o meu perseguidor. — Você não colocou droga nisto, certo?

— Se coloquei, já é tarde demais para você — Fala ele alegremente. —, mas não. Fique tranquila. Se fosse drogá-la seria com uma seringa. Não preciso estragar essa comida perfeita.

Tento não reagir, mas minhas mãos tremem quando pego o copo de vinho. — Excelente. Estou feliz por saber.

Ele sorri para mim e sinto uma sensação quente se

derretendo entre minhas pernas. Para esconder o desconforto, tomo vários goles antes de focar no meu prato novamente.

Não estou atraída por ele. Recuso-me a estar.

Comemos em silêncio até que nossos pratos estão vazios; então, Peter larga o garfo e pega seu copo de vinho. — Me responda algo, Sara — Diz ele —, você está com vinte e oito agora e tem sido uma médica formada por dois anos e meio. Como conseguiu isso? Você era uma dessas crianças prodígios com QI alto?

Empurro meu prato. — Você não descobriu enquanto me vigiava?

— Não pesquisei fundo no seu passado. — Ele toma um gole do vinho e larga o copo. — Se você quiser que eu faça, posso fazer – ou você simplesmente me fala e podemos nos conhecer numa maneira mais tradicional.

Hesito, então, decido que não tem problema em falar. Quanto mais ficarmos na mesa, mais adio a hora de ir para a cama e tudo o mais.

— Não sou um gênio — Digo, tomando um gole do vinho. —, quero dizer, não sou burra, mas meu QI está na faixa normal.

— Então, como se tornou uma doutora com vinte e seis quando se leva pelo menos oito anos depois da faculdade?

— Fui uma criança não programada — Digo. Como ele continua a olhar para mim, explico: — Nasci três anos antes de a minha mãe entrar na menopausa. Ela tinha quase cinquenta quando ficou grávida e meu pai tinha cinquenta e oito. Ambos eram professores de faculdade – se conheceram quando ele era seu conselheiro de Ph.D., apesar de não começarem a namorar imediatamente – e nenhum deles queria filho. Eles tinham sua carreira, um excelente círculo de amigos e tinham um ao outro. Eles estavam fazendo planos para se aposentar naquele ano, mas em vez disso, eu aconteci.

— Como?

Bato de ombros. — Dois drinques combinados com a convicção de que eram muito velhos para se preocupar com uma camisinha rasgada.

— Então, eles não te queriam? — Seus olhos cinzentos escurecem, o aço se transformando em bronze, e sua boca se aperta.

Se não soubesse, acharia que ele está com raiva por mim.

Espantando o pensamento ridículo, digo: — Não, eles queriam. Pelo menos assim que passaram do choque de descobrir a gravidez. Não era o que eles queriam ou esperavam, mas uma vez que eu tinha chegado, nascida com saúde apesar das probabilidades contra, eles me deram tudo. Tornei-me o centro do mundo deles, seu pequeno milagre pessoal. Eles tinham posse, tinham economias e abraçaram seu novo papel como pais com a mesma dedicação que deram às suas carreiras. Fui inundada com atenção, ensinada a ler e contar até cem antes de começar a andar. Quando entrei no jardim, podia ler como no nível do quinto ano e já sabia matemática básica.

A forma dura da sua boca diminuiu. — Entendo.

Então, você teve várias voltas de vantagem na competição.

— Tive. Eu pulei dois anos no fundamental e pularia mais, mas meus pais não acharam que seria uma boa coisa para meu desenvolvimento social o fato de ser muito mais jovem que meus colegas de classe. Assim, eu me esforcei para fazer amigos na escola, mas foi irrelevante. — Parei para tomar outro gole do vinho. — Terminei o Ensino Médio em três anos porque o currículo era fácil para mim e quis começar a faculdade e, então, terminei a faculdade em três anos porque consegui vários créditos fazendo aulas de Recolocação Avançada no Ensino Médio.

— Por isso os quatro anos.

Assinto. — Sim, por isso os quatro anos.

Ele me estuda e eu me remexo na cadeira, desconfortável com o calor dos seus olhos. O meu copo de vinho está quase vazio agora, e começo a sentir os efeitos, o zunido fraco do álcool mandando para longe a pior das minhas ansiedades e me fazendo notar coisas irrelevantes, de como seu cabelo escuro parece grosso e sedoso ao toque e como sua boca é macia e dura ao mesmo tempo. Ele está me olhando com admiração nos olhos... e algo mais, algo que faz minha pele ficar quente e dura como se estivesse com febre.

Como se sentisse, Peter se curva para mais perto, suas pálpebras baixando. — Sara... — Sua voz baixa e profunda, perigosamente sedutora. Posso sentir minha respiração aumentando quando ele cobre minha mão com sua palma grande e murmura: — Ptichka, você é...

— Por que você acha que George feriu sua família? — Puxo minha mão, desesperada para diminuir meu desejo crescente. — O que aconteceu com eles?

Minha pergunta é como uma bomba explodindo na atmosfera carregada de sexo. Seu olhar forte, o calor desaparecendo num flash de ira fria.

— Minha família? — Sua mão segurando a mesa. — Você quer saber o que aconteceu com eles?

Assinto com cuidado, lutando contra o instinto de pular da cadeira e me afastar. Tenho um sentimento terrível de que acabei de provocar um predador ferido, um que poderia me rasgar no meio sem nem mesmo tentar.

— Tudo bem. — Sua cadeira raspa no piso enquanto ele se levanta. — Venha, vou te mostrar.

21

Peter

Ela continua sentada, congelada no lugar. Ela franze como se soubesse que estava na vira do meu rifle. Sei que a amedronto, mas não consigo me importar – não com a dor e o ódio me rasgando por dentro.

Mesmo após cinco anos e meio, pensar na morte de Pasha e Tamila tem o poder de me destruir.

— Venha — repito, contornando a mesa. Segurando no braço de Sara, forço a ficar em pé, ignorando sua postura rígida. —, você quer saber? Você quer ver o que seu marido e a gangue dele fizeram?

Seu braço fino fica tenso na minha pegada quando coloco a mão no meu bolso para pegar meu velho smartfone. Sempre o levo comigo, apesar de não estar conectado a nenhuma operadora e não poder ser usado para fazer chamadas. Passando as telas com meu polegar, navego para a última pasta de fotos.

— Aqui. — Empurro o telefone na sua mão livre. — Dê uma boa olhada.

As mãos de Sara tremem quando ela levanta o telefone à altura do rosto e sei o exato momento em que ela olha a primeira foto. Suas feições ficam pálidas e ela engole convulsivamente antes de passar a tela e ver o resto das fotos.

Eu não olho para o telefone – não preciso. As imagens estão fixadas nas minhas retinas, coladas no meu cérebro como uma tatuagem macabra.

Tirei as fotos depois do dia que fugi dos soldados que me retiraram da cena. Eles já haviam realocado os aldeões restantes, mas as investigações haviam apenas começado e ainda não tinham retirado os corpos. Quando voltei, os corpos ainda estavam lá, cobertos por moscas e insetos rastejantes. Eu fotografei tudo: os prédios queimados, as manchas escuras de sangue na grama, os corpos em decomposição e membros dilacerados, a mãozinha de Pasha segurando o carrinho... Havia coisas que eu não conseguia capturar, como o cheiro da carne apodrecendo que fica denso no ar e o vazio desolado de uma vila abandonada, mas o que gravei foi o bastante.

Sara abaixou o telefone e eu o peguei dos seus dedos pálidos, recolocando no bolso.

— Aquilo era Daryevo. — Solto o braço dela, cada palavra como lixa arranhando minha garganta. — Uma pequena vila em Dagestan onde minha mulher e filho moravam.

Sara dá um passo atrás. — O que... — Ela engole sonoramente. — O que aconteceu lá? Por que eles foram mortos?

Respiro para controlar a ira violenta dentro de mim. — Por causa da arrogância e ambição cega de algumas pessoas.

Sara me olha sem entender.

— Era uma operação pontual programada para capturar uma célula terrorista pequena mas muito efetiva com base nas Montanhas do Cáucaso — Digo com voz firme. — Um grupo de soldados da OTAN agiu com informação de uma coalizão das agências de inteligência ocidental. Tudo foi feito sob o radar para que eles não tivessem que dividir a glória com os grupos antiterroristas – como o que eu liderava na Rússia.

Sara cobre a boca com sua mão trêmula e vejo que está começando a entender.

— É isso, ptichka. — Vou em direção a ela, pego seu pulso fino e retiro sua mão do rosto. — Você pode imaginar quem estava envolvido em passar aquela informação falsa para os soldados.

Seus olhos estão cheiros de terror. — A célula terrorista não estava lá?

— Não. — Minha pegada no seu pulso é punitivamente forte, mas não posso relaxar meus dedos. Com as memórias frescas na minha mente, não consigo parar de pensar nela como a mulher do meu inimigo morto. — Não havia nada lá além de uma vila pacífica de civis e se o seu marido e os outros da sua equipe operacional tivessem verificado com *meu* grupo, eles saberiam. — Minha voz fica mais áspera, minhas palavras mais fortes. — Se eles não tivessem sido tão arrogantes, tão gananciosos por glória, eles teriam procurado ajuda em vez de acharem que sabiam de tudo – e, então, saberiam que sua fonte foi colocada pelos próprios terroristas e minha mulher e filho ainda estariam vivos.

Posso sentir a flutuação rápida do pulso de Sara quando ela olha para mim e vejo que não acredita em mim – não totalmente, pelo menos. Ela acha que sou louco, ou na melhor das hipóteses, mal-informado. Sua dúvida aumenta minha raiva e me forço a soltar seu pulso antes de esmagar seus ossos frágeis.

Ela se afasta imediatamente e sei que ela sente a violência pulsando sob minha pele. Quando soube inicialmente a verdade sobre o que tinha acontecido, não consegui punir os soldados da OTAN ou os operacionais envolvidos – eles esconderam tudo rapidamente – então, coloquei minha ira na célula terrorista que os deu a informação falsa, junto com qualquer um burro o bastante para ficar no meu caminho.

A morte do meu filho soltou o monstro dentro de mim e ele ainda anda livre.

Quando tem um metro de distância entre nós, Sara para de se afastar e me pergunta desconfiada: — É por isso que... — Ela morde o lábio. — É por isso que você se tornou um fugitivo? Por causa do que aconteceu lá atrás?

Minhas mãos se fecham num punho e me viro, voltando para a mesa. Não posso discutir isso nem por mais um segundo. Cada frase é como um jato de ácido no meu coração. Cheguei ao ponto em que fico várias horas sem pensar na morte da minha família, mas falando sobre o que aconteceu traz a devastação daquele dia – e a ira que me consumiu.

Se continuarmos nesse assunto, posso perder o controle e machucar Sara.

Um movimento por vez. Uma tarefa por vez. Apago minha mente como faço quando estou trabalhando e foco no que deve ser feito. Neste caso, é limpar a mesa, colocar as sobras na geladeira e arrumar os pratos na lavadora. Foco nessas atividades mundanas e gradualmente minha fúria fervente diminui, como a necessidade de violência.

Quando ligo a lavadora e me viro para Sara, a vejo me olhando desconfiada. Parece que ela está preparada para correr a qualquer momento e o fato de que ainda não fez significa que ela sabe dos resultados.

Se ela correr neste exato momento, não serei educado quando pegá-la..

— Vamos para cima — Digo e vou na direção dela. —, é hora de ir para a cama.

SUAS MÃOS ESTÃO GELADAS NA MINHA PEGADA QUANDO A

levo pela escada, seu rosto belo, pálido. Se não estivesse me sentindo tão irado por dentro, eu a confortaria, diria que não iria machucá-la nesta noite também, mas não quero fazer promessas que não possa cumprir.

O monstro está muito perto da superfície, muito fora de controle.

— Tire a roupa — Ordeno, largando sua mão quando entramos no seu quarto. Ela está usando uma calça jeans e um suéter frouxo branco e apesar de ela parecer fenomenal com roupas normais, quero que as tire.

Não quero nenhuma barreira entre nós.

Em vez de obedecer, Sara se afasta. — Por favor... — Ela para no meio do caminho entre mim e a cama. — Por favor, não faça isso. Sinto muito pelo que aconteceu com sua família e se George foi de qualquer forma responsável...

— Ele foi. — Meu tom corta a fala dela. — Me custou anos, mas consegui os nomes de cada soldado e os oficiais da inteligência envolvidos no massacre. Não existe erros, Sara; minha lista veio direto da sua própria CIA.

Ela parece pasmada. — Você conseguiu isso da CIA? Mas... como? Achei que você disse que eles estavam envolvidos, que George era um deles.

— Tem muitas divisões e facções dentro da organização. Uma mão nem sempre sabe ou se importa com o que a outra está fazendo. Conheço um traficante de armas que tem um contato lá e ele – ou melhor, sua esposa – me conseguiu a lista. Mas isso agora não é importante. — Cruzo os braços no peito. — Tire a roupa.

Seus olhos viram para a cama, então, para a porta atrás de mim.

— Não. Você não quer me pôr à prova esta noite, confie em mim.

Seu olhar se volta para o meu rosto e consigo sentir seu desespero. — Por favor, Peter. Por favor, não faça isso. O que aconteceu com sua família foi horrível, mas isso não os vai trazer de volta. Sinto muito por eles, mas eu não tive nada a ver com...

— Isso não tem nada a ver. — Descruzo os braços. — O que quero de você não tem nada a ver com o que aconteceu. — Exceto que mesmo quando falo, sei que é mentira. Minhas ações não são a de um homem cortejando uma mulher; são as de um predador ante a presa. Se ela não fosse quem é – se fosse apenas uma mulher comum – não estaria me forçando na sua vida desse jeito.

Meu desejo por ela seria gentil e restrito em vez de perigoso e obsessivo.

Sara me dá um olhar desacreditado e vejo que ela também entende desse jeito. Não estou enganando ninguém. O que está acontecendo entre nós tem tudo a ver com o passado sombrio que compartilhamos.

Que seja.

Vou na direção dela. — Tire a roupa, Sara. Não vou pedir outra vez.

Ela se afasta novamente, provavelmente vendo que está se aproximando da cama. Mesmo com o suéter grosso escondendo suas curvas, consigo ver seus seios subindo quando ela fecha e abre as mãos ao seu lado.

— Tudo bem. Se é assim que quer... — Vou em direção a ela, mas ela levanta as mãos, as palmas viradas para mim.

— Espera! — Suas mãos tremem quando toca o suéter. — Vou tirar.

Paro e fico olhando quando ela tira o suéter pela cabeça. Sob o suéter, ela está usando um top apertado que desnuda seus ombros finos e acentua as curvas dos seus seios. Não são os maiores que já vi, mas se encaixam no seu porte de bailarina e meu pau fica duro quando me lembro daqueles seios lindos repousando no meu braço ontem à noite.

Em breve, saberei como são nas minhas mãos – e o seu sabor.

— Continue — Digo quando Sara hesita novamente, seu olhar passando de mim para a porta. — Top, então, jeans.

Suas mãos tremem enquanto obedece, retirando o top pela cabeça antes de pegar no zíper do jeans. Sob o top, ela está vestindo um sutiã branco normal e me forço a ficar parado quando ela abaixa o jeans pelas pernas, revelando as calcinhas azul-claras. Apesar de ter sentido sua pele nua ontem à noite e tê-la visto várias vezes despida pelas câmeras, esta é a primeira vez que a vejo nua de tão perto e meu coração acelera quando sedento olho cada linha graciosa e curva do seu corpo.

Ela é de altura mediana, mas suas pernas são longas,

com músculos fortes e torneados de dançarina. Sua barriga é reta e definida, sua cintura fina se alarga em quadris suavemente femininos, e sua pele é macia e pálida, sem nenhum bronzeado à vista.

Ela é linda, esta nova obsessão minha. Linda e assustada.

— Agora, o resto — Digo asperamente quando ela chuta o jeans e fica tremendo, vestida apenas com sutiã e calcinha. Sei que estou sendo cruel, mas o ferimento doloroso que ela expôs retira qualquer decência e compaixão que tenho, deixando apenas luxúria e uma necessidade irracional de punir.

Posso não querer machucá-la, mas neste momento, preciso vê-la sofrer.

Ela alcança o gancho do sutiã nas costas, abrindo com movimentos trêmulos e respiro fundo, a dor no meu peito aumentando ainda mais meu desejo. Vi seus seios ontem à noite, então, sei que são lindos, mas a visão dos seus mamilos rosados e sua pele macia e branca ainda me atinge como um soco. Meu coração bate num ritmo rápido e desajeitado e é tudo que posso fazer para ficar parado e não agarrá-la quando ela tira a calcinha. Sua buceta é lisa e sem pelos – ou ela retira com cera ou teve seus pelos pubianos tratados com laser algum tempo atrás – e minha boca fica aguada quando imagino enfiando minha língua naquelas dobras delicadas.

Mal posso esperar para prová-la e fazê-la gozar.

Quando fico imaginando aquilo, Sara fica ereta e levanta o queixo. — Feliz agora? — Apesar das suas bochechas estarem vermelhas, ela não está fazendo nenhum esforço de cobrir seu corpo, suas mãos fechadas em pequenos punhos nos lados.

Pervertidamente, seu pequeno show de bravura diminui meu desejo sombrio e minha boca se curva pela graça.

— Ainda não, mas estarei em breve — Digo, tirando minhas próprias roupas. Meus movimentos são rápidos e econômicos, projetados para terminar a tarefa tão rápido quanto possa, mas as feições dela ainda estão desafiadoras, seus seios levantando e abaixando enquanto olha para mim.

— Venha — Digo, indo para ela quando estou totalmente nu. — Sei que gosta de tomar banho antes de dormir.

Ela pisca, seus olhos no meu rosto e vejo que estava olhando para o meu pau – que está tão duro que se curva para meu umbigo.

— Você pode tocá-lo no chuveiro se desejar — Digo, meu sorriso se abrindo ante seu constrangimento óbvio. — Vem, ptichka. Você vai gostar disso.

Pegando no seu pulso, a conduzo para o banheiro.

 *ara*

Eu tento manter minha compostura – ou, pelo menos, a aparência dela – quando Peter me arrasta para o banheiro, seus dedos longos em volta do meu pulso. Definitivamente não era assim que eu imaginava esta noite quando subia as escadas. Apesar do lado sombrio nos seus olhos, meu perseguidor parece agora estar num humor leve, quase brincalhão – um grande contraste do ódio horripilante que vi nas suas feições mais cedo.

É como se meu striptease forçado acalmasse quaisquer daqueles demônios horríveis que as fotos liberaram.

Fico com náuseas novamente quando relembro as

imagens, a morte e devastação mostradas com detalhes tão macabros. Só as olhei por alguns segundos, mas sei que nunca conseguirei esquecê-las novamente. Não consigo imaginar estar lá em pessoa para tirar aquelas fotos, muito menos saber que minha família está caída lá – que os corpos em decomposição eram pessoas que eu amava. O simples pensamento me enche com tal agonia que por um pequeno momento entendo o que move meu agressor.

Não desculpo, mas entendo, e a pena batalha com terror no meu peito.

Se Peter acredita que meu marido foi responsável por aquelas mortes, ele não tinha escolha se não vir atrás dele. Só isso é óbvio para mim. Mesmo antes de ser um vilão, a profissão russa deve tê-lo exposto às partes mais sombrias da humanidade, ensinando-o a abraçar a violência como solução – isso sem nem se levar em conta o que o levou a ser um assassino antes da idade de onze anos. Um homem como esse não daria a outra face; olho por olho seria mais seu estilo. Ele não se importaria quantos inocentes ele machucaria na sua busca por vingança e ele certamente não piscaria para torturar a mulher do seu inimigo para capturá-lo.

Se George teve qualquer *envolvimento* no que aconteceu, tenho sorte de estar viva.

Parado em frente ao box de vidro, meu captor solta meu pulso, entra e liga a água. Enquanto ele brinca com a torneira, tentando achar a temperatura certa, olho para a porta do banheiro. Ele está molhado e distraído, então, tenho quase certeza que posso chegar às escadas e ao meu carro antes que ele me pegue. Mas, e depois? Guio nua para um hotel qualquer e torço para que ele não me ache hoje à noite? Corro direto para o FBI e suplico para que eles me escondam?

Antes de começar esse debate interno novamente, Peter sai do chuveiro, pingos de água brilhando no seu peito poderoso. — Entre — Diz ele, pegando no meu braço, e quase caio quando ele me puxa para dentro do box.

— Cuidado — Murmura, me segurando e eu olho para ele para ver que ele está me observando com uma mistura de fome e divertimento sombrio. —, aqui está escorregadio.

Ante sua insinuação, o rubor que ainda não tinha saído do meu rosto, volta. Odeio ver que ele conhece a reação do meu corpo a ele – que apenas alguns momentos antes ele havia me pego olhando sua ereção como uma adolescente olhando sua primeira foto pornográfica. Com certeza ele poderia ser uma estrela pornô com um pau como aquele, mas esse não é o ponto. Não me importa que ele seja um animal macho lindo; seu corpo poderoso é algo que eu devo temer, não desejar.

Ele é um assassino perigoso, possivelmente louco e devo vê-lo como tal.

E eu vejo – racionalmente, pelo menos. Contudo, quando ele vira o chuveiro para mim, deixando a água quente cair nas minhas costas, vejo que não estou nem um pouco horrorizada como estava ontem à noite – apesar de dever estar, após ver aquelas fotos. Se Peter acredita no que me disse, então, ele tem toda a razão de me odiar e qualquer que seja o tipo de atração que sente por mim, é provavelmente do tipo tóxica. Não sei por que ele não me estuprou ontem à noite, mas estou quase certa de que ele o fará hoje. O pensamento deveria me encher com temor – e enche – mas o pânico visceral que senti no hotel está ausente. É como se dormir nos seus braços me desensibilizasse ao puro erro do que ele está fazendo comigo, a violação de sua presença na minha casa e no meu chuveiro.

Pela segunda vez em muitos dias, estamos nus juntos e eu não acho nem um pouco desconfortável como deveria.

— Feche os olhos — Diz Peter, pegando o frasco de shampoo e obedeço, deixando-o colocar o líquido no meu cabelo. Apesar do seu humor volátil mais cedo, seus dedos fortes são macios na minha cabeça enquanto ele massageia com o shampoo e vejo que ele está me mimando novamente, me desarmando mais ainda com suas carícias. Fico cheia de vontade de curvar minha cabeça para trás, forçando contra suas mãos como uma gata que pede carinho, mas fico parada, não querendo que ele saiba que gosto de qualquer coisa que ele faça comigo.

Qualquer que seja o jogo do meu perseguidor, recuso-me a jogar.

Minha determinação termina até que ele começa a massagear meu pescoço, com maestria trabalhando os nós na base do meu crânio. Eu nem imaginava quanta tensão carregava ali até que se dissolvesse, o calor da água combinado com seu toque que me faz sentir quente e relaxada de um jeito que não sentia há muito tempo.

Tento me lembrar se George já lavou minha cabeça assim algum dia e não consigo. Nem mesmo lembro-me dele tomando banho comigo além de duas vezes no início da nossa relação, quando ainda éramos aventureiros na cama. Quando já namorávamos por um ano, nossa vida sexual havia se tornado uma rotina e George raramente me tocava de modo a me excitar diretamente – e conforme chegava o fim, ele raramente me tocava, ponto final.

Pelos últimos dois dias, estou tendo mais intimidade física com o assassino do meu marido do que durante a maior parte do nosso casamento.

Quando meu cabelo está limpo, Peter coloca meu cabelo sob a ducha, lavando o shampoo e, então, coloca o condicionador. Ao fazer isso, ele se aproxima, seu peito raspando no meu por um segundo e meus mamilos se intumescem sob a ducha quente, meu sexo ficando macio e escorregadio quando sinto a cabeça lisa do seu pau duro contra minha barriga.

Ele se afasta logo depois, mas é tarde demais. O sentimento quente e relaxante transforma em excitação sexual tão rápido que não tenho tempo de me proteger. Apesar de ele ter me tocado tão rapidamente, fico sem fôlego e tremendo, pulsando por ele. É pura reação física, sei, ainda assim fico envergonhada. Eu não deveria desejá-lo ou essa intimidade forçada; nada disso deveria me provocar desejo em nenhum nível.

Mordendo a parte interna da minha bochecha para me distrair com dor, abro os olhos e o vejo colocando sabonete líquido nas palmas.

— Deixe-me fazer isso — Digo com firmeza, tentando pegar o sabonete dele, mas ele balança a cabeça, um sorriso sensual curvando-se nos seus lábios enquanto ele move o frasco para longe do meu alcance.

— Ainda não, ptichka. Você tem que esperar sua vez.

Ficando atrás de mim, ele começa a lavar minhas costas e apesar do calor da água, seu toque me incendeia, cada toque das suas mãos ásperas intensificando as chamas da excitação dentro de mim. Tento me concentrar em algo diferente, qualquer coisa, mas meu coração está muito rápido, meu corpo queimando com partes iguais de vergonha e desejo.

E medo. Apesar de ficar mudo por um momento, é uma presença persistente na minha cabeça. Não esqueci o que o homem me tocando fez ou o que é capaz de fazer. Talvez outra mulher no meu lugar lutaria em vez de deixá-lo fazer isso, mas não o quero me machucando de verdade. Ontem, ele me subjugou com facilidade patética e sei que o resultado seria o mesmo hoje. Exceto que ele não pararia até me ter aberta sob ele.

Ele pode ceder à escuridão que vi nos seus olhos hoje à noite, e o jogo, qualquer que seja, terminaria de um jeito horrível.

Então, fico parada e olho para frente, vendo a água rolar esfumaçando na parede de vidro enquanto as mãos ensaboadas dele deslizam nas minhas costas, meus ombros, meus braços... meus lados. É tortura de um jeito diferente, e suas mãos se movem para a parte da frente, colocando sabão na minha barriga trêmula antes de subir à minha caixa torácica, não posso resistir mais.

— Pare — Sussurro sem fôlego, minhas unhas afundando na minha coxa quando seus dedos esfregam sob seus seios. —, por favor, Peter, pare.

Para meu choque, ele ouve, abaixando as mãos no meu quadril. — Por quê? — Ele murmura, chegando-me para ele. Seu peito moldado nas minhas costas e sua ereção aperta atrás — Porque você odeia isso? — Ele abaixa a cabeça, sua barba mal feita raspando na minha têmpora quando ele passa a língua na parte externa do meu ouvido. —Ou porque você adora isso?

Nenhum. Ambos. Não posso pensar com clareza para decidir. Meus olhos se fecham, e minha pele fica pinicando quando sua língua entra no meu ouvido, fazendo minhas entranhas se liquidificarem. Quero empurrá-lo, mas não quero me mover para não fazer algo estúpido, como curvar minha cabeça para trás em direção ao calor tentador daquela boca malévola.

— Do que você está com medo, ptichka? — Continua ele numa voz sombria e mansa. — Dor? — Ele morde meu lóbulo gentilmente. — Ou prazer? — Sua mão direita desce devagar pela minha barriga, movendo-se para a abertura pulsante entre minhas pernas com lerdeza insidiosa. Ele está me dando todas as chances de pará-lo, mas não consigo – nem mesmo quando vejo seu destino. Tudo que posso fazer é dar respiradas rápidas e profundas quando seus dedos ásperos pelos calos passam por cima das minhas dobras, expondo a carne sensível interna.

— Sem resposta? — Sua respiração é quente na minha têmpora. — Acho que terei que descobrir sozinho.

A ponta do seu dedo circula meu clitóris, e minha respiração para no meu peito, minha mente ficando estranhamente vazia. É como se cada terminação nervosa no meu corpo ficasse viva ao mesmo tempo. Estou totalmente ciente do seu corpo grande e duro pressionando as minhas costas e sua barba por fazer raspando minha orelha, da sua mão grande na minha barriga e a água quente caindo em cima de nós. E aquele dedo, aquele dedo áspero e, mesmo assim, suave. Está quase me tocando, ainda assim todo meu corpo é como uma mola, cada músculo rígido com a antecipação.

Bem baixinho, registro um som estranho e vejo que está vindo de mim. É gemido misturado com um tipo de suspiro lamurioso. Me enche de vergonha, mas o constrangimento apenas aumenta meu tesão, todos os meus sentidos centrados na dor pulsante no conjunto de nervos que ele está provocando. Posso sentir o quão escorregadio está entre as minhas coxas e quando seu dedo pressiona mais forte na carne estranhamente sensível, a dor se transforma numa tensão insuportável, tensão que cresce e se intensifica a cada segundo. É tanto prazer quanto agonia, e é forte, e estou vibrando com ela, ondas de calor rolando minha pele. Tento segurá-la, parar a tensão de aumentar, mas é impossível segurar a maré.

Com uma ofegada, gozo, todo meu corpo se apertando em uma liberação tão intensa que minha visão fica branca atrás das minhas pálpebras fechadas apertadas. Ela continua, o prazer irradiando do meu âmago em ondas pulsantes que me deixam tonta e tremendo, quase incapaz de ficar em pé. Tento empurrar meu perseguidor para longe, para terminar meu prazer aterrorizante, mas ele aumenta a força da sua pegada em mim, e não tenho escolha a aceitar, sentindo cada impulso vergonhoso do meu corpo.

— Assim, ptichka — Ele respira quando eu finalmente me encosto nele, ofegando e drenada. — Isso foi lindo.

Sua mão deixa meu sexo e abro meus olhos, a letargia pós-orgasmo dissipando o horror do que aconteceu ainda se espalhando.

Gozei. Gozei nas mãos do homem que acabou com a vida do meu marido.

Ele começa a me virar para fitá-lo e eu finalmente vejo a força do acontecido. Com um gemido de dor, me viro da sua pegada e cambaleio para trás, quase batendo na divisória de vidro atrás de mim. — Não! — Minha voz é alta e fina, quase histérica. — Não me toque!

Para minha surpresa, Peter fica parado, apesar de

poder ver que ele ainda está duro, ainda me desejando. Pendendo a cabeça para o lado, ele me observa por alguns momentos, então, estende o braço e desliga o chuveiro.

— Saia — Diz ele calmamente, abrindo a porta do box —, acho que já estamos bem limpos.

Peter

SECO-ME COM UMA TOALHA FOFA BRANCA; ENTÃO, PEGO outra e enrolo em Sara quando ela sai do chuveiro. Ela parece que está quase tendo um troço, seus olhos cor de avelã brilhando com dor e apesar do desejo me consumindo, sinto algo perto de pena.

Ela deve estar se odiando agora. Quase o tanto que me odeia.

Esfrego a toalha no seu corpo, secando-a, daí, enrolo no cabelo molhado dela. Sei que a estou tratando como uma criança em vez da mulher adulta que é, mas tomar conta dela desse jeito me acalma, ajuda-me a manter o impulso sombrio sob controle.

Ajuda-me a lembrar que realmente não quero feri-la.

Abaixando-me, pego-a nos braços e ela dá uma ofegada. — O que você está fazendo? — Ela empurra meu peito. — Me larga!

— Num segundo. — Ignorando suas tentativas de se soltar, levo-a para fora do banheiro. Ela é leve, fácil de carregar. É como se seus ossos fossem ocos, como os de um pássaro de verdade. Ela é frágil, minha Sara, mas resiliente ao mesmo tempo.

Se eu for cuidadoso, ela se curvará a mim em vez de quebrar.

Chegando à cama, coloco-a no chão e ela pega um cobertor, colocando sobre ela para cobrir seu corpo nu. Seu olhar está cheio de desespero quando ela se chega para trás na cama, longe de mim.

— Por que você está fazendo isso comigo? Por que não acha outra mulher para torturar?

— Você sabe por quê, ptichka. — Subindo na cama, retiro o cobertor dela. — Não me interesso por ninguém mais.

Ela pula da cama, claramente esquecendo a futilidade de fugir de mim, e pulo atrás dela, pegando-a antes que chegue à porta. Meu sangue está pulsando grosso nas minhas veias, o monstro aparecendo quando ela luta nos meus braços e preciso de todo meu autocontrole para não encostá-la na parede e fodê-la.

Se não fosse pelo fato de que eu não quero que nossa primeira vez seja deste modo, eu já estaria dentro dela.

— Pare de lutar — Falo entredentes quando ela continua se debatendo nos meus braços, tentando se livrar. Posso sentir meu autocontrole diminuindo, meu pau reagindo aos movimentos dela como uma dança. — Estou te avisando, Sara...

Ela congela, vendo o perigo em que se encontra.

Inspiro vagarosamente, libero-a e me afasto para diminuir a tentação. — Vá para a cama — Falo com firmeza quando ela fica parada ofegando. — Vamos dormir, entendeu?

Seus olhos se arregalam. — Você não vai...?

— Não — Digo sério. Indo para frente, pego a mão dela para guiá-la para a cama. — Hoje à noite não.

Não importa o quão torturante seja, darei a Sara mais tempo para se acostumar comigo. É o mínimo que posso fazer para compensar nosso início violento.

Ela será minha em breve, mas não agora.

Não até que me certifique que não a destruirei.

— Você está acordado, Papa? Vem brincar comigo. — *Uma mãozinha pega meu pulso. — Por favor, Papa, vem brincar.*

— Deixe seu pai dormir — Repreende Tamila, levantando-se pelo cotovelo do outro lado da cama. — Ele chegou tarde ontem à noite.

Me viro e sento, bocejando. — Tudo bem, Tamilochka. Já acordei. — Abaixando-me, pego meu filho e me levanto, erguendo-o ao mesmo tempo. Pash se contorce em excitação, suas perninhas chutando o ar quando o seguro acima da minha cabeça.

— Você é por demais indulgente com ele — Diz Tamila, então, se levanta também, colocando um roupão sobre o pijama. — Vou fazer um café para nós.

Ela desaparece no banheiro, e sorrio para Pasha. — Quer brincar, pupsik? — Jogo-o no ar e o pego, fazendo-o tremer de excitação e gargalhadas. — Gosta disso? —Jogo-o novamente.

— Sim! — Ele está rindo tanto agora que quase não consegue respirar. — Mais! Mais alto!

Eu rio, então, o jogo no ar mais algumas vezes, ignorando a dor nas minhas costelas machucadas. Passei as últimas duas semanas caçando um grupo de insurgentes e finalmente os achamos ontem. No tiroteio resultante, recebi duas balas no meu colete. Nada sério, mas consegui alguns dias de folga. Ainda assim, não perderia essa brincadeira por nada no mundo.

Meu filho está crescendo muito rápido.

Eu acordo com uma dor amarga no meu peito. Não preciso abrir os olhos para saber onde estou ou para ver que estava sonhando. A dor de perder Pasha é muito forte, muito profundamente arraigada para confundir a memória de um sonho com qualquer outra coisa, apesar *desta* ser a primeira vez que senti um sonho prazeroso tão vividamente.

Geralmente, meus sonhos com minha família são calmos e borrados – pelo menos até se tornarem pesadelos gráficos.

Fico parado por alguns momentos, ouvindo a respiração regular de Sara e absorvendo o sentimento do seu corpo magro enrolado nos meus braços. Ela finalmente está dormindo, sua mente hiperativa descansando. Ela não conversou comigo esta noite, apenas ficou deitada rígida por quase uma hora e eu sabia que ela estava se remoendo pelo que aconteceu no chuveiro. Pensei em falar com ela, distraindo-a dos seus pensamentos, mas com as memórias frescas na minha mente e meu corpo enrijecido e pulsando, não quis arriscar a conversa aventurando-se por território doloroso.

Se ela começasse a defender seu marido, eu poderia perder o controle e possuí-la, machucando-a no processo.

Inspirando, sinto o aroma doce do cabelo dela e deixo o desejo familiar passar pelo meu peito. Não faz muito sentido, mas tenho certeza de que Sara é a razão do porquê, pela primeira vez em cinco anos e meio, eu sonhar com meu filho sem também sonhar com sua morte. Apesar de segurar seu corpo nu sem fodê-la ser uma forma de auto-tortura, a presença de Sara na minha cama tem o mesmo efeito nos meus sonhos como sua proximidade nos meus momentos acordado.

Quando estou com ela, a agonia das minhas perdas são menos profundas, quase suportáveis.

Fechando meus olhos, apago minha mente e deixo-me mergulhar de volta no sono.

Se tiver sorte, encontrarei Pasha nos meus sonhos novamente.

S*ara*

COMO ONTEM, PETER JÁ HAVIA PARTIDO NA HORA QUE acordei. Estou feliz, porque eu não sei como o encararia esta manhã. Toda vez que penso no que aconteceu no chuveiro, morro um pouquinho por dentro.

Eu traí George, traí sua memória do pior modo possível. Conheci meu marido quando tinha quase dezoito anos. Ele foi meu primeiro namorado sério, meu primeiro tudo. E mesmo quando as coisas começaram a piorar, mantive-me leal a ele e a nosso casamento.

Até ontem à noite, George fora o único homem com quem fiz sexo, o único que me fez gozar.

A dor bate em mim, o pesar tão agudo e repentino

que parece um golpe. Ofegando, me curvo na pia, minha escova de dentes no meu punho. Pelos últimos seis meses, tenho estado tão ocupada lidando com minhas ansiedades e ataques de pânico, com a culpa de saber que causei a morte de George, que não tive a chance de realmente sentir o pesar pela morte do meu marido. Não processei o vácuo que é sua ausência em minha vida, não lidei com o fato de que o homem com quem estive junto por uma década se foi.

George está morto e eu dormi com seu assassino.

Meu estômago se contorce com náusea quando me olho no espelho do banheiro, odiando a imagem que me olha de volta. A facilidade com que tive o orgasmo ontem à noite me enche de vergonha. Peter quase não me tocou, quase não fez nada. Ele até não me restringiu muito. Se eu tentasse, poderia ter sido capaz de empurrá-lo, mas eu não tentei.

Eu só fiquei lá e cedi ao prazer e, então, dormi nos braços do meu perseguidor pela segunda noite seguida.

A dor vira um nó de autodesgosto e eu me viro contra o reflexo, incapaz de resistir a censura nos olhos cor de avelã olhando-me de volta. Eu não posso fazer isso, não posso jogar esse jogo trocado que Peter está me forçando. Não importa se ele tem suas razões, ou acha que tem. Nenhum sofrimento desculpa o que ele fez com George, ou o que ele ainda está fazendo comigo.

Meu perseguidor pode estar ferido ou machucado, mas isso apenas o faz mais perigoso – para a minha sanidade e segurança.

Tenho que achar um jeito de sair disso.

Não importa o que precise, tenho que me livrar dele.

Passei a maior parte do meu turno do plantão no piloto automático. Ainda bem que não tinha nenhuma cirurgia ou qualquer outra coisa crítica; de outro modo, teria que pedir a outro médico para vir ajudar. Por enquanto, minha mente não está nas necessidades dos meus pacientes, mas em que farei para lidar com meu perseguidor.

Não será fácil, e certamente será perigoso, mas não vejo qualquer outra escolha.

Não posso passar outra noite nos braços de um homem que odeio.

Estou quase acabando o dia quando passo por Joe Levinson no corredor. Passo por ele primeiro, mas ele chama meu nome e reconheço o homem magro e alto com cabelos louro areia.

— Joe, olá — Digo, sorrindo. Nos divertimos conversando no jantar na casa dos meus pais no sábado, e bastante toda vez que nos encontramos nos anos graças a amizade dos Levinsons com meus pais. Sob circunstâncias diferentes - quer dizer, se eu não fosse casada, depois, violentamente enviuvada - eu poderia considerar namorar Joe, tanto para agradar meus pais quanto porque eu realmente gosto dele. Ele não acelera meu pulso, mas é um cara legal e isso conta bastante para mim. — O que você está fazendo aqui?

— Isso — Diz ele pesaroso, levantando sua mão direita para mostrar um dedo com curativo grosso.

— Oh, não! O que aconteceu?

Ele faz uma careta. — Lutei com um processador de alimentos e o processador ganhou.

— Ai. — Tremo quando imagino a cena. — Quão ruim está?

— Tão ruim que eles não podem dar pontos. Terei que esperar o sangramento parar sozinho.

— Oh, sinto muito. Então, você entrou na emergência com isso?

— Sim, mas eu obviamente tive uma reação exagerada. Quero dizer, havia sangue em todo o lugar, e a ponta do dedo está bem para fora, mas eles dizem que vai sarar, eu não devo nem ficar com uma cicatriz feia.

— Oh, isso é bom. Espero que sare em breve.

Ele me dá um sorriso largo, seus olhos azuis brilhando. — Obrigado, eu também.

Sorrio de volta e estou quase continuando meu caminho no corredor quando ele fala: —Ei, Sara...

Me contorço por dentro na expressão hesitante nas suas feições. — Sim? — Espero que ele não vá...

— Iria te telefonar, mas como nos encontramos... O que você vai fazer nesta sexta? — Ele pergunta, confirmando minhas suspeitas. — Porque tem essa exibição de arte muito boa no centro e ...

— Desculpe-me. Não posso. — A recusa é automática e é só quando vejo as feições desoladas de Joe que me dou conta do quão rude estou sendo. Sentindo-me terrível, tento corrigir: — Não é que não queira, mas eu devo ficar de plantão na sexta e não sei se...

— Tudo bem. Sem problemas. — Ele sorri e vejo instantaneamente que é um sorriso falso. Eu uso um desse jeito quando quero esconder um embaraço emocional.

Merda. Ele deve gostar de mim mais do que pensei.

— Você quer fazer outra coisa em vez disso? — Ofereço antes de poder pensar em algo melhor. — Não sexta, mas talvez em duas semanas?

O sorriso de Joe fica genuíno, seus olhos se estreitando atrativamente nos cantos. — Certamente. O que você acha de jantarmos no final de semana depois deste? Conheço um pequeno restaurante italiano que faz a melhor lasanha.

— Parece bom — Digo, já me arrependendo do impulso. E se não conseguir resolver o problema com meu perseguidor até lá? É tarde demais para retroceder agora, então digo: — O que você acha de acertarmos os detalhes quando chegar mais perto? Meus horários mudam o tempo todo e...

— Não precisa continuar. Entendo perfeitamente. — Ele me dá um sorriso aberto. — Tenho seu número, te ligo na próxima semana e você me diz que horas é melhor para você, ok?

— Tá bom. Falo contigo então — Digo e me apresso

para continuar antes que faça outra besteira novamente.

Tenho um último paciente para ver e, então, posso continuar com minha missão.

Se tudo correr bem, amanhã estarei livre.

Peter

— VOCÊ VAI VÊ-LA HOJE À NOITE NOVAMENTE? — Pergunta Anton em russo, olhando do laptop quando entro na sala de estar. Como sempre, o ex-piloto está vestido de preto dos pés à cabeça e armado até os dentes, apesar do nosso esconderijo urbano ser tão seguro quanto necessário. Como o resto da minha equipe, ele é um filho da puta de letal e apesar de implicarmos com ele sobre seu cabelo hipster e barba negra cheia, ele parece exatamente o que é: um ex-assassino Spetsnaz.

— Claro — Respondo também em russo.

Parando na mesa de café perto do sofá onde Anton está sentado, tiro minha jaqueta de couro e removo meu arsenal de armas preso no meu colete. Quando vou ver Sara, só levo uma arma e duas facas, tudo escondido estrategicamente nos bolsos internos da minha jaqueta, assim ela não as vê quando estou me vestindo ou despindo. Não quero amedrontá-la ou lembrá-la o que sou; ela já está bastante íntima com minhas habilidades. Além do mais, eu seria um idiota de confiar nela no que tange a armas de verdade.

Mesmo um novato pode atirar e conseguir acertar.

— Yan vai ficar com o primeiro turno hoje à noite — Diz Anton, voltando a atenção para o computador no seu colo. —, tenho que preparar parte da logística para este trabalho no México.

Franzo quando retiro meu colete à prova de balas. — Achei que tivéssemos tudo pronto.

— Sim, eu também achei, mas parece que Velazquez teve uma briguinha com seu velho amigo Esguerra, e ele está melhorando a segurança que nem um louco. Acho que está esperando uma ataque de Esguerra. Não tem nada a ver conosco, obviamente, mas ainda assim complica os assuntos.

— Porra. — O envolvimento de Julian Esguerra, apesar de indireto, definitivamente complica as coisas e não apenas pelo fato de ele ter espantado nosso alvo. O traficante de armas colombiano tem muita coisa contra mim. Apesar de eu ter salvado a vida do bastardo, coloquei a vida da sua esposa em perigo no processo e isso é algo que ele nunca perdoará. Ele não está me caçando atualmente, mas se ele souber que estou no México, tão perto do seu domínio, ele provavelmente vai cumprir sua promessa de me matar.

Pensando nisso, estou perto da sua área aqui em Illinois, também. Os pais da sua esposa moram em Oak Lawn, não muito longe da casa de Sara, em Homer Glen. Duvido que ele visitará aqui em algum tempo breve, mas se vier e nossos caminhos se encontrarem de algum modo, posso não ter escolha além de cuidar disso.

Oh, bem. Vou preocupar-me com isso quando acontecer. Não tem como eu sair daqui sem ter terminado com Sara.

— Sim — Murmura Anton, olhando para o computador. — Porra, mesmo assim.

Deixo-o e vou para a cozinha pegar uma cerveja na geladeira. Hoje, cuidei de um serviço pessoalmente, deixando o irmão gêmeo de Yan, Ilya, para vigiar Sara, e ainda estou cheio de adrenalina, meus sentidos bem aguçados e minha mente bem clara. É estranho que matar faz com que alguém fique bem vivo, mas faz.

Como qualquer um no meu ramo de trabalho sabe, vida e morte são partes de uma lâmina separadas e manejar essa lâmina é uma das coisas mais excitantes que há.

Engulo metade da garrafa de cerveja, como um pouco de nozes de uma tigela no balcão e volto para a sala de estar. Daqui a pouco vou para a casa de Sara fazer um jantar para nós dois e esse lanche deve me segurar até lá. Mas antes disso, contudo, Anton e eu temos que nos preparar.

O trabalho no México é grande e não podemos nos dar ao luxo de arruiná-lo.

— Então, qual são as últimas? — Pergunto, sentando-me perto de Anton no sofá. Colocando minha cerveja na mesa de café, olho para o monitor. — Quanto do nosso plano teremos que deixar de lado?

— Quase tudo — Murmura Anton. — Os horários dos guardas estão uma bagunça, tem câmeras de segurança em todo lugar e Velazquez está colocando patrulhas em volta do composto.

— Certo. Vamos ver isso.

Pela próxima hora, fazemos um plano novo para atacar Velazquez, um que leva em consideração a segurança aumentada no composto. Em vez de entrar para assassiná-lo à noite, como planejado inicialmente, iremos na hora do almoço porque é nessa hora que uns poucos guardas novatos estarão de vigia. É estúpido, mas a maioria das pessoas, incluindo os líderes de cartéis mexicanos que deveriam saber mais, se sente mais segura durante o dia. É um dos problemas mais comuns que já encontrei durante meus dias de consultor de segurança e sempre adverti aos meus clientes a terem proteção igualmente forte no local não importa se o sol nasceu ou não.

— A transferência foi feita? — Pergunto quando terminamos e Anton assente.

— Sete milhões de euros conforme acordado, com a outra metade vindo após o término do trabalho. Deve nos manter com cerveja e nozes por enquanto.

Rio secamente. Anton e os dois outros membros do meu antigo grupo – os gêmeos Ivanov – se juntaram a mim há dois anos, depois que consegui minha lista e me aproximei deles por ajuda, prometendo fazê-los ricos como recompensa por eles terem apostado em mim. Eles concordaram, ambos pela amizade e porque eles haviam ficado desiludidos com o governo russo. Com a equipe formada, troquei de consultor de segurança para um serviço mais lucrativo – e flexível – usando minhas conexões para conseguir trabalhos que pagavam bem mais para nós. Eu precisava do dinheiro para financiar minha vingança e ficar um passo à frente das autoridades e os caras precisavam de um novo desafio. Apesar de eliminar as pessoas da minha lista ser prioridade, fizemos um número de serviços pagos pelo caminho e ganhamos nossa reputação no submundo. Agora, nos especializamos em eliminar alvos difíceis pelo mundo todo e recebemos somas altíssimas de dinheiro pelos serviços que todos os outros têm muito medo de fazer. Com muita frequência, nossos clientes são criminosos perigosos e ricos e insanos e nossos alvos tendem a ser assim também – como Carlos Velazquez, chefe do Cartel Juarez.

Até onde minha equipe sabe, não tem muita diferença entre ir atrás de terroristas e eliminar lordes do crime. Ou acabar com quem quer que entre no nosso caminho. Todos perdemos qualquer acesso a consciência ou moralidade há muito tempo.

— Saindo? — Pergunta Anton, fechando o laptop quando eu me levanto e coloco a jaqueta. — Vai ficar com ela a noite toda novamente?

— Provavelmente. — Toco minha jaqueta me

certificando de que as armas estão bem escondidas. — É bem provável.

Anton suspira e se levanta, deixando o laptop no sofá. — Você sabe que isso é loucura, certo? Se você a quer tanto, porra, pegue-a e termine com isso. Estou cansado desses serviços de dez mil dólares; os estúpidos nem mesmo lutam. Se não tivermos outro serviço de verdade antes do México, vou enlouquecer.

— Você é sempre bem-vindo para conseguir algo por conta própria — Digo e me seguro para não rir quando Anton me mostra o dedo do meio em resposta. Mesmo se não fôssemos amigos, ele não deixaria o grupo. Minhas conexões são a razão de conseguirmos todos esses negócios lucrativos. No processo de conseguir a lista, entrei fundo no submundo do crime e conheci muitos jogadores chaves. Com as habilidades dos meus homens, eles não seriam nem a metade bem-sucedidos sem mim, e eles sabem disso.

— Divirta-se — Grita Anton quando me encaminho para a saída e finjo não ouvir quando ele murmura algo sobre vigias obsessivos e pobres mulheres torturadas.

Ele não entende por que estou fazendo isso com Sara e não estou disposto a explicar.

Especialmente quando eu mesmo não entendo.

26

Sara

O CHEIRO DE COLOCAR ÁGUA NA BOCA DE FRUTOS DO mar na manteiga e alho assado me cumprimentam quando entro em casa, minha bolsa pendurada casualmente no meu ombro. Como eu esperava, mais uma vez a mesa do jantar está posta com velas e uma garrafa de vinho branco está congelando num balde de gelo. Apenas a comida está diferente hoje; parece que teremos frutos do mar com massa linguini como prato principal, lula e uma salada de mussarela e tomates como entrada.

O conjunto não poderia ser mais perfeito se eu tentasse.

Aja normal. Fique calma. Ele não pode saber o que você está planejando.

— Noite italiana, hein? — Digo quando Peter se vira do balcão da cozinha, onde estava cortando algo que se parece com manjericão. Meu coração está batendo errático no meu peito, mas consigo manter um tom friamente sarcástico. — O que será para amanhã? Japonesa? Chinesa?

— Se você desejar — Ele diz, indo para a mesa para despejar o manjericão picado na mussarela. — Apesar de eu ser menos familiar com essas cozinhas, então, talvez tenhamos que pedir.

— Uh-huh. — Meu olhar segue as mãos dele quando ele retira os restos do manjericão dos seus dedos. Uma sensação quente e trêmula passa por mim quando me lembro como aqueles dedos me tocaram com um prazer devastador, fazendo-me desfazer em seus braços.

Não. Não vá por aí.

Desesperada por me distrair, foco na sua roupa. Hoje, ele está vestindo uma camisa preta com botões e as mangas enroladas e minha garganta resseca quando vejo seus braços musculosos, o esquerdo coberto de tatuagens até o pulso. Caras tatuados não costumam ser meu tipo, mas as tatuagens intricadas ficam bem nele, enfatizando o poder sob a pele coberta de pelo. Sempre fui chegada a antebraços masculinos fortes e Peter tem o melhor que já vi. George se exercitava, então, ele também tinha braços bons, mas nem de perto tão torneados como estes.

Ugh, para. Autodesgosto queima minha garganta quando vejo o que estou fazendo. De nenhuma forma devo comparar meu marido, um homem normal e pacífico, com um assassino cuja vida gira em torno de violência e vingança. Obviamente, Peter Sokolov está em melhor forma; ele tem que estar para matar todas aquelas pessoas e fugir das autoridades. Seu corpo é uma arma, somada a anos de batalhas, enquanto George era um jornalista, um escritor que passava a maior parte do seu tempo no computador.

Exceto... se acreditarmos em Peter, meu marido *não era* um jornalista. Ele era um espião operando no mesmo mundo sombrio que o monstro passeando na minha cozinha.

Traços de tensão passam pela minha testa, e retiro toda a decepção do meu marido, focando no resto da roupa do meu perseguidor: outro par de jeans escuros e meias pretas sem sapato. Por um segundo fico pensando se Peter tem algo contra sapatos, mas então lembro-me que em algumas culturas é considerado desrespeitoso e sujo usar calçados de rua dentro de casa.

A cultura russa é assim? E se for, está o homem que me torturou nesta mesma cozinha mostrando, de algum modo, que me respeita?

— Vai, lava as mãos ou o que quer que precise fazer — Diz ele, diminuindo as luzes antes de sentar-se à mesa e abrir o vinho. —, a comida está esfriando.

— Você não precisava esperar por mim — Digo e vou para o banheiro mais próximo lavar as mãos. Odeio quando ele age como se conhecesse todos os meus hábitos, mas não vou comprometer minha saúde para provocá-lo. — Verdade, estou falando sério — Falo quando volto. —, você não precisava nem estar aqui. Você sabe que me alimentar não é parte das suas tarefas de perseguidor, certo?

Ele dá um sorriso aberto quando sento-me do outro lado dele e penduro minha bolsa nas costas da cadeira. — É mesmo?

— Isso é o que todos os relatos de serviço de vigilância dizem. — Enfio o garfo num pedaço de tomate e mussarela e coloco no prato. Minhas mãos estão firmes, não mostrando nada da ansiedade me corroendo por dentro. Quero prender minha bolsa comigo, colocar no meu colo e ao meu alcance, mas se o fizer, ele suspeitará. Já estou me arriscando por pendurá-la na cadeira quando normalmente jogo descuidadamente no sofá da sala de estar. Espero que ele ache que isso é pelo fato de eu vir direto para a área da cozinha/sala de jantar em vez de ir para o sofá.

— Bem, se é isso que falam, quem sou eu para argumentar? — Peter coloca um copo de vinho para cada um de nós antes de pôr a salada de mussarela no seu prato. — Não sou um profissional.

— Você não vigiou outras mulheres antes?

Ele corta um pedaço de mussarela, leva à boca e mastiga vagarosamente. — Não, assim não — Diz ele quando termina.

— Oh? — Me vejo mordazmente curiosa. — Como você as vigiava?

Ele me olha sério. — Confie em mim, você não deseja saber.

Provavelmente ele está certo, mas se houver uma chance, eu não devo vê-lo depois desta noite, sinto um desejo bizarro de saber mais sobre ele. — Não, na verdade quero — Digo, me confortando com a tira da bolsa raspando nas minhas costas. —, quero saber. Me fala.

Ele hesita, então diz: — A maioria das minhas missões sempre foi homens, mas já segui mulheres como parte do meu trabalho também. Trabalhos diferentes, mulheres diferentes, razões diferentes. Na Rússia, geralmente eram mulheres e namoradas dos homens que ameaçavam meu país; seguíamos e interrogávamos elas para localizar nosso alvo real. Mais tarde, quando me tornei fugitivo, segui duas mulheres como parte do meu trabalho para vários líderes de cartéis, traficantes de drogas e tal; geralmente era porque elas representavam uma ameaça de algum modo ou traíram os homens para quem eu trabalhava.

A mordida que acabei de dar no tomate fica parada na minha garganta. — Você só... as seguia?

— Nem sempre. — Ele pega o linguini, enfia um garfo nele e traz uma porção considerável do macarrão ao prato sem derramar nada do molho amanteigado. — Às vezes eu tinha que fazer mais coisas.

As pontas dos meus dedos estão começando a ficar frias. Sei que devo calar a boca, mas em vez disso, me ouço perguntando: — O que você tinha que fazer?

— Depende da situação. Certa vez, minha presa era uma enfermeira que vendeu meu patrão – o negociador de armas que mencionei antes – para alguns dos seus clientes terroristas. Como resultado, sua então namorada foi sequestrada e ele quase foi morto tentando resgatá-la. A situação era horrível e quando achei a enfermeira, tive que lançar mão de uma solução horrível. — Ele pausa, seus olhos cinza brilhando. — Você quer que eu elabore?

— Não, tudo... — Pego meu copo de vinho e tomo um gole grande. — Tudo bem.

Ele assente e começa a comer. Não tenho mais apetite, mas me forço a seguir o exemplo dele, colocando um pouco de massa no meu prato. É delicioso, os frutos do mar e a massa perfeitamente cozidos e cobertos com molho delicioso, mas mal consigo provar. Estou desesperada para pegar minha bolsa e acabar com o pequeno frasco de vidro ali dentro, mas para isso, preciso que Peter esteja distraído, que não olhe para sua taça de vinho por pelo menos vinte segundos. Contei o tempo no hospital, praticando com um frasco de água: cinco segundos para abrir o frasco, mais cinco para passar pela mesa e colocar o conteúdo do frasco na taça de vinho e mais três para recolher a mão e ajustar minha postura. São cerca de treze segundos, não vinte, mas não posso deixá-lo suspeitar de nada, então, preciso de um pouco mais.

— Então, fale-me sobre seu dia, Sara — Diz ele depois que a maior parte da lula no seu prato se foi. Levantando os olhos, ele me fita com seu olhar de prata. — Alguma coisa interessante acontecendo?

Meu estômago se contrai, dando um nó em torno do linguini que forcei goela abaixo. Peter não poderia saber sobre meu encontro com Joe, poderia? Meu perseguidor não falou nada, mas se na sua mente esta coisa estranha entre nós é algum tipo de namoro, ele pode se opor de eu falar – e fazer planos – com outros homens.

— Mm, não. — Para meu alívio, minha voz soa relativamente normal. Estou melhorando no funcionamento sob estresse extremo. — Quero dizer, uma mulher chegou com sangramento intenso e o resultado foi um aborto de gêmeos e tivemos uma menina de quinze anos que veio com uma gravidez *planejada* – ela sempre quis ser mãe, disse ela – mas isso não seria interessante para você, tenho certeza.

— Não é verdade. — Ele larga o garfo e se recosta na cadeira. — Acho seu trabalho fascinante.

— Acha?

Ele assente. — Você é uma médica, mas não apenas uma que preserva a vida e cura doenças. Você *traz* a vida a este mundo, Sara, ajudando as mulheres quando elas estão mais vulneráveis – e mais belas.

Eu inalo, olhando para ele. Este homem – este *assassino* – possivelmente não entenderia, como poderia? — Você acha... que mulheres grávidas são bonitas?

— Não apenas mulheres grávidas. Todo o processo é bonito — Ele diz e vejo que ele entende. — Você não acha? — Ele pergunta quando continuo olhando para ele muda pelo choque. — Como a vida acontece, como pequenas quantidades de células crescem e mudam antes de sair para o mundo? Você não acha isso lindo, Sara? Até milagroso?

Pego meu copo de vinho e tomo um gole antes de responder. — Claro que sim. Só não esperava *você* achar desse modo.

— Por quê?

— Não é óbvio? — Coloco minha taça de vinho na mesa. — Você tira a vida. Você fere as pessoas.

— Sim, faço — Concorda ele, sem piscar —, mas isso só faz minha apreciação mais forte. Quando você entende a fragilidade de *ser*, a pura transitoriedade disso – quando você vê como é fácil eliminar algo da existência – você valoriza a vida mais, não menos.

— Então, por que fazer isso? Por que destruir algo que você valoriza? Como você concilia ser um assassino com...

— Com achar a vida humana bela? É fácil. — Ele se curva, seus olhos cinzentos sombrios à luz das velas. — Veja, a morte é parte da vida, Sara. Uma parte feia, certamente, mas não existe beleza sem feiura, simplesmente não existe felicidade sem sofrimento. Vivemos num mundo de contrastes, não de coisas absolutas. Nossas mentes são projetadas para comparar, para ver as mudanças. Tudo que somos, tudo que fazemos como seres humanos, baseia-se no simples fato de que X é diferente de Y – melhor, pior, mais quente, mais frio, mais escuro, mais claro, o que quer que seja – mas apenas na comparação. No vácuo, X não tem beleza, do mesmo modo que Y não tem feiura. É o contraste entre eles que possibilita valorizar um sobre o outro, fazer uma escolha e retirar a felicidade disso.

Minha garganta fica inexplicavelmente apertada. — Então, você o quê? Traz felicidade ao mundo com seu trabalho? Faz todos felizes?

— Não, claro que não. — Peter pega sua taça de vinho e gira o líquido dentro. — Não tenho desilusões do que sou e faço. Mas isso não significa que não entendo a beleza no *seu* trabalho, Sara. Pode-se viver na escuridão e ver a luz do sol; ela é até mais clara desse modo.

— Eu... — Minhas palmas estão escorregadias com o suor quando pego a taça de vinho e sorrateiramente coloco minha mão livre dentro da bolsa. Tão fascinante quanto possa ser, tenho que agir antes de ser tarde demais. Não tem garantia que ele colocará outra taça de vinho para ele. — Nunca pensei assim.

— Não tem razão de você ter pensado. — Ele coloca sua taça na mesa e sorri para mim. É seu sorriso sombrio, magnético, aquele que sempre envia um calor às minhas entranhas. — Você tem vivido uma vida diferente, ptichka. Uma vida mais calma.

— Certo. — Minha respiração está calma quando pego minha taça e levo aos lábios. — Acho que vivi – até que você chegou.

Sua expressão fica sombria. — É verdade. Pelo que parece.

Minha taça escorrega dos meus dedos, o conteúdo derramando na mesa à minha frente. — Epa. — Dou um pulo, por ter ficado constrangida. — Desculpe-me. Deixe-me...

— Não, não, sente-se — Ele se levanta, como eu esperava. Apesar de estar na minha casa, ele gosta de fazer como se fosse um bom anfitrião. — Eu cuido disso.

Ele só precisa de alguns passos para pegar o rolo de papel toalha no balcão, mas é todo tempo que preciso para abrir o frasco. *Seis, sete, oito, nove...* faço a contagem mental quando coloco o conteúdo na sua taça. *Dez, onze, doze.* Ele se vira, as toalhas de papel na mão e sorrio cortesmente para ele enquanto me recosto na cadeira, o frasco vazio na minha bolsa. Minhas costas estão molhadas com suor gelado e minhas mãos tremendo com adrenalina, mas meu trabalho está terminado.

Agora, só preciso que ele beba o vinho.

— Aqui, deixe-me ajudar — Digo, pegando um guardanapo quando ele limpa o vinho derramado da mesa, mas ele acena que não precisa.

— Tudo bem, não se preocupe. — Ele leva meu prato cheio de vinho para o lixo e joga a massa restante – aquela poderia ter sido outra oportunidade, noto com o canto do meu cérebro – e retorna com um prato limpo.

— Obrigada — Digo, tentando soar grata em vez de feliz quando ele troca minha taça por uma nova e me coloca mais vinho antes de colocar mais na sua própria taça. — Desculpe-me por ser tão desajeitada.

— Sem problema. — Ele parece se divertir quando

senta-se novamente. — Normalmente você tem muita graça. É uma das coisas que mais gosto em você: o quão precisos e controlados são seus movimentos. É por causa do seu treinamento médico? Mãos firmes para cirurgia e tudo mais?

Não aja com nervosismo. O que quer que faça, não aja com nervosismo.

— Sim, é parte do processo — Respondo, fazendo o máximo para manter um tom normal. — Também fiz balé quando era criança e minha instrutora era ligada na precisão e boa técnica. Nossas mãos tinham que ser posicionadas daquele jeito, nossos pés daquele jeito. Ela nos fazia praticar cada posição, cada passo até que fazíamos completamente certo, e se saíamos da boa formação, tínhamos que voltar e praticar o que fizemos de errado novamente, à vezes por uma aula inteira.

Ele pega o copo e gira o líquido novamente. — Interessante. Sempre achei que você parecia uma dançarina. Você tem a postura e o biotipo.

— Tenho? — *Beba. Por favor, beba.*

Ele coloca a taça na mesa e me olha fixamente. — Positivamente. Mas você não dança mais, dança?

— Não. — *Vamos, pegue a taça novamente.* — Desisti do balé quando comecei o Ensino Médio, apesar de ter feito um pouco de salsa na faculdade.

— Por que você desistiu do balé? — Sua mão fica perto da taça, como se fosse pegá-la novamente. — Imagino que você deve ter sido boa nisso.

— Não boa o bastante para fazer isso profissionalmente, pelo menos, não sem muito treinamento. E meus pais não queriam isso para mim. — Meu pulso acelera em antecipação quando seus dedos ficam em volta da haste da taça. — O potencial de ganho de uma dançarina é bem limitado e o tempo de carreira também. A maioria para de dançar entre seus vinte e trinta anos e têm que achar outra coisa para fazer na vida.

— Quão prático — Diz ele, levantando a taça. — Isso importava para você e seus pais?

— O que importava? — Tento não olhar para a taça de vinho quando está alguns centímetros dos seus lábios. *Vamos, só beba.*

— O potencial de ganho. — Ele gira o vinho novamente, parecendo sentir prazer da visão do líquido colorido claro circulando nas paredes da taça. — Você queria ser uma médica rica e bem sucedida?

Me forço a não olhar o movimento hipnótico do vinho. — Certamente. Quem não quer? — A espera está me consumindo viva, então, me distraio pegando minha própria taça de vinho e tomando um gole. *Por favor, me imite subconscientemente e beba. Vamos lá, só tome alguns goles.*

— Não sei — Ele murmura. —, talvez uma garotinha seria melhor como bailarina ou cantora?

Pisco, distraída por ele não tomar. — Cantora? — Por que ele diria isso? Ninguém além da minha conselheira do sétimo ano sabia dessa minha ambição particular.

Mesmo aos dez, eu sabia que não deveria mencionar algo tão impraticável aos meus pais –

especialmente depois que me falaram do que achavam de balé.

— Você tem uma bela voz de cantora — Diz Peter, ainda brincando com sua taça de vinho —, é apenas lógico que em certo momento você possa ter considerado se apresentar. Diferente de uma dançarina, a carreira de uma cantora bem-sucedida não tem que terminar cedo. Muitas cantoras mais velhas são bem respeitadas.

— Acho que é verdade. — Olho sua taça novamente, minha frustração crescendo. É como se ele estivesse me torturando, vendo quanto tempo posso ficar antes de desistir. Para acalmar minha impaciência, tomo um grande gole do meu próprio vinho e digo: — Como você sabe que tipo de voz de cantora tenho? Oh, espera, esquece. Seus aparatos de escuta, certo?

Ele assente, sem um pingo de remorso. — Sim, você geralmente canta quando está só.

Engulo mais um pouco de vinho. Em qualquer outro momento, seu desrespeito casual pela minha privacidade me deixaria furiosa, mas neste exato momento, toda a minha atenção está no estúpido vinho. *Por que ele não está bebendo?*

— Então, você realmente acha que tenho uma boa voz de cantora? — Pergunto, vejo que deveria ter soado um pouco mais brava. Num tom mais incisivo, acrescento: — Visto eu ter me apresentado para você sem saber, deve me dar sua opinião honestamente.

Seus olhos se enrugam no canto enquanto abaixa a

taça novamente. — Sua voz é linda, ptichka. Eu já te disse e não tenho razão de mentir.

Ah meu Deus, só beba a porra do vinho! Para me previnir de gritar, respiro e coloco um sorriso belo nos meu lábios. — Sim, bem, você *está* tentando me foder. Como qualquer mulher diria, bajulação ajuda.

Ele ri e pega sua taça novamente. — Verdade. Exceto que acho que poderia te elogiar desde agora até a eternidade e não mudaria nada.

— Nunca se sabe. — Mantenho meu tom leve e atrevido apesar do suor frio descendo nas minhas costas. Se ele não tomar, tenho que forçar sua mão.

Não podemos terminar este jantar até que ele tome pelo menos alguns goles.

Levantando minha taça, dou um sorriso mais aberto para ele e digo: — Por que não bebemos a isso? À vaidade das mulheres e sua bajulação?

— Por que não, certamente? — Ele levanta sua taça e toca na minha. — Para você, ptichka, e sua linda voz.

Nós levamos nossos copos aos lábios, mas antes que ele posso tomar um gole, seus dedos se soltam em volta da haste da taça.

— Opa — Ele murmura quando a taça tomba para frente, derramando o vinho na sua frente do mesmíssimo jeito da minha desajeitada anterior. Seus olhos brilham sombriamente. — Me descuidei.

Eu paro de respirar, meu sangue cristalizando nas veias. — Você... você...

— Sabia que você colocou um pouquinho de algo na minha bebida? Sim, claro. — A voz dele calma, mas posso ver o tom letal nela. — Você acha que ninguém tentou me envenenar antes?

Meu pulso está a toda velocidade, mesmo assim não consigo me mover quando ele fica de pé e contorna a mesa, se aproximando de mim com olhar de predador. Tudo que posso fazer é olhar para ele, vendo o ódio esfumaçar naqueles olhos metálicos.

Ele vai me matar agora. Ele vai me matar por ter feito isso. — Eu não ia... — O horror é tóxico nas minhas veias. — Não era...

— Não? — Parando perto de mim, ele pega minha bolsa e retira o frasco vazio. Eu deveria correr, ou pelo menos tentar, mas não sou corajosa o bastante para provocá-lo mais. Então, fico parada, quase não respirando quando ele leva o frasco ao nariz e cheira.

— Ah, sim — Murmura ele, abaixando a mão. — Um pouco de diazepam. Não conseguiria sentir o cheiro disso no vinho, mas está claro. — Ele coloca o frasco na mesa na minha frente. — Você pegou isso no hospital, presumo?

— Eu... sim. — Não adianta negar. A evidência está literalmente à minha frente.

— Hmm. — Ele encosta seu quadril na mesa e olha para mim. — E o que você faria quando me tivesse nocauteado, ptichka? Me mandar para o FBI?

Assinto, as palavras paradas na minha garganta quando olho para ele. Com seu corpo grande flutuando sobre mim, sinto-me como um passarinho comparado a ele: pequena e horrorizada à sombra de um gavião.

Sua boca sensual revirada parecendo um sorriso. —

Entendo. E você acha que seria fácil assim? Só me nocautear e está acabado?

Eu pisco para ele, não entendendo.

— Você acha que não tenho um plano de contingência para isso? — Ele explica e eu tremo quando ele levanta a mão. Mas tudo que ele faz é pegar uma mecha do meu cabelo e passar a ponta no seu queixo, o gesto gentil apesar da crueldade ao mesmo tempo. — Para o caso de você tentar me matar ou desabilitar de algum modo?

— Você... você tem?

Suas pálpebras abaixadas, seu olhar passando para a minha boca. — Claro. — A mecha de cabelo raspando nos meus lábios, as pontas fazendo cócegas na carne sensível e minha barriga se contrai numa bola quando ele fala calmamente: — Agorinha mesmo, meus homens estão monitorando sua casa e tudo num raio de dez quarteirões, além do monitor que mostra meus sinais vitais. — Seus olhos encontram os meus. — Você quer adivinhar o que eles fariam se minha pressão sanguínea caísse inesperadamente?

Balanço a cabeça, muda. Se os homens de Peter são parecidos com ele – e eles devem ser, para serem aceitos – prefiro não saber os detalhes do que acabei de evitar.

Seu sorriso fica sombrio. — Sim, parece sábio da sua parte, ptichka. A ignorância é sempre feliz.

Junto os pedaços da minha coragem. — O que você fará comigo?

— O que você acha que farei? — Ele pende a cabeça, o sorriso sombrio novamente. — Puni-la, machucá-la?

Meu coração martelando na garganta. — Vai?

Ele me olha por um longo tempo, seu sorriso diminuindo, então, balança a cabeça. — Não, Sara. — Tem um tom estranho na sua voz. — Hoje não.

Saindo da mesa, ele começa a juntar os pratos e me jogo na cadeira, aliviada apesar de sem esperanças.

Se ele não estiver mentindo sobre seus homens – e não tenho razão de achar que esteja – sou bem mais prisioneira do que achava.

27

Não deveria doer, saber que ela quer se livrar de mim. Não deveria parecer lâminas de fogo rasgando meu peito. Qualquer pessoa na situação de Sara deveria lutar; é apenas lógico e esperado.

Não deveria doer, mas dói e não importa o que digo a mim mesmo quando levo Sara para cima, o monstro dentro de mim rosna e uiva, exigindo que eu faça exatamente como ela temia e a puna por sua transgressão.

Quando chegamos no quarto, não a faço tirar as roupas na minha frente novamente; estou muito perto do limite para garantir meu autocontrole. Já testei demasiadamente durante o jantar, brincando com sua inocência, na rotina *eu não apenas pus uma droga no seu vinho.* Sabia o que ela tinha feito imediatamente – drogar meu vinho fez com que ela agisse totalmente diferente do normal – mas eu queria ver o quão boa atriz ela era e, então, continuei a conversar com ela, para fingir que não tinha a mínima ideia e era ingênuo, um idiota para cair num dos truques mais velhos da praça.

— Você pode tomar uma ducha — Digo, gesticulando para o banheiro quando ela para perto da cama, seu olhar nervosamente de mim para a cama e de volta para mim. — Estarei aqui quando você voltar.

Alívio passa pelas feições dela e ela desaparece no banheiro. Aproveito para descer e me lavar rapidamente num dos outros banheiros.

Apesar de ter me lavado depois do meu trabalho hoje, quero estar extra limpo para ela.

Ela ainda está se banhando quando volto para o quarto; cuidadosamente dobro minhas roupas e as deixo na penteadeira antes de subir na cama. Me aliviei um pouco com a mão hoje mais cedo, mas meu desejo por Sara não diminuiu e sei que não serei capaz de jogar esse jogo por muito tempo.

Irei possuí-la e fazê-la minha.

Se não hoje, muito em breve.

O banho de Sara é longo, tão longo que sei que ela está usando-o para me evitar, mas não me importo. Uso o tempo para esvaziar minha mente e esfriar a ira residual queimando dentro de mim. Quando ela finalmente sai do banheiro, enrolada na toalha, tenho o monstro sob controle e posso sorrir para ela tranquilamente.

— Vem — Digo, tocando a cama perto de mim. Estou tentando desesperadamente não pensar o quão lisa e macia sua buceta estava ontem, mas é impossível. Quero sentir aquela umidade sedosa em volta do meu pau, quero ouvi-la gemer enquanto entro nela. Quero provar da sua boca de veludo e ver seus olhos de avelã ficarem sem foco enquanto a levo ao clímax vez após vez.

Desejo-a e não posso tê-la.

Ainda não, pelo menos.

Ela se aproxima incerta, tão cautelosa quanto uma gazela selvagem e tão graciosa. Quero agarrá-la e puxá-la para a cama, mas fico parado, deixando-a vir para mim ao seu próprio modo. Dessa forma, posso fingir que ela não me odeia, que me ver preso ou morto não a faria completamente feliz.

Assim, eu posso imaginar que algum dia, ela pode *escolher* estar comigo.

— Tire a toalha e venha aqui — Ordeno quando ela para a meio metro da cama, mas ela não se move, suas mãos segurando a toalha na frente do peito.

— Iremos dormir? Apenas dormir? — Ela pergunta com voz trêmula e eu assinto, apesar de estar totalmente duro apenas por vê-la. Se eu tivesse certeza de que manteria o controle por todo o processo, a possuiria hoje à noite ou, pelo menos, a daria outro orgasmo, mas o melhor que posso fazer é segurá-la e me forçar a dormir. Mesmo isso será uma tortura, mas vou aguentar. Não a forçarei quando ela está esperando que a machuque; não importa o quão difícil seja, não vou cumprir seus medos.

— Apenas dormir — Eu prometo e espero que ela não ouça a fome intensa na minha voz. — Vamos apenas dormir.

Ela hesita por outro segundo, então, sobe na cama, deixando a toalha molhada cair no chão quando entra no cobertor. Tudo o que vejo é uma pele nua passando rápido, mas é o bastante para me excitar até o âmago. Me preparando, eu a puxo contra mim e dou uma gemido quando seu traseiro macio se aconchega na minha virilha, sua pele molhada e mais quente pelo banho longo. Ela tem um traseiro lindo, minha pequena doutora, apertado e bem torneado e meu pau pula com a necessidade de estar dentro dela, sentir as nádegas macias pressionando minhas bolas enquanto bombeio dentro dela, possuindo-a mais e mais.

Fechando os olhos, inspiro o cheiro doce do seu shampoo e me concentro em controlar minha respiração. Depois de um tempo, sinto a tensão nos seus músculos se dissolvendo e sei que ela está começando a relaxar, a acreditar que não a tomarei apesar do pau duro que ela está sentindo pressionar contra ela.

Devagar e com calma, digo para mim mesmo enquanto inspiro e expiro. *Controle e foco. A dor não significa nada. O desconforto não significa nada.* É um mantra que me ensinei durante meu período em Camp Larko, e é verdade. Dor, fome, sede, desejo – tudo é química e impulso elétrico, um modo do cérebro se comunicar com o corpo. Desejar Sara não vai me matar, não mais do que os seis meses que passei na solitária quando tinha quatorze anos. A tortura do desejo não satisfeito não é nada comparado com o inferno de estar preso numa sala pouco maior do que uma gaiola, com ninguém para conversar e nada para fazer. Não é nada comparado com a agonia de uma faca artesanal rasgando seu rim, ou um punho gigante quase esmagando seu olho.

Se eu sobrevivi à prisão juvenil na Sibéria, sobreviverei não ter Sara.

Por mais um pouco, pelo menos.

— E vocÊ, Sara?

— Ahn? — Olho do prato para Marsha mas sem vê-la, que deve ter acabado de me perguntar algo.

Andy rola os olhos. — Ela está na terra dos sonhos novamente. Deixe-a em paz, Marsha.

— Desculpe, só estou distraída — Digo, retirando uma mecha de cabelo que saiu do meu rabo de cavalo. Tenho certeza de que meu cabelo está uma bagunça, mas sempre me esqueço de pegar um espelho para arrumá-lo. Em geral, tudo que penso nesta manhã é que quando chegar em casa *ele* estará me esperando lá.

Peter Sokolov, o homem do qual não posso fugir.

— Perguntei se você pode se juntar a mim e Tonya neste sábado — Diz Marsha, parecendo que está se divertindo mais que chateada. — Andy acabou de falar que ela vem; ela vai ficar com seu namorado outra hora. E você, Sara?

— Oh, desculpa, não posso — Digo, empurrando meu prato. Me encontrei com as enfermeiras na lanchonete quando fui pegar um rápido café e elas me convenceram a pegar um lanche e sentar-me. —, prometi aos meus pais que os veria.

A última parte é mentira, mas acho que é melhor do que explicar às minhas amigas que não posso colocá-las no radar de um assassino russo – ou quem quer que ele colocará me vigiando.

— Que pena — Diz Marsha. — Tonya nos colocará dentro do clube novamente. Lembro que você pareceu gostar de lá. Tonya falou que aquele barman bonito tem perguntado por você.

Eu franzo. — Tem?

— Sim — Tonya confirma —, mas ele falou algo estranho. Ele achou que viu um cara com você, agindo todo territorialista, como se fosse seu namorado ou algo parecido. Falei que ele devia ter se enganado porque você definitivamente saiu sozinha aquela noite. Certo? Você não tem um namorado secreto escondido em algum lugar, tem?

Um gelo desce minha espinha quando meu rosto fica desconfortavelmente quente. — Não, definitivamente não.

— Verdade? — Diz Marsha — Então, por que você está ficando vermelha? E segurando o garfo com se quisesse esfaquear alguém?

Olho para a minha mão e vejo que ela está certa. Estou segurando o utensílio com tanta força que meus tendões estão brancos. Forçando meus dedos a relaxar, dou uma risada desajeitada e digo: — Desculpem-me. Estava bêbada naquela noite e estou um pouco constrangida por isso. Acho que devo ter dançado com um cara qualquer e é isso que o barman viu, Tonya.

Andy franze o rosto — Esse cara qualquer é a razão de você ter corrido daquele jeito? Você parecia quase... assustada.

— O quê? Não, eu estava apenas bêbada. — Dou outra risada constrangida. — Vocês sabem exatamente como é quando você está quase vomitando? Bem, isso era eu naquela noite.

— Ok — Diz Tonya. — Vou falar com Rick, que é o barman, que você está disponível. No caso de você se juntar a nós no clube novamente, então.

— Oh, eu... — Meu rosto esquenta novamente. — Não, tudo bem. Realmente não estou pronta para namorar e...

— Sem problemas. — Tonya bate na minha mão, seus dedos finos frios na minha pele. — Você pode manter a mística da 'princesa na torre'. Só os faz mais excitados, se quer saber.

— O quê? — Olho para ela espantada. — O que você quer dizer com isso?

— Ela quer dizer que você tem toda aquela aura de ser intocável — Diz Andy com a boca cheia de ovo —, é como se você colocasse para fora a vibração da princesa de gelo, só que não fria, entende? Como se a

Jaqueline Onassis e a Princesa Diana trocassem de lugar e começassem a trabalhar entre nós, pessoas normais, se é que faz sentido.

— Não, realmente não. — Eu franzo para a garota ruiva. — Você está falando que ajo como metida?

— Não, não metida, só diferente — Diz Marsha. — Andy não explicou bem. Você só é... cheia de classe. Talvez sejam todas aquelas aulas de balé que você fez quando jovem; parece com alguém que foi ensinada a andar com um livro equilibrado na cabeça. Como se você soubesse qual garfo usar num jantar formal e soubesse conversar com o embaixador de qualquer coisa.

— O quê? — Começo a rir. — Isso é ridículo. Quero dizer, George e eu estivemos em alguns pequenos eventos em que se levantam fundos, mas aquilo era assunto dele, não meu. Se pudesse escolher, usaria calças de yoga e tênis; você sabe disso, Marsha. Pelo amor de Deus, eu ouço Britney Spears e danço hip-hop e R&B.

— Eu sei, querida, mas é só o jeito que você se parece, não o jeito que você é. — Diz Marsha, pegando um pequeno espelho para retocar o batom. Colocando uma camada com mão prática, ela larga o espelho e batom e diz: — É uma coisa boa, confie em mim. Olhe para mim, por exemplo. Eu poderia usar quaisquer roupas de classe, mas os caras me veem e decidem que sou fácil. Não importa o que vista ou faça; ele só veem meu cabelo, peitos, bunda e acham que facilito.

— Isso é porque você realmente facilita. — Diz Tonya com um sorriso largo.

Marsha bufa e balança seus cabelos louros. — Sim, mas não é esse o ponto. O que quero dizer é, *ela* — Ela aponta o polegar para mim... — não poderia parecer fácil se tentasse. Qualquer cara olhando para ela sabe – ele simplesmente *sabe* – ele tem que se esforçar para conseguir. Como jantar com os pais e colocar um anel no dedo.

— Isso não é verdade — Retruco —, dormi com George muito antes de nos casarmos.

Andy rola os olhos. — Sim, mas por quanto tempo vocês estavam namorando antes de dormir com ele?

— Alguns meses — Digo, franzindo. —, mas eu só tinha dezoito anos, e...

— Vê? Alguns meses — Diz Tonya, batendo com o cotovelo em Marsha. — E por quanto tempo *você* os faz esperar?

Marsha dá uma risadinha. — Pelo menos algumas horas.

— Bem, está vendo? — Diz Andy — E você fica se perguntando por que aqueles caras chatos nunca te ligam de novo. Minha mãe sempre disse: 'o jeito mais fácil de se perder um cara é dormir com ele'. Sara aprendeu direito: fique fria e distante, então, basta você sorrir para um cara que ele desaba.

— Oh, por favor. — Me apresso com os restos do meu café da manhã. — Estamos no século vinte e um. Acho que os homens sabem melhor do que...

— Não — Diz Marsha alegremente. — Eles não

sabem. Se algo vem fácil, eles não valorizam tanto. Eu sei disso e estou satisfeita por ser uma garota fácil. Na maioria das vezes eu não *quero* os caras chatos me ligando e as poucas vezes que quero... — Ela suspira. — Bem, não era para acontecer, eu acho. De qualquer jeito, a vida é muito curta para desperdiçar em ser o que você não é. Quando você chega à minha idade, você vê isso.

— Uh-huh, com certeza. — Tonya põe o resto do pão na boca. — Diga-nos mais, Oh, Guru Sábia.

— Cala a boca — Murmura Marsha, jogando um guardanapo enrolado nela. Ele pega em Andy, que retalha imediatamente com um projétil de guardanapo dela própria e eu me abaixo, rindo quando o café termina numa luta de guardanapos.

Só quando estou saindo da lanchonete, ainda rindo do que aconteceu, que vejo que as enfermeiras não apenas melhoraram meu humor e me distraíram dos pensamentos de Peter.

Elas também me deram uma ideia.

MEU PLANTÃO NÃO TERMINA SENÃO ATÉ TARDE DA noite, mas ainda vou para a clínica depois. Ela funciona por vinte e quatro horas e eles sempre precisam de mim. Por mim, quero postergar a hora de ir para casa por tanto tempo quanto possa. A ideia remoendo na minha mente faz meu estômago doer e a última coisa que quero é encarar meu observador.

Como sempre, eles estão felizes de me ver na clínica. Apesar da hora avançada, a sala de espera está cheia de mulheres de todas as idades, muitas acompanhadas de crianças chorando. Além de dar consultas de obstetrícia e ginecologia para mulheres de baixa renda, o pessoal da clínica cuida das crianças com doenças de menos importância – algo que os pacientes, e os departamentos de emergência perto, apreciam muito.

— Noite cheia? — Pergunto a Lydia, a recepcionista de meia-idade e ela assente parecendo preocupada. Ela é uma das únicas duas membros do pessoal com salário na clínica; todos os outros, incluindo os médicos e enfermeiras, são voluntários como eu. Isso causa uma programação sem previsão, mas possibilita a clínica prover cuidado assistencial para a comunidade enquanto funciona apenas com doações.

— Aqui — Diz Lydia, colocando a folha de entrada nas minhas mãos. — Comece com os cinco primeiros nomes na parte inferior.

Pego a folha e vou para a salinha que funciona como meu escritório e sala de exames. Colocando as coisas na mesa, lavo minhas mãos, jogo um pouco de água fria no rosto e saio para a sala de espera para chamar a primeira paciente.

Minhas três primeiras pacientes são fáceis – uma precisa de controle de natalidade, outra quer fazer testa de DST e uma terceira precisa de confirmação de gravidez – mas a quarta, uma bela jovem de dezessete anos chamada Monica Jackson, se queixa de períodos prolongados de sangramento. Quando a examino, acho lacerações vaginais e sinais de trauma sexual e quando a pergunto sobre isso, ela começa a chorar e admite que seu padrasto a ataca.

Eu a acalmo, coleto o kit de estupro, trato seus machucados e dou a ela o número do abrigo onde ela pode ficar se sentir-se insegura em casa. Eu também sugiro que ela contate a polícia, mas ela é inflexível sobre não denunciar.

— Minha mãe me mataria — Diz ela, seus olhos castanhos avermelhados sem esperança. —, ela diz que ele é um provedor bom e que temos sorte por tê-lo. Ele tem antecedentes e se eu falar qualquer coisa, ele será levado e acabaremos na rua novamente. Eu não me importo – eu preferiria vasculhar coisas num beco do que viver com esse bastardo – mas meu irmão só tem cinco anos e ele vai acabar num lar de adoção. Agora mesmo, eu tomo conta dele quando minha mãe não pode e não quero que ele seja levado para longe de mim.

Ela começa a chorar novamente e eu aperto sua mãozinha, meu coração doendo com o sofrimento dela. Apesar da papelada que Monica preencheu dizer que ela tem dezessete, com a sua estatura pequena, ela parece bem jovem até para o Ensino Médio. Eu com frequência vejo garotas como ela passar por aqui e isso me deixa arrasada toda vez, sabendo que não tem muito que eu possa fazer para ajudar. Se ela estivesse só, seria fácil retirá-la dessa situação, mas com o pequeno irmão envolvido, o melhor que posso fazer é ligar para o serviço social e isso parece levar exatamente para o que minha paciente teme: ter seu irmão levado para adoção sem ela.

— Sinto muito, Monica — Digo quando ela se acalma. — Ainda acho que ir à polícia é a melhor opção para você e seu irmão. Não tem ninguém que você possa procurar por ajuda? Um amigo da família? Um parente, talvez?

As feições da garota ficam vazias. — Não. — Saindo da mesa, ela coloca a roupa. — Obrigada por me ver, Dra. Cobakis. Até logo.

Ela sai da sala e eu olho para ela, querendo chorar. A garota está numa situação impossível e eu não posso ajudar. Eu nunca posso ajudar garotas como ela. Exceto...

— Espere! — Pego minha bolsa e corro atrás dela. — Monica, espera!

— Ela já saiu — Diz Lydia quando chego na área da recepção. — O que aconteceu? Ela esqueceu algo?

— Mais ou menos. — Não tento explicar mais. Correndo para a porta, saio e fico olhando na rua deserta e escura. A figura pequena de cabelos escuros de Monica já está no final do quarteirão, andando rápido, então, eu corro atrás dela, desesperada por fazer algo pelo menos desta vez.

— Monica, espera!

Ela deve ter me ouvido porque para e se vira.

— Dra. Cobakis? — Ela fala surpresa quando a alcanço.

Eu paro, ofegante pelo esforço e procuro dentro da

minha bolsa. — Quanto você precisa para se virar por uns tempos? — Pergunto sem fôlego, pegando meu talão de cheques e uma caneta.

— O quê? — Ela olha assustada como se eu fosse um alienígena.

— Se você for para a polícia e eles levarem seu padrasto, quanto você e sua mãe precisarão para *não* terminarem na rua?

Ela pisca. — Nosso aluguel é duzentos por mês e o cheque de deficiente da minha mãe cobre metade disso. Se pudermos aguentar até este verão, eu conseguiria um trabalho de tempo integral e poderia ajudar, mas...

— Ok, espera. — Coloco o talão de cheques contra o lado do prédio e faço um cheque de cinco mil dólares. Planejei usar o dinheiro para mandar meus pais para num cruzeiro de aniversário neste verão, mas darei um presente menos caro.

Meus pais não se importarão, tenho certeza.

Rasgando o cheque do talão, dou para a garota e digo: — Pegue isso e vá à polícia. Ele merece ir para a cadeia.

Seu queixo redondo treme e por um momento acho que ela vai começar a chorar novamente. Mas ela apenas aceita o cheque com dedos trêmulos. — Eu... eu nem mesmo sei como agradecer a você. Isso é... — Sua voz jovem para... — Isso é...

— Tudo bem. — Guardo o talão e sorrio para a garota. — Vá trocar o cheque e colocar o bastardo na cadeia, ok? Me promete que fará isso?

— Prometo — Diz a garota colocando o cheque no

bolso do jeans. — Eu prometo, Dra. Cobakis. Obrigada. Muito obrigada.

— Tudo bem. Vá agora. Está tarde e você não deveria estar na rua sozinha.

A garota hesita, então, joga os braços em mim num abraço rápido. — Obrigada — Ela sussurra novamente e se vai, sua pequena figura pipocando entre as luzes da rua antes de desaparecer de vista.

Fico lá até que ela desaparece e me viro para voltar para a clínica. Minha conta bancária acabou de receber um golpe sério, mas me sinto jubilante como se tivesse ganhado na loteria. Pela primeira vez desde que comecei a trabalhar na clínica, eu realmente ajudei alguém e o sentimento é maravilhoso.

O vento frio bate no meu rosto quando começo a voltar e vejo que esqueci meu casaco na clínica. Não tem importância. Estou brilhando com uma felicidade interna em que a noite de março não é páreo.

Não posso dar um jeito na minha própria vida, mas talvez acabei de ajudar Monica a resolver a dela.

Estou a menos de um quarteirão da clínica quando uma pequena sombra à direita chama minha atenção. Meu coração pula e a adrenalina invade minhas veias quando dois homens parecendo sem teto saem do local estreito como um beco entre duas casas, a luz da rua refletindo as lâminas reluzentes das suas facas.

— Sua bolsa — Grita o mais alto, gesticulando para mim com a faca e mesmo à distância, sinto o fedor nauseante do seu corpo de álcool e vômito. —, me dá agora, puta. Agora.

Pego a bolsa antes mesmo que ele termine de falar, mas meus dedos congelados estão desajeitados e a bolsa cai do meu ombro.

— Sua puta! Me dá aqui, eu disse! — Bufa ele, aumentando sua agitação e vejo que ele está sob o efeito de algo. Meta? Coca? De qualquer jeito, ele está instável e seu companheiro – que começou a rir como uma hiena – deve estar também.

Tenho que os acalmar. Rápido.

— Espera, vou te dar, prometo. — Tremendo, me ajoelho e pego a bolsa para que possa dá-la a eles, mas antes de me levantar um movimento que não distingo passa na minha frente.

Ofegando, caio para trás, apoiando-me nas palmas da minhas mãos quando uma figura alta e escura corre para meus agressores, movendo-se com velocidade e agilidade que parece quase sobre-humana. Os três desaparecem no beco escuro e ouço gritos de pânico seguido de um gorgolejo estranho. Então, algo metálico cai na calçada. Duas vezes.

Oh Deus.Oh Deus, oh Deus.

Corro para trás, quase não notando o asfalto arranhando a pele das minhas palmas quando meu salvador sai do beco e vejo os dois homens caindo como fantoches com suas linhas cortadas. Um líquido escuro saindo dos seus corpos caídos e o cheiro de sangue cor de cobre enche o ar, misturando-se com algo até mais desagradável.

Ele os matou, concluo pasma. Ele acabou de *matá-los.*

O horror entra em mim como adrenalina fresca e fico de pé, um grito na minha garganta. Mas antes que eu possa soltar, a figura sombria passa por mim e as luzes da rua iluminam seu rosto.

Suas feições familiares e exoticamente belas.

— Eles te machucaram? — A voz de Peter Sokolov é firme no seu olhar metálico e mais uma vez me vejo paralisada, horrorizada e ainda incapaz de mover um centímetro quando ele vem para mim, suas sobrancelhas grossas num olhar de desculpa. É o semblante de um assassino, a visão de um monstro sob uma máscara humana, e ainda tem algo mais lá.

Algo quase como preocupação.

— Eu... — Não sei o que iria falar porque no próximo momento, me acho presa nos seus braços, segura tão fortemente no seu peito poderoso que mal posso respirar. O calor do seu corpo grande me cobrindo, me protegendo do vento frio e me fazendo ver o quão fria estou, o quão fria por dentro. Ainda não captei todo o terror que acabei de testemunhar, mas começo a me sentir entorpecida, meus pensamentos espalhados e lentos quando o frio penetra mais fundo em mim, me anestesiando do trauma.

Choque, faço o diagnóstico no piloto automático. Vou entrar em choque.

— Shhh, ptichka. Está tudo bem. Vai ficar tudo bem. — A voz de Peter é baixa e calma, sua pegada afrouxando até que ele está me pegando com uma ternura intrigante e noto os sons ofegantes estranhos vindos de mim. Estou me esforçando para respirar, minha garganta fechada como durante um ataque de pânico.

Não, assim como não – eu *estou* tendo um ataque de pânico.

Ele também deve ter reconhecido porque ele se afasta e olha para mim, seus olhos cinzas estreitos em preocupação. — Respire — Ordena ele, suas mãos segurando meus ombros. — Respire, Sara. Devagar e profundamente. Assim, ptichka. E novamente. Respire...

Sigo sua voz, deixando-o agir como meu terapeuta e gradualmente a sensação sufocante diminui, minha respiração se normalizando. Foco naquilo, em apenas respirar normalmente e não pensar, porque se eu pensar sobre o que acabou de acontecer – se eu olhar para o beco à direita e vir os corpos como fantoches – posso desmaiar.

— Assim, bom. — Ele me puxa contra ele novamente, suas mãos grandes tocando meu cabelo quando fico com meu rosto pressionado no seu peito. — Você está bem, ptichka. Tudo está bem.

Bem? Quero rir e gritar ao mesmo tempo. Em que mundo que dois corpos mortos num beco significam 'bem'? Estou tremendo agora, tanto pelo vento frio e o choque e sei que estou quase perdendo novamente. Não sou uma estranha a sangue ou ferimentos e já vi morte no hospital também, mas o jeito que aqueles dois homens caíram, como se eles não fossem nada, com se fossem apenas sacos de carne e osso...

Paro antes que meus pensamentos possam virar

além do que poderei aguentar, mas minha garganta parece apertada novamente, minha tremedeira aumentando.

— Shhh — Peter me acalma de novo, me balançando calmamente para frente e para trás. Ele deve estar sentido eu tremer. — Eles não podem te machucar. Acabou. Acabou. Vem, vamos para casa.

Abro a boca para recusar, para insistir em chamar a polícia ou a ambulância ou alguém, mas antes que eu possa falar uma única palavra, ele se abaixa e me levanta nos seus braços. Ele faz isso sem se esforçar, como se eu não pesasse nada. Como se fosse normal carregar uma mulher lutando contra um ataque de pânico para fora da cena de duplo homicídio.

Como se ele fizesse isso todos os dias – o que, pelo que sei, ele deve fazer.

Finalmente acho minha voz. — Me coloca no chão. — É um sussurro fino e baixo, quase um som, mas é melhor do que nada. Minhas mãos também conseguem se mover, empurrando os ombros dele quando ele anda pela rua. — Por favor. Eu... eu posso andar.

— Tudo bem. — Ele me olha, seu olhar me fortalecendo. — Estamos quase lá.

— Quase onde? — Pergunto, mas então vejo o destino.

É um SUV preto estacionado no canto a um quarteirão da clínica. Um homem alto com uma barba grossa e preta está encostado ao lado dele e quando nos aproximamos, Peter diz algo para ele numa língua estrangeira, sua voz baixa e urgente.

O homem responde na mesma língua – bem provável russo, penso tonta – e, então, ele pega um smartfone fino, passando o dedo pela tela com gestos rápidos e furiosos. Colocando no ouvido, ele fala rápido em russo enquanto Peter abre a porta do carro e cuidadosamente me coloca no banco de trás.

Meu perseguidor não estava mentindo sobre ter uma equipe. Este homem deve ser um de seus ajudantes.

— Já vou contigo, ptichka — Peter murmura em inglês, retirando meu cabelo do rosto com aquela mesma ternura bizarra, e se afasta e fecha a porta, deixando-me só no interior quente do carro.

Fico parada por alguns segundos, olhando-o falar com o homem barbudo, e começo a sair.

Arrastando-me no banco de trás, pego a maçaneta na porta do outro lado de onde os dois homens estão em pé e abro a porta, quase caindo para fora do carro na pressa de fugir. Meus pensamentos e reações ainda lentas pelo choque, mas já me recuperei o bastante para entender um fato bem importante.

Os dois homens foram mortos na minha frente e se eu não fizer algo sobre isso, serei conivente com seus crimes.

O vento frio me morde e meus pulmões queimam quando corro para a clínica. Atrás de mim ouço um grito, seguido por passos rápidos e sei que eles estão vindo atrás de mim. Minha única esperança é entrar na clínica antes que eles possam me pegar. Como um homem procurado, Peter não deve se arriscar a se expor. Quando estiver segura, posso recuperar o fôlego e ver o que farei, como melhor informar a polícia do que aconteceu.

Estou a menos de dez metros do meu destino quando um braço duro enrosca no meu tórax e uma mão forte tapa minha boca, abafando meu grito. — Você gosta mesmo que eu te persiga, não gosta? — Uma voz familiar soa no meu ouvido e ouço um carro se aproximando.

Redobro meus esforços de me libertar, chutando as canelas de Peter e puxando sua mão do meu rosto, mas os esforços são fúteis. Ouço uma porta de carro se abrir e Peter me coloca para dentro, com muito menos cuidado desta vez.

— *Yezhay* — Ele grita para o motorista barbudo e saímos correndo, deixando a clínica e a cena do crime para trás.

29

*P*eter

— Yan e Ilya estão lá — Anton me informa em russo quando ele vira à direita na rua que dá para a casa de Sara. — Eles chegaram lá antes que alguém chegasse na cena.

— Bom. — Olho para Sara, que está sentada perto de mim no banco de trás, silenciosa e pálida como morta. — Diga a eles para se livrarem dos restos. Não queremos partes de corpo aparecendo em lugar nenhum. Também, eles precisam trazer o carro dela de volta para casa.

— Sim, eles sabem. — Me olha no espelho. — O que você fará com ela? Você a assustou de verdade.

— Vou pensar em algo.

Estou feliz que Sara não entenda o que estamos

falando; de outro modo, ela ficaria bem mais horrorizada. Eu não deveria ter matado aqueles cabeça de merda na frente dela, mas eles a estavam ameaçando com facas e eu perdi o controle. Tudo que pude ver foi o corpo de Tamila caído lá, quebrado e cheio de sangue e o pensamento que poderia ser Sara – de que se eu não estivesse lá, um daqueles vagabundos drogados poderia tê-la matado – fez meu sangue virar um vulcão. Nem mesmo me lembro de ter tomado uma decisão consciente; agi puramente pelo instinto. Só levou segundos para desarmá-los e cortar seus pescoços e quando seus corpos tocaram o chão já era tarde demais.

Sara os viu morrer.

Ela me viu matá-los.

— Você pode ficar no lugar de Ilya pelo resto do turno da noite? — Pergunto a Anton quando paramos na frente da casa de Sara. Com os orvalhos grandes cobrindo a rua e os vizinhos mais próximos a uma boa distância, o lugar é bom e reservado – excelente numa situação como esta. É péssimo que ela esteja vendendo a casa; realmente passei a gostar dela.

— Sem problemas — Responde Anton. —, estarei por perto. Você vai ficar aqui até de manhã?

— Sim. — Olho para Sara, que está olhando para frente parecendo não saber da nossa chegada. — Estarei com ela.

Pegando na mão de Sara, falo em inglês: — Chegamos, ptichka. Vem, vamos para sua casa.

Seus dedos finos gelados na minha pegada; ela

ainda está em choque. Mas, quando a ajudo a sair do carro, ele me olha e pergunta rouca: — E a clínica?

— O que tem ela?

— Eles vão ficar imaginando o que aconteceu comigo.

— Não, não vão. — Coloco a mão no meu bolso e pego o telefone dela, que peguei da sua bolsa durante a viagem. — Mandei isso para eles. — Mostro para ela uma mensagem em que falo sobre ter uma emergência no hospital.

— Oh. — Ela me olha perplexa. — Você mandou isso?

Assinto, colocando o telefone de volta no meu bolso quando a levo para longe do carro. — Você estava um pouco fora de si durante a viagem. — Isso não é bem a condição dela; depois que a coloquei no carro, ela parou de lutar e ficou quase catatônica.

Ela pisca. — Mas... e os corpos?

— Isso também está sendo resolvido — Asseguro a ela. —, nada vai te ligar à cena. Você está segura.

Sara treme visivelmente, então, eu a levo rapidamente para dentro da casa, abrindo a porta com as chaves que peguei na sua bolsa mais cedo. Tenho meu próprio par de chaves – e as fiz um mês atrás, quando voltei para ela – mas prefiro que Sara não saiba disso. Se ela mudar as fechaduras novamente, vai ser trabalhoso passar pelo processo uma segunda vez.

— Aqui, sente-se — Digo, conduzindo-a ao sofá. — Vou te preparar um chá de camomila.

— Não, eu... — Ela se livra do meu toque. — Tenho que lavar minhas mãos.

— Tudo bem. — Lembro-me que ela tem essa mania. — Vai.

Ela desaparece no canto e para dentro do banheiro e vou à pia da cozinha para me limpar também. Tive cuidado em me manter fora do esguicho de sangue quando cortei os pescoços dos homens, mas ainda tem umas manchas pequenas no meu antebraço.

Com sorte, Sara não viu.

Lavo minhas mãos e antebraços, então, ligo a chaleira elétrica. Quando a água ferve, faço duas xícaras de chá e as levo para a mesa. Sara ainda não voltou, decido procurá-la.

Indo para o banheiro, bato na porta. — Está tudo bem?

Não recebo resposta, apenas o som de água correndo. Preocupado, tento a maçaneta e vejo que a porta está trancada.

— Sara?

Sem resposta.

— Sara, abra a porta.

Nada.

Dou uma respirada calmante e digo numa voz suave : — Ptichka, sei que você está chateada, mas se não abrir a porta agora, não terei escolha se não quebrá-la.

— Ou abrir a fechadura, mas não falo isso. Quebrar a porta soa bem mais ameaçador.

A água para, mas a porta continua trancada.

— Sara. Vou te dar cinco segundos. Um. Dois. Três...

A fechadura faz barulho.

Aliviado, abro a porta – e vejo que estava certo em ficar preocupado. Sara está sentada no chão, suas costas contra a banheira e seus joelhos junto ao peito. Ela não está fazendo som, mas seu rosto está cheio de lágrimas e ela está tremendo.

Merda. Eu realmente não devia tê-los matado na frente dela.

— Sara... — Ajoelho-me perto dela e ela se chega para o lado, longe de mim. Ignorando sua reação, eu gentilmente pego seu braço e a coloco no meu abraço. — Não vou machucá-la, ptichka — Eu sussurro no cabelo dela quando vejo que sua tremedeira está aumentando. —, você está segura comigo.

Um soluço preso escapa de sua garganta, e então outro e outro e, de repente, ela está se agarrando a mim, seus braços finos cobrindo meu pescoço quando ela começa a chorar copiosamente. Esfrego suas costas em círculos leves quando ela treme com soluços incontroláveis e me segura mais forte, afundando o rosto no meu pescoço. Sinto o molhar das suas lágrimas e lembro-me quando na cozinha a acalmava depois da tortura com a água. A memória me dá náuseas; não posso me imaginar fazendo isso com ela agora, não me vejo machucando-a por qualquer razão.

Ela não é apenas uma pessoa para mim agora; ela é meu mundo e vou protegê-la de todos e de tudo.

Leva um bom tempo para os soluços dela

diminuírem, tanto tempo que minha perna fica adormecida quando eu finalmente me levanto e gentilmente a coloco de pé.

— Vem — Eu murmuro, colocando um braço de suporte em volta das costas dela e a levando para fora do banheiro. — Vamos tomar um chá e vou colocá-la na cama. Você deve estar exausta.

Ela funga e sussurra rouca: — Sem chá.

— Tudo bem, sem chá. Neste caso, vou colocá-la para dormir. — Me curvo e a levanto nos meus braços.

Ela não reclama por eu carregá-la, apenas coloca sua cabeça no meu ombro e o braço em volta do meu pescoço. Sua respiração ainda está entrecortada pelo choro, mas ela está se acalmando. Isso me conforta, assim como o jeito que ela está se agarrando a mim. Não sei se isso é a consequência do trauma, ou se estou finalmente diminuindo sua resistência, mas o jeito que ela se segura em mim, sem um traço de medo ou desconfiança, enche meu peito com uma espécie de calor, um que diminui o vazio gelado em volta do meu coração.

Com Sara, estou revivendo novamente e eu quero mais desse sentimento.

30

*S*ara

Ele é gentil comigo no chuveiro, seu toque terno e platônico quando ele me lava da cabeça aos pés. Eu fico parada; é o máximo que posso fazer no momento – só em pé. Nada me preocupa agora, nem a minha nudez nem mesmo a dele. Agora que minha tempestade de emoções passou, sinto-me vazia, uma neblina de exaustão cobrindo todos os meus pensamentos e sentimentos. Estou além de desejo, além de ansiedade e medo; tudo que existe é culpa.

Culpa terrível e esmagadora de almas por saber que mais duas pessoas morreram por minha causa.

Eles morreram porque deixei um assassino entrar na minha vida e alimentei suas obsessões.

Está claro para mim agora, está perfeitamente óbvio

que não sei por que não vi isso antes. Sou tóxica – um perigo para todos à minha volta. Hoje, as vítimas eram dois drogados; amanhã, podem ser meus amigos ou família. Ninguém está seguro perto de mim pelo tempo que Peter me desejar e tudo que fiz apenas alimentou sua obsessão.

Desde o começo, joguei o jogo errado e os dois homens pagaram com suas vidas.

— Aqui, saia — Ordena Peter e eu saio do chuveiro, deixando-o enrolar uma toalha grossa em volta de mim. Ele me seca, mais uma vez me tratando como uma criança e eu o deixo, porque estou muito cansada para fazer qualquer outra coisa. Além do mais, isso tudo – chorar nos seus braços, me agarrar a ele, deixá-lo tomar conta de mim – funciona bem para a nova estratégia que irei implementar.

Como ele me quer, deixá-lo-ei ter-me.

Não é uma estratégia particularmente nem tenho qualquer ideia se funcionará. Pode até voltar contra mim. Mas nas atuais circunstâncias, tenho pouco a perder. Tentei mandá-lo para longe e ele ainda está aqui, ainda uma ameaça. Então, agora tenho que tentar algo diferente.

Tenho que fazê-lo perder o interesse em mim.

Foi a conversa no café que me deu essa ideia. E se as enfermeiras estão certas e eu deixar de lado meu tipo de 'princesa gelada', um que intriga meu algoz? E se, por recusá-lo, estou fazendo-o me desejar mais?

O jeito mais rápido de perder um cara é dormir com ele.
É uma fala estúpida, mas a mãe de Andy não é a única a

acreditar nisso. Já ouvi essa opinião dezenas de vezes, geralmente de pais de adolescentes que ficaram grávidas porque suas famílias insistiram em ensiná-las os valores da abstinência em vez de controle de natalidade. É um estereótipo ultrapassado e sexista sobre a dinâmica masculino/feminino, um que se baseia na premissa insultante de que as mulheres são como papel higiênico, algo para ser usado uma vez e jogado fora.

Eu sempre rio quando ouço esse tipo de coisa, mas, ao mesmo tempo, sei que existem homens que agem desse modo, que vão atrás das mulheres até as levarem para a cama e, depois, perdem rapidamente interesse nelas. Mas não porque eles acham que as mulheres dever ser puras – pelo menos não com frequência. Eles apenas têm muito prazer na perseguição. Eles apreciam a antecipação mais do que a consumação e uma vez que conseguem, eles passam para outra, buscando pastagens frescas.

Não sei se meu perseguidor entra nessa categoria, mas é possível – até provável. Ele é um homem estonteantemente bonito e, sem dúvida, está acostumado com mulheres se derretendo pelo perigo que o cerca. Nunca conheci ninguém como ele, mas já vi sinais dessa arrogância em atletas populares de faculdades, executivos de Wall Street e cirurgiões muito bem pagos. Homens como esses – os que ocupam o topo da cadeia alimentar – reconhecem qualquer sinal de relutância como um desafio; isso os intriga, os faz mais inclinados a perseguir a mulher, não menos.

Se for esse o caso – e estou desesperadamente esperando que seja – então, o modo mais fácil de me livrar de Peter Sokolov pode ser dar a ele exatamente o que ele quer: eu, desejosa, na sua cama. Por qualquer que seja a razão, o assassino russo parece ter traçado uma linha no estupro, preferindo apenas se forçar na minha vida, então, cabe a mim dar a luz verde.

Se eu quero que esse pesadelo acabe, terei que fazer sexo consentido com meu captor.

— Venha, deite-se — Peter insiste quando chegamos à cama. Retirando a toalha em volta de mim, ele gentilmente me guia para baixo do cobertor. —, você se sentirá melhor pela manhã, eu prometo. — Outra vez seu toque é platônico, quase clínico, mas eu sei que ele me quer. Vejo o quão duro ele está quando entra no cobertor perto de mim, sinto a tensão nele quando desliga a luz e me coloca no seu abraço, me tocando com seu corpo quente na posição encaixada familiar.

Ele me quer, mas ele não vai me possuir – não até eu consentir.

Fico deitada quieta por um momento, tentando convencer-me a fazer aquilo. Meu estômago parece um guaxinim brigando com um hamster e a exaustão é pesada no meu cérebro. Com meus olhos cansados e minha cabeça doendo por ter chorado tanto, a última coisa que quero é sexo, mas talvez esse seja o motivo que eu deveria fazer isso hoje à noite.

Talvez eu me sinta menos ruim sobre isso se eu não gostar.

Abraçando-me, me movo um pouco, movimento meu traseiro um centímetro mais perto da virilha de Peter. Ele fica enrijecido, sua respiração, mais elaborada e eu repito a manobra, me esfregando nele quando me movo para trás e para frente com o pretexto de ficar mais confortável. Com seu braço grosso pelos músculos em volta do meu tórax, tenho um espaço para me mexer bem pequeno, mas isso não importa. Ambos estamos nus e a menor esfregada da pele dele contra a minha é eletrizante, tão cheia de sensações que cada uma das minhas terminações nervosas fica atenta. Não consigo ver nada na escuridão do quarto, mas posso sentir a dureza do pelo da perna dele nas minhas coxas, sentir seu cheiro e minha própria respiração aumenta de ritmo, meu coração martelando furiosamente no meu peito quando seu pau fica ainda mais duro, pressionando contra meu traseiro como o cano de uma arma.

É assim, vem. Ignorando a ansiedade fechando minha garganta, balanço meu quadril mais um pouco. Não consigo me virar e abraçá-lo, mas talvez com um pouco de encorajamento, ele não conseguirá se controlar e virá até mim. Não resistirei; não farei nada para pará-lo. Deixarei que me foda, talvez até fingindo que estou gostando um pouco, para que não coloque um desafio nisso. Irei apenas ficar deitada e receber e, então, tudo terminará.

Eu estarei deitada receptiva mas chata e ele se cansará de mim.

Esse é o plano, pelo menos, mas quando continuo a me mover, descubro que parte do meu cansaço está desaparecendo, só para ser substituído por um sentimento quente que se origina bem dentro de mim. Com a escuridão velando tudo, é fácil fingir que nada disso é real, que estou tendo mais um daqueles sonhos invertidos.

— Sara, ptichka... — Seu sussurro rouco parece preso. — Se você quer dormir, deve parar de se mover.

Paro por um segundo, mas devagar e deliberadamente me viro para ele. — E se... — Lambo meus lábios secos. — E se eu não quiser dormir?

O corpo de Peter vira uma pedra atrás de mim, seu braço apertando meu tórax. Por um momento irracional e rápido, temo que ele possa recusar, que apesar de todas as indicações, ele realmente não me quer, mas logo me vejo deitada de costas, seu corpo pesado me pressionando quando o abajur da cabeceira acende.

Eu pisco, cega momentaneamente pela luz e com seu rosto focado em mim vejo que seus olhos cinzentos estão semifechados, sua mandíbula apertada quando ele se apoia num cotovelo. Ele parece furioso e por um segundo horrível imagino se interpretei aquilo tudo errado – cometi um grave erro.

— Você está brincando comigo, Sara? — Sua voz baixa e firme, seu sotaque mais forte do que o normal quando ele pega meus pulsos e os prende ao travesseiro acima da minha cabeça com uma mão grande. — Tentando ver até onde pode me provocar?

Olho para ele, uma tremida sombria subindo minha pele. Isso é bem parecido com meus sonhos, é misterioso. E, ao mesmo tempo, é diferente. Minha memória embaçada o havia pintado com pinceladas fortes e cruéis, mais monstro do que humano, mas aquilo estava errado. Não tem nada monstruoso naquela feição bela e letal olhando para mim. Os sonhos haviam subestimado o potencial da sua atração magnética, omitindo a maciez sensual dos seus lábios, a linha forte e nobre do seu nariz, o jeito que suas sobrancelhas grossas e escuras se juntam sobre aqueles olhos metálicos... Ele é belo, esse meu perseguidor terrível, eu fico deitada lá, presa sob seu corpo quente e duro, sinto a beliscada sombria aumentando, virando algo perigoso e proibido. Meus mamilos se intumescem e uma onda de calor passa por mim, meus músculos internos se apertando com uma necessidade pulsante aumentando.

Eu não desejo este homem. Eu *não posso* desejá-lo. Mas até quando eu falo, sei que é mentira, uma falsidade vinda de um pensamento. O que quer que seja que o puxou para mim, funciona em ambos os lados, a força nos conectando tão forte quanto irracional. Eu realmente o desejo. Mais do que isso, eu *preciso* dele. Meu corpo não se importa de que ele acabou de matar duas pessoas na minha frente, que o desprezo com todo o meu ser. Seu toque não me causa repulsa; ele me excita, meu desejo provocado pela intimidade que ele tem forçado em mim nos últimos dias, o prazer trocado que conheci no seu abraço.

Pela ternura não natural e perversa que não tem lugar na nossa relação violenta.

Ele ainda está esperando a minha resposta, seus olhos estreitos e eu sei que posso retornar, fingir que foi apenas um grande erro de entendimento. Mas se o fizer, ele continuará a me vigiar, corroendo minha resistência dia após dia até que eu ceda e, enquanto isso, todos à minha volta estarão em perigo.

— Não estou brincando — Sussurro no silêncio tenso —, as camisinhas estão na gaveta da mesinha de cabeceira.

Ele inspira, seus dedos apertando meus pulsos e vejo o exato momento que ele processa o que estou dizendo. Suas narinas se abrem e as pupilas dilatam, o olhar de ira nas suas feições se transformando numa fome sombria e selvagem. Colocando a mão livre na gaveta, ele pega um pacote, abre com seus dentes e rola a camisinha no seu pau grande e para cima.

Minhas batidas do coração aceleram, a ansiedade apertando meu tórax, mas é tarde demais.

Abaixando a cabeça, Peter nivela seu quadril com o meu.

 *ara*

EU NÃO SEI POR QUÊ, MAS EU NUNCA ESPEREI QUE ELE ME beijasse, colocar sua boca na minha e festejar em mim como se estivesse faminto. Porque é assim que parece: como se ele estivesse me consumindo, levando minha essência, todo o meu ser. Seus lábios e língua assolam minha boca, devorando-me, tirando o ar direto dos meus pulmões. Sua mão livre penetra meus cabelos, me mantendo parada no beijo voraz e é tudo que posso fazer para não derreter nos lençóis. Porque ele não apenas toma; ele dá. Ele dá tanto prazer que estou inundada por isso, dominada pelo seu gosto e cheiro e sentimento.

Ele me beija até que estou tomada e queimando, até

que quase não me lembro como é não beijá-lo, não inalar sua respiração quente de menta. Até que todos os pensamentos do que e de quem somos desaparecem e me aproximo mais dele, com necessidade impensada, desesperada por mais toques dele, desse prazer fervente. As pontas dos meus dedos tremem da sua pegada forte nos meus pulsos e seu corpo é pesado em cima de mim, mas quero mais.

Quero me perder no seu abraço impiedoso, dissolver-me nele e desaparecer.

Ele solta meus lábios para conduzir uma trajetória quente de beijos pelo meu rosto e pescoço e engulo ar, meu coração acelerando e minha pele pinicando pelo prazer eletrizante. A cada respirada que dou, meus mamilos roçam nos músculos do seu peito e umidade escorre pelo meio das minhas coxas, meu corpo se preparando para ele, para esse ato que eu não deveria desejar, não deveria ansiar com intensidade tão violenta.

Respirando com dificuldade, ele levanta a cabeça e vejo uma fome positiva no seu olhar prateado, uma necessidade sombria misturada com algo perturbadoramente possessivo. Sua mão solta meu cabelo e desce meu corpo, acoplando meus seios. — Sara... — Meu nome é uma inalação rouca nos seus lábios quando seu polegar passa sobre meus mamilos pulsantes. — Você é tão bela, ptichka... tudo que sempre sonhei e mais.

Suas palavras ferventes me queimando, me

enchendo com um calor que vai até o meu âmago – e faz soar sinos de alarme na minha mente. Isso parece muito com a consumação do amor romântico, e conforme seus joelhos se colocam entre minhas coxas, a neblina sensual que me encobre se levanta por um momento. Num relance de clareza, eu processo o que está acontecendo e o horror apaga meu desejo.

O que estou fazendo? Como posso estar gostando disso em qualquer medida? Uma coisa é aceitar passivamente o toque do monstro por uma boa causa, mas realmente desejar isso – deixá-lo agir como se fôssemos amantes – é doentio, totalmente insano. Mesmo com meus pulsos presos, não adianta fingir que não quero, que meu corpo não o deseja das formas mais perversas.

A cabeça larga do seu pau empurra minhas dobras e minha respiração fica rasa, meus músculos se apertando num pânico repentino. Eu não posso fazer isso – não deste jeito. Se parece demais com fazer amor. Ele ainda está olhando para mim, seus olhos cinza cheios de calor intenso e sei que tenho que falar para ele parar, para pôr um fim nisso...

Ele me penetra de uma vez e com força e me esqueço o que iria falar. Esqueço de tudo além da sensação crua e brutal do seu pau entrando no meu corpo. Sua dureza sem compromisso força a separação dos tecidos internos e apesar da minha excitação, sinto um queimar picante quando ele empurra mais fundo, ignorando a resistência dos músculos apertados. Já faz muito tempo, e ele é grande, é maior e mais longo do que o de George. Meu coração martela violentamente no meu peito conforme meu corpo cede relutantemente à penetração crua e com uma mistura de desapontamento e alívio amargo, vejo que meus medos foram em vão.

Isso não é nada igual a fazer amor.

Quando ele já está todo dentro, ele para, seus olhos brilhando com uma ansiedade sombria e um tipo diferente de tensão invade meu corpo, banindo o último desejo mal-vindo e aumentando minha decisão. A atração sensual da sua aparência ainda está lá, mas agora vejo o monstro atrás das belas feições, o assassino que me torturou e partiu minha vida. Não mais existe qualquer ambiguidade no que estou sentindo, nenhuma ambivalência de qualquer tipo. Meu perseguidor, o homem que odeio, está violando meu corpo e estou feliz. Estou feliz porque sua crueldade dói menos do que sua ternura, sua rudeza, menos assustadora do que sua misericórdia.

Inspirando fortemente, preparo-me para resistir a uma foda dura e áspera, mas ele não se move. Seu rosto está cheio de paixão, seu corpo tão tenso que ele está vibrando junto, mas ele não empurra e vejo que ele percebe meu desconforto e está me dando tempo para me acostumar.

Do seu próprio modo, ele está tentando ser gentil – que é a última coisa que quero.

Juntando coragem, passo minha língua pelos meus lábios e vejo a fome nos seus olhos aumentarem.

— Vai — Sussurro, flexionando meus músculos

internos. Consigo senti-lo pulsando dentro de mim, duro, grosso e perigoso. — Só acaba logo com essa porra.

Ele me olha e sinto sua luta, sinto o monstro lutando contra o homem. Não sou a única com os sentimentos misturados aqui. Também tem uma parte de Peter que me odeia, que vê em mim uma lembrança da sua tragédia. Ele me quer, mas também quer me ferir, fazer-me pagar pelo que aconteceu com sua esposa e filho. Ele pode não concluir isso sozinho, mas eu sei disso. Sinto isso. Nossa conexão foi forjada na perda e na dor, nossa intimidade nasceu na tortura. Não tem nada de normal na sua atração por mim; é tão ambígua como minha resposta para ele.

Sua vingança é o que nos liga, e nenhuma dose de gentileza pode mudar isso.

Vejo o exato momento em que o monstro começa a ganhar a luta. As mandíbulas de Peter se apertam quando ele sai um pouco, então, retorna com força. — É isso que você quer de mim? — Sua voz é baixa e rouca, seus olhos cinzentos cheios de algo crescentemente sombrio. Ele flexiona seu quadril e ofega quando entra mais fundo em mim, sua mão apertada nos meus pulsos. — Fale, Sara. É isso que você quer?

Eu ainda posso falar não, deixar o homem segurar a besta, mas escolhi meu caminho e não retrocederei. Talvez esse último ato de vingança seja o que ambos precisamos, a punição necessária para a minha absolvição.

Talvez se ele soltar essa parte sombria em mim, ambos possamos ficar livres.

— Sim — Sussurro e me preparo. —, é exatamente isso que quero.

EU NÃO SEI O QUE ESTAVA ESPERANDO, MAS QUANDO olho nos olhos avelã de Sara e vejo ódio, sinto minhas fantasias dissolvendo, as mentiras que me alimentei se evaporando na dureza da verdade. Seu corpo pode me responder, mas ainda sou seu inimigo – e ela, minha inimiga. Mesmo com sua boceta sedosa apertando meu pau pulsante, o desejo pulsando no meu corpo está manchado com violência, minha necessidade por ela mais sombria do que qualquer coisa que já conheci.

Eu não quero apenas fodê-la; quero ter acesso a ela, acabar com minha vingança na sua carne delicada.

— Sara... — Busco o resto de minha sanidade, algo que possa me segurar quando uma onda insana desce em mim, o açoite viciado do desejo minando meu controle. — Você não sabe o que você...

— Só acaba logo com essa porra — Ela sussurra novamente, me fitando desafiadoramente e o último fio da minha resistência se parte.

Com um gemido baixo e rouco, volto e entro nela, quase não notando o jeito que sua boceta se fecha com forte resistência, os tecidos internos macios se abrindo sob minha estocada. Ela está molhada, está apertada, quase tão pequena como uma virgem e até durante o desejo forte sei o que isso significa.

Já faz um tempo que ela não faz sexo – provavelmente não desde seu marido.

O homem cuja arrogância matou meu filho.

Meu desejo fica ainda mais sombrio, alimentado por uma onda de ódio vindo da agonia e abaixo minha cabeça, pegando a boca de Sara novamente. Mas desta vez, não consigo me segurar e o beijo é forte e selvagem, tão violento quanto as emoções que me rasgam. O gosto delicioso dela, seu perfume doce, a textura molhada e sedosa da sua boca – tudo me deixa louco e sinto o gosto do seu sangue quando meus dentes entram nos seu lábios inferiores, rasgando a carne macia. Eu deveria parar, ou me dar uma pausa, mas, no entanto, isso apenas aumenta meu apetite. Preciso disso dela; sua dor, seu sofrimento. É como se um estranho estivesse controlando meu corpo, trocando meu desejo por ela numa necessidade de punir, fazê-la pagar pelos pecados do seu marido. Possuir Sara desse jeito é tanto o céu como o inferno, o prazer violento de foder misturado com a consciência amarga de que falhei com minha promessa.

Estou ferindo a mulher que quis curar, aquela que me faz sentir tão vivo.

Eu não sei se é a conscientização ou as lágrimas que vejo no seu rosto quando levanto minha cabeça, mas a ira que chegou está começando a se dissipar, o olhar vermelho se desfazendo quando meu desejo chega a um novo ponto alto. Minhas bolas sobem, a tensão pré-orgasmo se amontoando na base da minha espinha, e mesmo assim me vejo dolorosamente ciente dos seus punhos finos na minha pegada – e a rigidez terrível do seu corpo quando eu violo sua carne sedosa.

Seus olhos se prendem nos meus e eu vejo dor nas suas profundezas castanhas, junto com uma satisfação perversa. Estou facilitando para ela, colocando combustível para seu ódio. Era isso que ela esperava de mim todo o tempo, o que ela temia e queria ao mesmo tempo.

Depois desta noite, eu não serei nada mais do que o homem que a machucou, que abusou dela da forma mais cruel.

Não. Porra, não. Aperto os dentes e forço-me a parar, lutando contra a aproximação do orgasmo. Soltando seus pulsos, eu saio dela e desço do seu corpo, ignorando a dureza agonizante do meu pau. Colocando-me entre suas coxas abertas, seguro os joelhos dela e abaixo a minha cabeça.

— O que você está... — Ela começa meio tonta, mas já estou lambendo sua boceta macia, passando minha língua entre suas dobras rosas e inchadas. Ela está molhada, mas não tão molhada como eu gostaria, então, eu começo a resolver isso, usando toda a habilidade que aprendi nos meus trinta e cinco anos.

— Espera, Peter, não... — Ela coloca a mão tentando me empurrar quando passo a língua no seu clitóris, e quando isso falha, ela tenta fechar as pernas. — Isso não é...

— Shhh. — Uso meu aperto nos seus joelhos para manter suas pernas abertas. — Só fique deitada e relaxe.

— Não, eu... — Ela ofega, fechando seus punhos nos meus cabelos quando eu puxo seu clitóris para dentro da minha boca. Começo a chupar com movimentos firmes e rítmicos e a tensão nos músculos das suas pernas diminui, sua respiração audível na garganta. Posso senti-la ficando mais molhada sob minha língua e aproveito sua distração para mover minha mão direita para sua boceta.

— Assim, ptichka, só relaxa... — Assopro ar frio no seu clitóris e sou recompensado com um gemido baixo antes das suas coxas se tensionarem. Ela está tentando resistir, rejeitar o prazer, mas já tenho meu cotovelo no lugar, impedindo-a de apertar minha cabeça entre suas pernas. Ela está respirando forte agora, suas mãos apertando meus cabelos quando acabo de chupar seu clitóris e coloco dois dedos na sua abertura apertada e molhada, curvando-os dentro dela até sentir a parede macia e esponjosa do seu ponto G. Sua boceta fecha com força, se apertando em volta dos meus dedos, e seu quadril se arqueia para fora da cama quando aumento minha chupada. Ela está perto, posso sentir. Meu coração bate forte no meu peito, minha respiração está acelerada quando o pulsar das minhas bolas fica insuportável, mas me seguro até ter certeza de que ela está no limiar. Então, só então, me entrego à minha própria necessidade.

Retirando meus dedos, me movo para cima, cobrindo-a com meu corpo e alinho meu pau contra sua entrada inchada.

— Goze comigo — Digo roucamente olhando para ela quando a penetro numa entrada forte e seu corpo me obedece, sua carne apertada e molhada apertando em volta de mim, molhando meu pau na hora que o orgasmo me atinge. Seus olhos belos ficam calmos e fora de foco, suas feições retorcidas com êxtase quando seus dedos se afundam nas minhas laterais e ouço o grito abafado quando minha semente jorra. Parece que cada músculo do meu corpo está vibrando ao mesmo tempo, meus pulmões urrando quando o prazer explode em ondas pulsantes e eu colapso em cima dela, sei que é isso.

Jamais vou desejar outra mulher novamente.

Não sei quanto tempo leva para os choques posteriores terminarem, mas quando consigo ter força para ficar nos meus cotovelos, Sara já se recuperou o bastante para entender o que aconteceu e o horror aparece nas suas feições. Como eu, ela está respirando forte, suas bochechas coradas com brilho pós-coito, mas não tem felicidade no seu olhar, apenas o brilho agudo de lágrimas.

Ela está se arrependendo disso, se debatendo novamente e não aceitarei isso.

— Não. — Abaixo minha cabeça para beijar suas bochechas quando as lágrimas saem, marcando suas têmporas. — Ptichka, não. Não se sinta mal. Você não fez nada de errado. Eu fiz tudo. Eu te machuquei, lembra-se? Não te dei escolha.

Sua respiração treme nos seus lábios quando dou vários beijos no seu rosto e a sinto tremendo sob mim, suas mãos se revirando nos lençóis quando suas lágrimas continuam saindo. Ainda estou dentro dela, meu pau mole enterrado no seu corpo, mesmo assim ela está tentando não me tocar, se enrolar em si mesma e rejeitar a conexão entre nós.

Eu quis sua dor e a tive – e isso está me rasgando por dentro.

Não sei o que fazer, como acalmá-la, então, apenas continuo a beijá-la, tocando nela tão gentilmente quanto possa. A sede de vingança se foi e tudo que sobrou foi arrependimento. Mais uma vez, sou a causa do sofrimento de Sara e, desta vez, é infinitamente pior. Desta vez, eu a conheço.

Eu a conheço e me importo.

Ela ainda está chorando quando saio dela e me levanto para retirar o preservativo no banheiro. Quando volto com a toalha molhada, a acho enrolada de lado, com o cobertor até o pescoço.

— Aqui, deixe-me limpá-la — Eu murmuro,

retirando o cobertor do seu corpo nu e quando ela não resiste, passo a toalha nas suas dobras macias, diminuindo a ardência da sua carne inchada e dolorida e retirando a evidência do seu desejo. Ela não está mais chorando, mas seus olhos ainda estão molhados, e quando termino, ela volta para o cobertor, colocando-o por sobre sua cabeça.

Estou quase subindo na cama com ela quando ouço a vibração do meu telefone na cabeceira, onde deixo em caso de emergência.

Franzindo, pego e olho a tela.

Mudança de planos, diz a mensagem de Anton. *Velazquez está se mudando para o composto de Guadalajara em dois dias. É amanhã ou nunca.*

Eu seguro um palavrão, lutando contra a ânsia de jogar o telefone pelo quarto. Com toda a merda do tempo do mundo... Nós acabamos de planejar toda a logística do plano e iríamos atacar em seis dias. Mas nosso alvo está se mudando, voltamos à primeira casa em termos de planejamento. Pode levar várias semanas para preparar o escopo do esconderijo de Velazquez em Guadalajara e nosso cliente, um lorde da droga rival, já está ficando nervoso. Ele quer Velazquez para ontem e não ficará satisfeito com um atraso.

Anton está certo. Temos que agir agora.

Prepare o avião e suprimentos, respondo. *Iremos voar cedo de manhã.*

Entendido, Anton responde. *Imagino que você queira os americanos vigiando-a?*

Sim. Respondo. *Diga-lhes para ficarem perto da clínica.*

Na última vez que eu e meu time tivemos que sair do país a trabalho, contratei alguns americanos para vigiarem Sara na nossa ausência e me relatarem seus movimentos. Eles são bem profissionais e apesar de não confiar neles tanto quanto nos meus homens, até agora estou satisfeito com seus serviços.

Eles devem conseguir protegê-la enquanto estou fora.

Colocando meu alarme para despertar em quatro horas, entro sob o cobertor com Sara e a puxo num abraço, curvando meu corpo em volta dela por trás. Sara se enrijece, mas não se afasta e fecho meus olhos, respirando seu cheiro, um sentimento de paz cai sobre mim.

Nada está resolvido entre nós, mas por alguma razão, tenho certeza de que estará, confiante de que faremos isso dar certo, o que quer que 'isso' venha a ser. É o único caminho, porque não consigo me ver sem ela.

Sara é minha e eu morreria antes de libertá-la.

 _ara_

UM ZUMBIDO PERSISTENTE ME TIRA DE UM SONO profundo. Por um segundo fico tão desorientada que acho que estamos no meio da noite.

Rolando de lado, tateio cegamente pelo telefone vibrando. — Alô — Falo com voz rouca, pegando-o da cabeceira da cama sem abrir meus olhos. Meus cílios parecem estar colados, minha cabeça tão pesada que quase não consigo levantá-la do travesseiro.

— Dra. Cobakis, temos uma paciente entrando em trabalho de parto prematuro, e o Dr. Tomlinson teve que se ausentar por assuntos familiares. Você é a próxima na lista para ser chamada. Pode estar aqui em breve?

Sento-me, uma ponta de adrenalina espantando o

pior da minha sonolência. — Mm... — Pisco para espantar o sono e vejo que o sol está entrando pelas frestas da cortina. O despertador na cama diz que são 6h45, menos de uma hora antes da minha hora de levantar para o trabalho. — Sim. Posso estar aí em cerca de uma hora.

— Obrigado. Nos veremos em breve.

Na hora que o coordenador de plantão desliga, pulo fora da cama e corro para o chuveiro – e paro congelada, sentindo a ardência bem profunda. Memórias de ontem à noite aparecem logo, queimando com calor e toxicidade, e todos os resquícios da tonteira desaparecem.

Eu fiz sexo com Peter Sokolov ontem à noite.

Ele me machucou e eu gozei nos seus braços.

Por um momento, esses dois fatos se parecem irreconciliáveis, como uma chuva de gelo em julho. Eu nunca senti dor – apenas o oposto. As duas vezes que George e eu exploramos algo diferente, como uns tapas leves que ele me dava, distraíram-me do orgasmo em vez de me dar mais tesão. Eu não entendo como eu posso ter gozado depois de um sexo tão áspero, como eu posso tem sentido prazer quando meu corpo se sentia dilacerado e agredido.

E aquele orgasmo não foi o único. Meu captor me acordou no meio da noite escorregando dentro de mim, seus dedos habilidosamente atiçando meu clitóris e apesar de estar ardida, gozei em minutos, meu corpo respondendo a ele mesmo com minha mente gritando em protesto. Depois, eu chorei para tornar a dormir enquanto ele me segurava, acariciando minhas costas como se ele se importasse.

Não me admira me sentir tão tonta, com todo o sexo e choro, só tive algumas horas de sono.

Engolindo a bola de vergonha na minha garganta, me forço a continuar me movendo. Tenho que me vestir e ir para o hospital. Não importa como me sinto agora, minha vida não terminou ontem à noite. Não tenho a menor ideia se fiz a coisa certa por encorajar Peter a dormir comigo, mas o que foi feito, foi feito e tenho que continuar.

A boa notícia é que não tenho que vê-lo novamente até de noite.

Talvez até lá, a ideia de encará-lo não me faça querer morrer.

O DIA PASSA NUM EMARANHADO DE TRABALHO E NA HORA que chego em casa, estou tanto exausta quanto faminta. Estava tão ocupada que não almocei e apesar de estar temendo outra noite com meu perseguidor, tenho que admitir que estou desejosa pela sua comida.

Peter Sokolov pode ser um psicopata, mas ele é um excelente cozinheiro.

Para minha surpresa – e um pouco de desapontamento – nenhum cheiro delicioso me dá boas-vindas quando saio da garagem. A casa está escura e vazia e sei sem precisar ir de cômodo em cômodo que ele não está aqui. Posso sentir. Minha casa parece mais fria, menos vibrante, como se qualquer que seja a energia sombria que Peter Sokolov emita, dá a ela um tipo de vitalidade.

Mesmo assim, eu chamo: — Alô? Peter?

Nada.

— Você está aí?

Sem resposta.

Será que meu plano funcionou tão rápido? Seria possível que uma prova satisfizesse qualquer desejo que ele tivesse por mim?

Intrigada, vou à geladeira e pego um jantar congelado para colocar no micro-ondas. É do tipo saudável e orgânico, macarrão tailandês com vegetais num tipo de molho bem doce. Péssimo que é a única coisa que tenho forças para fazer esta noite. Eu deveria ter trazido algo do refeitório do hospital, mas acho que subconscientemente eu estivesse contando em ser alimentada em casa.

Balançando a cabeça pelo ridículo de tudo isso, ligo o micro-ondas e vou lavar minhas mãos.

Meu perseguidor se foi e isso é bom.

Só preciso convencer meu estômago disso.

ELE AINDA NÃO ESTÁ LÁ QUANDO ACORDO E APESAR DE ter uma sensação vaga de estar sendo observada quando dirijo para o trabalho, não consigo ver ninguém me seguindo. O mesmo quando chego ao hospital e passo o dia. Estou paranoica o bastante para sentir olhos em mim todo o tempo, mas a sensação não é nem um pouco tão intensa como costumava ser.

Se eu não soubesse que tenho um vigia real, eu creditaria isso à minha imaginação.

Meus pais ligam quando estou na hora do almoço e me convidam para jantar na sexta. Eu dou a eles uma desculpa qualquer – não os quero expostos a nenhum perigo também – e, então, eu ligo para a clínica.

— Ei, Lydia, como está? — Pergunto, tentando não soar nervosa. — Como está tudo?

— Olá, Dra. Cobakis. — A voz da recepcionista fica extra acalorada. — Estou feliz em te ouvir. Tudo está bem. Não tão ocupado por agora, mas provavelmente vai ficar de tarde. Você poderá vir novamente essa semana?

— Sim, eu acho que posso. Mm, Lydia... — Eu hesito, não certa de perguntá-la o que quero saber. Não vi nada no noticiário sobre os assassinatos, mas isso não significa que os corpos não tenham sido achados. — Você não viu ou ouviu nada... diferente, ouviu?

— Diferente? — Lydia parece confusa. — Como o quê?

— Oh, nada em particular. — Para diminuir minhas suspeitas acrescento: — Eu só estava pensando numa paciente, Monica Jackson... Você não soube dela, certo? A garota jovem de cabelos pretos que vi ontem?

Para minha surpresa, Lydia diz: — Ah, essa. Ela passou aqui acerca de duas horas atrás e deixou uma mensagem para você. Algo escrito como 'obrigada' e 'ele está atrás das grades agora.' Ela não explicou, apenas disse que você entenderia. Isso faz sentido para você?

— Sim. — Apesar da minha tensão, um sorriso aberto cruza minhas feições. — Sim, faz muito sentido. Obrigada por me falar. Te vejo essa semana.

Eu desligo, ainda sorrindo e vou me lavar para a cesariana da tarde.

Não tenho ideia de como Peter fez as evidências do crime desaparecerem, mas ele fez e agora parece que algo de bom saiu da noite turbulenta.

Talvez não haja saída para mim, mas Monica está livre.

MINHA CASA ESTÁ ESCURA E VAZIA NOVAMENTE QUANDO chego em casa esta noite e quando me preparo para dormir, sinto uma certa melancolia. Ter Peter em minha casa foi terrível, mas ele ainda era uma presença humana. Agora, estou só novamente, como estive nos últimos dois anos e o sentimento de solidão é mais agudo do que nunca, minha cama é mais fria e vazia do que me lembro.

Talvez eu devesse conseguir um cachorro. Um grande que mimaria deixando-o dormir comigo. Desse modo, teria alguém para me cumprimentar quando chegasse em casa e não sentiria falta de algo tão perverso como o assassino do meu marido me segurando de noite.

Sim, vou comprar um cão, eu decido, subindo na

cama e colocando o cobertor sobre mim. Quando vender a casa, vou alugar um lugar mais perto do hospital e certificar-me que aceitem cachorros – talvez perto de um parque ou algo do tipo.

Um cachorro me dará o que preciso e poderei esquecer Peter Sokolov.

É isso, contando que ele tenha se esquecido de mim.

Na segunda-feira, estou quase convencida de que Peter partiu definitivamente. Durante o final de semana, limpei minha casa toda num esforço de descobrir suas câmeras escondidas, mas ou elas se foram ou estão escondidas de um jeito que um leigo como eu não tem esperança de achar. Alternativamente, elas podem não ter estado lá desde o princípio e meu perseguidor sabia das coisas que sabia de algum outro jeito. Eu passei a maior parte do final de semana na clínica e apesar de sentir olhos em mim quando andava para meu carro, isso poderia ser resquício da minha paranoia.

Talvez meu pesadelo tenha finalmente terminado.

Parece tolice, mas saber que eu mandei Peter

embora com sexo dói um pouco. Eu esperava que uma vez que parasse de ser a intocável 'princesa fria', ele me deixaria em paz, mas não esperava que os resultados fossem tão imediatos. Talvez eu seja ruim na cama? Eu devo ser, se uma vez foi tudo que Peter precisou para ver que eu nunca seria a fantasia que ele tinha em mente.

Depois de me seguir por semanas, meu perseguidor me abandonou depois de apenas uma noite.

Isso é bom, claro. Não tem mais jantares, sem banhos onde ele me tratava como criança. Sem assassinos perigosos enrolados em mim durante a noite, fodendo com minha mente e seduzindo meu corpo. Passo os dias como fiz nos vários últimos meses, apenas me sinto mais forte, menos abalada internamente. Confrontar a origem dos meus pesadelos me fez melhor do que meses de terapia e não posso me esquivar de ser grata por isso.

Mesmo com a vergonha me corroendo sempre que penso nos orgasmos que ele me deu, sinto-me melhor, mais como minha velha eu.

— Diga-me então, Sara — Diz o Dr. Evans quando finalmente vou vê-lo após suas férias. Ele está bronzeado de sol, suas feições finas finalmente brilhando com saúde. —, como foi o evento de casa aberta para a venda?

— Meu corretor está olhando duas ofertas — Respondo, cruzando minhas pernas. Por alguma razão, sinto-me desconfortável hoje neste consultório, como se eu não pertencesse mais aqui. Afastando o sentimento, eu respondo: — Ambas são menores do que eu gostaria, então, estamos tentando colocar uma contra a outra.

— Ah, ótimo. Então, algum progresso nessa frente. — Ele balança a cabeça. — E talvez nas outras frentes também?

Eu assinto, não surpresa pela percepção do terapeuta. — Sim, minha paranoia está melhor e também meus pesadelos. Até consegui ligar a torneira da pia no sábado.

— Verdade? — Suas sobrancelhas se levantam. — Isso é maravilhoso de se ouvir. Algo em particular provocou isso?

Oh, você sabe, apenas ter o homem que me torturou e matou meu esposo reaparecendo na minha vida.

— Eu não sei — Digo com um dar de ombros. — Talvez o tempo. Já se passaram quase sete meses.

— Sim — Diz Dr. Evans calmamente — Mas talvez você devesse saber que isso não é nada na linha de tempo de luto humano e TEPT.

— Certo. — Olho para as minhas mãos e vejo uma unha maltratada no polegar da mão direita. Já deve ser tempo de ir à manicure. — Acho que estou com sorte então.

— Certamente.

Quando olho para cima, Dr. Evans está me encarando com aquela mesma expressão pensativa. — Como está sua vida social? — Ele pergunta e sinto uma chama queimar no meu rosto.

— Entendo — Diz Dr. Evans quando eu não

respondo prontamente. — Alguma coisa que você gostaria de conversar?

— Não, não... é nada. — Meu rosto queima ainda mais quando ele me olha com descrédito. Eu não posso falar-lhe sobre Peter, então, eu procuro algo plausível. — Eu quero dizer, eu realmente saí com colegas de trabalho algumas semanas atrás e nos divertimos muito...

— Ah. — Ele parece aceitar minha resposta de pronto. — E como você se sentiu se divertindo?

— Me fez sentir... genial. — Eu lembro-me dançando no clube, deixando a batida da música tocar em mim. — Me fez sentir viva.

— Excelente. — Dr. Evans faz algumas anotações. — E você saiu outra vez desde então?

— Não, não tive a oportunidade. — É uma mentira, eu poderia ter saído com Marsha e as garotas no último sábado, mas não posso explicar ao terapeuta que estou tentando proteger minhas amigas por diminuir o contato com elas. O privilégio doutor-paciente tem limites e falando que estou em contato com um criminoso procurado - e que testemunhei dois assassinatos na semana passada - poderia motivar Dr. Evans a ir à polícia e colocar nós dois em perigo.

Em geral, vir aqui hoje foi uma má ideia. Eu não posso falar sobre as coisas que realmente preciso discutir e ele não será capaz de ajudar-me a passar pelos sentimentos complicados sem ter um entendimento completo da história. Esse é o motivo de eu estar desconfortável, concluo: não posso falar mais coisas para o Dr. Evans.

Meu telefone vibra na minha bolsa e eu respondo prontamente à distração. Procurando o telefone, vejo que é uma mensagem do hospital.

— Por favor, me desculpe — Digo, levantando e recolocando o telefone de volta na bolsa. — Uma paciente acabou de entrar em trabalho de parto prematuro e precisa da minha assistência.

— Claro. — Desenrolando-se da sua postura descansada, Dr. Evans fica de pé e apertamos as mãos. — Continuaremos na próxima semana. Como sempre, foi um prazer.

— Obrigada. É recíproco — Digo e faço uma anotação mental para cancelar minha próxima consulta da semana. —, tenha um final de dia maravilhoso.

E quando saio do consultório do terapeuta, corro para o hospital, por ora grata pelas urgências sem previsão do meu trabalho.

EU NÃO SEI SE FOI A SESSÃO COM O DR. EVANS OU A melhor noite de sono nos últimos dias, mas aquela noite me vi me jogando e virando, ficando sem direção para apenas acordar, o coração martelando com uma ansiedade indefinida. O vazio da minha cama me incomodando, minha solidão, um buraco doloroso no meu peito. Quero acreditar que sinto falta de George, que são seus braços que estou ansiosa por ter, mas quando o sono desconfortável me chama, são os olhos cinza-aço que invadem meus sonhos, não os olhos castanhos.

Nesses sonhos, estou dançando, me apresentando em frente ao meu perseguidor, como uma bailarina profissional. Também estou vestida como uma, num vestido leve amarelo com asas duras de plumas nas costas. Enquanto eu rodopio e voo pelo palco, sinto-me mais leve do que o nevoeiro, mais graciosa do que um fio de fumaça. Mas por dentro, eu queimo com paixão. Meus movimentos vêm das profundezas da minha alma, meu corpo falando pela dança com a pura honestidade da beleza.

Sinto sua falta, diz esse plié. *Eu te quero,* confirma aquela pirueta. Falo com meu corpo o que não posso falar com palavras e ele me assiste, suas feições sombrias e enigmáticas. Pingos vermelhos decoram suas mãos e eu sei sem perguntar que é sangue, que ele tirou outra vida hoje. Isso deveria me dar nojo, mas tudo que importa é se ele me quer, se ele sente o calor que me devora por dentro.

Por favor, eu imploro com meus movimentos, colocando-me num arco bonito em frente a ele. *Por favor, dê-me isso. Preciso da verdade. Por favor, fale-me.*

Mas ele não fala nada. Ele apenas assiste e eu sei que não tem nada que eu possa fazer, nada para convencê-lo. Então, eu danço mais perto, puxada pela atração sombria, e quando estou ao seu alcance, ele levanta seus braços, e suas mãos sujas de sangue se fecham nos meus ombros.

— Peter... — Eu me balanço para ele, o desejo terrível virando minhas entranhas, mas seus olhos são frios, tão frios que queimam.

Ele não me quer mais. Eu sei disso. Eu vejo isso.

Mesmo assim, eu vou para ele, minha mão levantando-se para seu rosto duro. Eu o quero – preciso dele – muito. Mas antes que eu possa tocá-lo, ele murmura: — Adeus, ptichka, — E vai embora.

Eu caio para trás, caindo do palco. Meu vestido flutua no ar por uma fração de segundo e, então, minhas penas são esmagadas quando caio no chão. Até mesmo antes do choque do impacto me atingir, eu sei que já está acabado.

Meu corpo está quebrado e também minha alma.

— Peter — Meu último suspiro é um gemido, mas é tarde demais.

Ele se foi para sempre.

Eu acordo com meu rosto molhado de lágrimas e meu coração cheio de pesar. O quarto está escuro como breu e na escuridão não importa se eu não posso racionalmente sentir falta do homem que odeio. O sonho é tão real na minha mente que parece que eu realmente o perdi... como se eu tivesse morrido pela rejeição de suas mãos. Eu sei que meu pesar deve ser por perdas reais – George e a vida que supostamente tínhamos – mas com minha cama vazia e meu corpo suplicando por um abraço caloroso e forte, parece que eu sinto falta *dele*.

Peter.

O homem que tenho toda a razão de desprezar.

Apertando meus olhos fechados, coloco-me na forma de uma pequena bola sob o cobertor e abraço um travesseiro. Eu não preciso do Dr. Evans me dizer que o que estou sentindo não pode possivelmente ser real, que na melhor das hipóteses, é uma versão bizarra da Síndrome de Estocolmo. *Ninguém* se apaixona por um carrasco; isso simplesmente não acontece. Eu nem conheço Peter Sokolov por tanto tempo. Ele está na minha vida há quanto? Uma semana? Duas? Os dias desde a saída no clube parecem anos, mas na realidade, quase nenhum tempo passou.

Claro, ele está nos meus sonhos por bem mais tempo.

Pela primeira vez, eu me permito realmente pensar no meu captor – pensar nele como um homem. Como teria ele sido como família? Deve ser difícil imaginar tal assassino implacável nas dependências de um lar, mas por alguma razão, não tenho problemas de vê-lo brincando com uma criança ou fazendo o jantar com sua esposa. Talvez seja a forma gentil de ele tomar conta de mim, mas sinto que existe algo dentro dele que transcende as coisas monstruosas que ele tem feito, algo vulnerável e profundamente humano.

Ele deve ter amado sua família, para dedicar-se tão inteiramente à vingança.

As fotos do seu telefone vêm à minha mente, fazendo meu peito se apertar de dor. Informação falsa, é o que Peter culpou pelas atrocidades. Seria possível que George tivesse sido aquele que passou a informação? Que meu belo e pacífico marido, que adorava churrasco e ler o jornal na cama, tivesse realmente sido o espião que cometeu tal erro terrível? Parece inacreditável, mesmo assim deve ter havido uma razão pela qual Peter saiu atrás de George, por que ele chegou ao ponto de matá-lo.

A não ser que Peter cometeu ele próprio tal erro crasso, George não foi o que ele parecia ser.

Apertando meu abraço no travesseiro, eu processo essa conclusão, deixando o pensamento se acomodar totalmente. Pela última semana e meia, tenho evitado pensar nas revelações do meu perseguidor, mas não posso mais evitar a verdade.

Entre a proteção do FBI que saiu do nada e a crescente distância entre mim e George depois do nosso casamento, é totalmente possível que meu marido tenha me enganado – que ele tenha mentido para mim e todos os outros por quase uma década.

Minha vida tinha sido até mais uma ilusão do que eu imaginava.

Quando eu caio no sono uma hora depois, é com o gosto amargo da traição na minha língua e uma determinação fresca na minha mente.

Amanhã de manhã, irei aceitar uma das ofertas pela minha casa. Eu preciso de um novo começo, e vou tê-lo. Talvez num lugar novo, esquecerei tanto George quanto a duplicidade *dele*.

Se Peter Sokolov foi-se para sempre, posso ser capaz de finalmente começar a viver.

 *ara*

Na quinta, eu assino os papéis vendendo minha casa para um casal de advogados que está se mudando para a área vindo de Chicago. Eles têm duas crianças na escola fundamental e um bebê a caminho e precisam dos cinco quartos. Apesar do que eles ofereceram ser três por cento menos do que o valor de mercado, aceitei fechar com os advogados porque eles estão pagando em dinheiro e posso fechar o contrato rapidamente.

Se não houver problemas com a inspeção, me mudarei em menos de três semanas.

Sentindo-me energizada, peço que outro médico me substitua na sexta e passo o dia procurando apartamento para alugar. Fecho com um pequeno de um quarto a distância que posso ir a pé ao hospital, num prédio que aceita animais. É um pouco velho e o espaço do closet é quase nenhum, mas como estou pretendendo me desfazer de tudo que me lembre da minha velha vida, não me importo.

Recomeço, aí vou eu.

Minha excitação dura até a noite, quando chego em casa e sinto o vazio da casa novamente. Meu jantar é outra embalagem do freezer e apesar de todos os esforços, não consigo parar de pensar em Peter, imaginando onde ele está e o que está fazendo. Ocorreu-me que pode haver outra razão por que ele se foi e o pensamento está sempre presente desde então.

As autoridades podem tê-lo capturado e matado.

Eu não sei por que eu não pensei nessa possibilidade antes, mas agora ela não sai da minha mente. Isso seria obviamente uma coisa boa – eu estaria realmente segura se ele estivesse morto ou em custódia – mas toda vez que penso nisso, meu peito fica apertado e pesado e algo bizarro como lágrimas pinica os meus olhos.

Eu não quero Peter Sokolov na minha vida, mas não consigo aceitar o fato de ele estar morto também.

Isso é estúpido, tão estúpido. Sim, fizemos sexo naquela noite – e ele me deu orgasmo mais de uma vez – mas eu não sou uma adolescente virgem que acredita que dormir junto significa amor eterno. O único sentimento entre nós além de ódio é a luxúria animal, uma atração da forma mais básica. Eu só posso aceitar isso; como médica, sei o quão potente a biologia pode ser, vendo a evidência de pessoas inteligentes tomando decisões estúpidas nas garras da paixão. É perturbador que eu deseje o assassino do meu marido de algum modo, mas temer pelo seu bem-estar é algo diferente.

Algo bem mais insano.

Eu não sinto falta de Peter, digo a mim mesma quando me jogo e viro na cama vazia. Qualquer solidão que esteja sentindo é resultado de muito estresse e pouco tempo com amigos e família. Quando passar mais um pouco de tempo e a ameaça do meu perseguidor se for completamente, vou sair com Marsha e as enfermeiras e talvez até considere namorar Joe.

Tudo bem, talvez o último não – eu o dispensei quando ele ligou há alguns dias – mas eu definitivamente irei sair e dançar novamente.

De um jeito ou de outro, minha vida começará em breve.

 eter

ELA ESTÁ DORMINDO QUANDO ENTRO NO QUARTO, SEU corpo esbelto enrolado no cobertor da cabeça aos pés. Quietamente acendo as luzes e paro, minha respiração no peito. Nas últimas duas semanas, quando estive deitado me recuperando de um ferimento à faca que recebi no México, tenho me entretido por assisti-la nas câmeras da casa e devorando os relatórios dos americanos sobre suas atividades. Sei de tudo que ela fez, todos com quem falou, todos os lugares que foi. Isso deveria diminuir meu sentimento de separação, mas vê-la assim, com seus cabelos avelã brilhantes sobre o travesseiro, rouba o ar dos meus pulmões e envia uma punhalada de saudade em mim.

Minha Sara. Senti tanta saudade dela.

Aproximo-me da cama, fechando as mãos num punho para me conter de tocá-la, de segurá-la e nunca deixá-la ir.

Duas semanas. Por duas semanas impossíveis, eu não pude voltar para ela porque não notei a faca escondida na bota de um guarda. Tudo bem, eu estava lidando com outro guarda apontando um AR15 para mim, mas isso não é desculpa para desleixo.

Eu estava distraído no trabalho e isso quase custou minha vida. Um centímetro para a direita e eu ficaria de cama muito mais do que duas semanas. Talvez permanentemente.

— Que porra foi isso, cara? — Queixou-se Ilya enquanto ele e seu irmão faziam curativo em mim depois que a missão tinha terminado. — Ele quase cortou seu rim. Você tem que cuidar da porra da sua retaguarda.

— É para isso que tenho vocês dois — Consegui falar e então a perda de sangue me venceu, impedindo-me de explicar a razão da minha distração. Até que não foi ruim. A verdade é, não vi a faca vindo na minha direção porque, quando estava olhando o cano da AR15, eu não pensei na minha equipe ou missão, mas em Sara e nunca vê-la novamente.

Minha obsessão por ela quase se tornou minha derrocada.

Sentado na beira da cama, eu puxo cuidadosamente o cobertor dela. Ela está dormindo nua, como sempre, e o desejo se acende nas minhas veias ao ver suas curvas esbeltas e belas. Ela não acorda, apenas bufa como uma gatinha desconcertante pela perda do cobertor e sinto algo macio passar pelo meu peito. Meu coração se enche com uma luz quente até quando meu pau se endurece mais e meu pulso se acelera.

Tenho que possuí-la. Agora.

Levantando-me, eu me dispo rapidamente e coloco as roupas na penteadeira, certificando-se de que minhas armas estejam bem escondidas. Os movimentos rápidos puxam a cicatriz recente na minha barriga, mas eu a desejo tanto que quase não registro a dor. Colocando uma camisinha, subo na cama com ela e a rolo de barriga para cima, me colocando entre suas pernas.

Meu toque a acorda. Suas pálpebras se abrem, seus olhos de avelã em pânico e tontos ao mesmo tempo, e sorrio quando pego seus pulsos e os prendo acima dos ombros. É um sorriso predador, eu sei, mas não consigo me conter.

Mesmo com o sentimento caloroso no meu peito, minha sede dela é sombria, tão violenta quanto consumidora.

— Olá, ptichka — Murmuro, vendo seu choque aumentar nos seus olhos quando seu olhar se clareia. —, desculpe-me por ter ficado tanto tempo longe. Não pude evitar.

— Você... você voltou. — Seus seios sobem e descem num ritmo irregular, seus mamilos como cerejas duras rosadas nos seus seios redondos deliciosos. — O que você está... por que você voltou?

— Porque eu nunca a deixaria. — Abaixo-me e inalo

seu cheiro, delicado e quente, tão cativante quanto a própria Sara. Beliscando levemente sua orelha, sussurro no seu pescoço: — Você acha que eu simplesmente iria embora?

Ela treme embaixo de mim, sua respiração se acelerando e eu sei que se entrar nas suas pernas, a acharei quente e molhada, pronta para mim. Ela me quer – ou, pelo menos, seu corpo quer – e meu pau pulsa pelo reconhecimento desejoso de preenchê-la, sentir o abraço apertado e molhado da sua boceta. Primeiro, contudo, quero uma resposta à minha pergunta.

Levantando a cabeça, prendo meu olhar nela. — Você achou que eu iria embora, Sara?

Suas feições são uma máscara de confusão quando ela pisca para mim. — Bem, sim. Quero dizer, você se foi e eu pensei – desejei... — Ela para, franzindo. — Por que você se foi se não enjoou de mim?

— Me enjoar de você? — Ela não vê que eu literalmente penso nela todo o tempo, mesmo no calor de uma batalha? Que não consigo ficar uma hora sem checar seu paradeiro ou passar uma noite sem vê-la nos meus sonhos? Continuando a fitá-la, eu balanço minha cabeça levemente. — Não, ptichka. Não me enjoei de você – e isso nunca se dará.

Do canto dos meus olhos vejo sua figura esbelta se flexionar e percebo que ainda estou segurando seus pulsos sobre seus ombros, minha pegada tão forte como se eu estivesse com medo de ela escapar. Ela não escaparia, claro – mesmo com meu recente ferimento, ela não é páreo para meus reflexos e força – mas gosto de tê-la assim, segura sob mim, nua e indefesa. É parte dos meus sentimentos por ela, essa necessidade de dominar, de tê-la sempre às minhas vontades.

— Não — Sussurra ela, mas sua língua sai molhada para seus lábios rosados macios e a sede dentro de mim aumenta, minhas bolas se apertando quando o sangue corre para a minha virilha. Tem algo tão puro nela, algo tão terno e inocente nas linhas graciosas das suas feições parecendo um coração. É como se ela não tivesse sido tocada pela vida, incorruptível por todas as maldades que eu lido diariamente. Faz com que as coisas que eu quero fazer com ela fiquem mais sujas, mais erradas, mesmo assim, eu sei que farei todas.

Certo ou errado nunca foi meu ponto forte.

Abaixando minha cabeça, provo dos seus lábios, mantendo meu beijo leve apesar da dor do meu pau duro. Até mesmo com os desejos sombrios me consumindo, não a quero ferir hoje – não depois da última vez. Eu ainda não consigo definir o que ela significa para mim, mas sei que ela é minha para eu cuidar, minha para mimar e proteger. Eu não quero que ela tenha medo da dor do meu toque – mesmo se às vezes eu queira infligir dor.

Eu não sei o que quero dela, mas sei que é mais do que isso.

Ela não responde de início, seus lábios fechados contra os movimentos da minha língua, mas continuo a beijá-la e eventualmente seus lábios cedem, deixando-me dentro da paredes quentes da sua boca. Ela tem um gosto delicioso, como um pouco de menta da pasta de dentes e um pouco dela e não consigo segurar um gemido quando a cabeça do meu pau esfrega contra as partes internas da sua coxa, quero estar dentro dela, sentir suas paredes quentes e molhadas apertando-me forte, mas eu resisto à tentação, focando em seduzi-la, em dar-lhe tanto prazer que ela esquecerá da dor que causei.

Eu não sei por quanto tempo forcei e acariciei seu lábios, mas depois de um tempo, sinto o toque tentador da sua língua. Ela está me correspondendo, beijando de volta, e quando seu corpo se amolece sob mim, minhas batidas do coração aumentam, a necessidade de tê-la martelando no meu peito. Respirando rápido, passo dos seus lábios para a pele macia do seu pescoço, então, sua clavícula e a maciez dos seus seios. Ela geme quando meus lábios se fecham sobre seus mamilos e eu sinto se arqueando sob mim, seu quadril saindo da cama para pressionar sua boceta contra mim.

Gemendo baixo na minha garganta, passo a atenção para o outro seio, chupando até que o som dos gemidos de Sara aumentem e ela está dançando sob mim, suas mãos se flexionando convulsivamente enquanto seguro seus punhos. Quando levanto a cabeça, vejo que seu rosto está ruborizado, seus olhos fechados apertados e sua cabeça para trás num abandono sensual.

Chegou a hora. Porra, já passou da hora.

Largando o mamilo, subo, alinhando meu pau duro contra a entrada do seu corpo.

— Você quer isso? — Pergunto rouco quando suas

pálpebras se abrem, revelando seus olhos de avelã cheios de desejo. — Diga-me que você quer isso, ptichka. Diga que você sentiu minha falta quando eu estava fora.

Os lábios de Sara se abrem, mas nenhuma palavra sai e eu sei que ela não está pronta para admitir, para aceitar a conexão que existe entre nós. Eu posso ter seu corpo, mas terei que lutar com mais afinco por sua mente e coração. E lutarei, porque é isso que preciso dela, concluo: para que ela seja completamente minha, me deseje e precise de mim tanto quanto eu preciso dela.

Abaixando a cabeça, beijo seus lábios novamente, então, solto um dos pulsos dela para guiar meu pau para dentro da sua abertura quente e molhada. Ela ainda está incrivelmente apertada, mas desta vez consigo ir devagar, entrar centímetro a centímetro até que esteja enfiado nela até o fim. Ela se segura no meu lado com sua mão livre, suas unhas delicadas entrando na minha pele quando ela ofega no meu ouvido e sinto suas paredes internas se flexionarem quando começo a me mover dentro dela, deslizando para dentro e para fora num ritmo vagaroso e deliberado. Meu próprio desejo está num ápice febril e é tudo que posso fazer para manter as estocadas ritmadas, esfregando contra seu clitóris cada vez que chego ao final dela.

— Sim, assim — Eu gemo, sentindo seus músculos se apertarem quando sua respiração se acelera. — Goze para mim, ptichka. Deixe-me sentir você gozar.

Ela grita quando aumento o compasso e eu seguro

seu quadril, apertando a carne forte da sua bunda quando martelo dentro dela, fodendo-a tão forte que a cama faz barulho sob nós. Eu não consigo ter o bastante dela, da sua maciez sedosa e cheiro doce e entro mais fundo no seu corpo, querendo derreter com ela, afundar tão profundamente que eu estaria permanentemente colado na sua carne.

Seus gritos ficam mais altos, mais frenéticos e sinto sua boceta apertando, seu quadril saindo da cama quando ela chega ao ápice. Suas contrações são a última coisa; com um grito rouco, eu explodo, esfregando minha pélvis contra a dela quando meu pau pula e pulsa na liberação, enchendo o preservativo com minha semente.

Ofegando, rolo para fora dela e a seguro contra mim, segurando-a apertada enquanto nossas respirações diminuem. Com minha sede saciada, reconheço o pulsar dormente do machucado sarando no meu abdômen. Os doutores me alertaram a ir com calma por algumas semanas, mas me esqueci disso, demasiadamente consumido por Sara e o prazer incandescente de possuí-la.

Depois de alguns minutos, levanto-me para me livrar do preservativo e quando volto, Sara está sentada na cama, sua forma esbelta enrolada num cobertor como da última vez. Só que hoje não tem lágrimas; seus olhos estão secos, seu olhar preso desafiantemente no meu rosto quando atravesso o quarto.

Talvez ela esteja começando a aceitar a nossa

realidade, entender que não tem nenhuma vergonha em me desejar.

— Por que você voltou? — Ela pergunta quando sento-me perto dela e ouço o desespero atrás do tom desafiador.

Eu estava errado. Ela ainda está longe de me aceitar.

Levantando minha mão, toco uma mecha brilhosa do seu cabelo atrás da orelha. Com o cobertor enrolado nela e sua ondas castanhas embaraçadas, minha linda doutora parece jovem e vulnerável, mais garota do que mulher. Indo atrás dela assim, faz-me querer protegê-la, abrigá-la da crueldade do meu mundo.

É péssimo que eu seja parte daquele mundo – e talvez do mais cruel deles todos.

— Eu nunca saí — Eu respondo, abaixando a mão. —, pelo menos não quis sair, não por esse tempo todo. Eu tinha um trabalho a fazer, mas só deveria levar um dia ou dois.

— Um trabalho? — Ela pisca para mim. — Que tipo de trabalho?

Penso em não falar para ela, ou, pelo menos, não ser específico sobre as realidades mais duras do meu trabalho, mas decido contra essa ideia. A opinião de Sara sobre mim não pode ficar pior, então, ela deve saber toda a verdade também.

— Minha equipe tem algumas missões — Digo cuidadosamente, observando sua reação. — Trabalhos que poucos outros podem fazer com o mesmo nível de habilidade e e discrição. Nossos clientes geralmente

operam nas sombras e também os alvos que somos
pago para eliminar.

O rubor após sexo nas suas bochechas desaparecem,
deixando seu rosto espantosamente pálido. — Você é
um assassino? Seu time... mata as pessoas por
encomenda?

Eu assinto. — Não simplesmente qualquer um, mas
sim. Nosso alvos tendem a ser bem perigosos eles
próprios, geralmente com várias camadas de segurança
que temos que penetrar. Foi assim que acabei com isso.
— Eu aponto a cicatriz recente na minha barriga e vejo
seus olhos se arregalarem quando ela discerne o que vê
– provavelmente pela primeira vez. Duvido que ela
tenha me dado uma boa olhada quando a estava
fodendo.

— Como isso aconteceu? — Ela pergunta, me
encarando após olhar para a minha barriga. Suas
feições ainda mais pálidas agora, sua pele de porcelana
ficando com uma coloração verde. — Isso é ferimento
de faca?

— Sim. Isso foi um momento de desatenção da
minha parte. — Ainda fico puto por não ter visto o
guarda atrás de mim pegar a faca enquanto eu estava
lidando com seu parceiro com a arma. — Eu deveria ter
sido mais cuidadoso.

Ela engole e estuda minha cicatriz novamente. — Se
é tão perigoso, por que você faz isso? — Ela pergunta
depois de um momento, seus olhos escrutinando meu
rosto.

— Porque esconder-se das autoridades não é barato

— Digo. Até agora, Sara está aceitando minha revelação melhor do que eu esperava, apesar de achar que me ver matando aqueles dois drogados deve tê-la preparado para algo assim. — O trabalho paga extremamente bem e combina bem com minhas habilidades. Eu costumava dar consultoria para alguns dos meus clientes antes disso, mas ter meu próprio negócio é melhor. Tenho mais liberdade e flexibilidade – algo que se tornou importante para mim quando consegui minha lista.

Seus lábios se apertam. — A lista que constava meu marido?

— Sim.

Seu olhar passa para seu colo, mas não antes de eu ver um pouco de raiva nas profundezas do seu olhar de avelã. Ela fica incomodada pelo fato de eu não sentir remorso nesse assunto, mas não vou enganá-la nesse caso. Aquele *ublyudok* – aquele marido bastardo dela – mereceu uma morte pior do que recebeu e a única coisa que me arrependo é que ele era um vegetal quando eu fui atrás dele. Isso e o fato de que, por um pequeno instante, hesitei antes de puxar o gatilho.

Hesitei porque pensei em Sara em vez de na minha mulher e filho.

A lembrança me enche com a ira e dor familiar e eu me forço para respirar profunda e vagarosamente. Se eu não estivesse me sentindo tão relaxado após fodê-la, seria quase impossível conter a agonia inundando meu peito, mas desse jeito, sou capaz de me controlar –

mesmo quando Sara levanta-se e se desculpa por ir ao banheiro, ainda enrolada no cobertor.

Ela está me dando o tratamento de silêncio, mas isso não me incomoda. Já passa da meia-noite e haverá bastante tempo para conversar amanhã.

Espreguiçando-me na cama, eu espero Sara voltar. Tudo bem se ela decidiu terminar nossa conversa. Apesar de eu quase não ter me esforçado hoje, sinto-me tão cansado quanto após uma missão. Meu corpo ainda está no modo de recuperação, um fato que me frustra. Odeio quando não estou em forma, pronto para uma batalha; fraqueza de qualquer forma faz-me sentir nervoso e despreparado.

Sara leva o tempo que precisa no banheiro, mas eventualmente, ela reaparece e deita-se perto de mim, não dividindo o cobertor comigo. Igualmente incomodado e me divertindo, retiro o cobertor dela e o arrumo sobre nós dois quando a tenho onde ela pertence: nos meus braços, com seu pequeno e apertado traseiro pressionando minha virilha.

— Boa noite — Eu murmuro, beijo a parte de trás do seu pescoço e quando ela não responde, fecho os olhos, ignorando a mexida do meu pau duro.

Tanto quanto eu gostaria de fodê-la novamente, preciso de descanso assim como ela.

Posso ser paciente. Apesar de tudo, a terei novamente amanhã – e todos os dias depois disso.

ara

EU ACORDO COM O CHEIRO DE CAFÉ E BACON E SENTINDO a luz do sol no meu rosto. Confusa, abro os olhos e vejo que ainda falta meia hora para o alarme do meu relógio disparar. Quando tento processar essas informações, as memórias da noite passada invadem minha mente e eu gemo, puxando o cobertor por sobre minha cabeça.

Meu perseguidor russo está de volta – e preparando o café da manhã na minha casa.

Depois de um minuto, me convenço a levantar e iniciar minha rotina normal da manhã. Sim, o assassino do meu marido me fodeu ontem à noite – e fez-me gozar – mas o mundo não acabou e eu tenho que agir de acordo.

Eu tenho que ignorar o meu ódio a mim mesma que corrói minhas entranhas e ir trabalhar.

Dez minutos depois, desço as escadas vestida e banhada. É estranho, mas não sinto nada diferente em Peter agora que sei o que ele faz como trabalho. Eu tenho pensado nele como um assassino por tanto tempo que saber que ele e sua equipe fazem isso por dinheiro quase não me surpreende. Contudo, reforça minha convicção de que ele é perigoso – e que preciso ver onde piso se vou evitar colocar aqueles com quem me importo no seu caminho.

— Espero que você goste de ovos mexidos com bacon — Diz ele quando entro na cozinha. Como eu, ele está totalmente vestido, sem sapatos e a jaqueta de couro pendurada em uma das cadeiras. Novamente, suas roupas são escuras e vendo-o perto do fogão, tão poderosamente másculo e letalmente belo, aciona meu pulso e faz minha barriga se contrair com algo desconcertante.

Algo que parece suspeitamente com excitamento.

Retirando o pensamento, cruzo os braços no meu peito e coloco meu quadril no balcão. — Com certeza — Respondo em tom morno, ignorando meu coração disparando. —, quem não gosta?

Tão bom quanto me sentiria jogar a comida na cara dele, não quero provocá-lo até ter achado uma nova estratégia.

— Foi o que imaginei. — Ele coloca os ovos e bacon habilmente no prato, então, coloca café para nós dois.

Decidindo que eu devo ajudar também, pego as

xícaras e levo para a mesa. Ele traz os pratos e sentamos para tomar café.

Os ovos estão excelentes, cheirosos e fofos e o bacon está perfeitamente crocante. Até o café está descomunalmente bom, como se ele usasse uma receita secreta com minha Keurig. Não que eu esperasse outra coisa; cada refeição que ele me prepara tem que ser primorosa.

Se a ocupação assassino/espião não der certo, meu perseguidor poderia considerar a carreira de cozinheiro.

O pensamento é tão ridículo que enfio a cara no café, motivando Peter a retirar o olho do seu prato e me olhar, suas sobrancelhas para cima numa pergunta silenciosa.

— Eu só estava pensando que você poderia fazer isso de modo profissional — Explico, colocando um garfo cheio de ovo na minha boca. Talvez essa seja outra traição à memória de George, mas não consigo evitar lembrar-me de que meu marido nunca fez sequer um café da manhã para mim. Duas vezes enquanto namorávamos, ele tentou um jantar romântico – comida chinesa encomendada com algumas velas – mas nas outras vezes ou eu cozinhava ou saíamos.

— Obrigado. — Um sorriso toca os lábios de Peter ao meu elogio. — Estou feliz que você gostou.

— Humhum. — Foco em consumir o que está no prato e tento não ruborizar quando lembro daqueles lábios esculpidos no meu pescoço, seios, mamilos... Eu quero acreditar que ele pegou-me fora de guarda ontem à noite, que minha resposta a ele foi o resultado de uma mente encoberta pelas nuvens do sono, mas a excitação nas minhas veias nesta manhã desmente minha tese.

Uma parte doentia em mim está feliz em vê-lo – e aliviada de que ele esteja vivo.

Idiota, eu me critico severamente. Peter Sokolov é um fugitivo procurado, um monstro que tirou duas vidas na minha frente depois de me torturar e matar George. Um espião cuja presença em minha vida traz inúmeras complicações e coloca em risco a de todos à minha volta.

Não é apenas errado o querer aqui; é, em todo sentido, patológico.

Mesmo assim, eu termino meus ovos e engulo o café, estou ciente de uma leveza no meu peito. A casa já não está grande e opressiva à minha volta, a cozinha clara e aconchegante em vez de fria e ameaçadora. *Ele* preenche o espaço agora, dominando-o com seu corpo grande e a força ameaçadora da sua personalidade, e apesar de ele ser a última pessoa que eu deveria querer como companheiro, não sinto a pressão esmagadora da solidão quando eu estou com ele.

Um cachorro, lembro-me. *Tudo o que você precisa é de um cachorro.* E na próxima respirada, eu vejo que poderia haver um problema com isso – e com meu novo plano de vida em geral.

— Você sabe que vou me mudar em duas semanas,

certo? — Eu digo, colocando a xícara vazia na mesa. — Assinei os documentos para vender a casa.

A expressão de Peter não muda. — Sim, eu sei.

— Claro que você sabe. — Minhas mãos se fecham na mesa, minhas unhas enterradas nas minhas palmas. — Provavelmente você mandou que alguém me vigiasse enquanto estava longe. Aqueles olhos em mim – não era minha imaginação, era?

— Eu não podia te deixar sem proteção — Diz ele com um dar de ombros como desculpas.

— Certo. — Respiro e conscientemente relaxo minhas mãos. — Bem, vou me mudar para um apartamento em breve e tenho quase certeza que você não poderá vir e ir desse jeito – pelo menos, não sem os vizinhos te vendo todos os dias. Então, você deveria achar outra mulher para torturar e espionar. Tem um monte que vive em áreas semirrurais.

Os cantos da sua boca se viram. — Tenho certeza que há. Péssimo que não quero nenhuma delas.

Eu bato com os dedos na mesa. — Verdade? E o resto das pessoas na sua lista? Ou você matou todos eles?

— Falta um e tem se provado difícil de encontrar até agora — Diz ele e eu o olho pensativa antes de abanar a cabeça.

Eu não estou preparada para isso hoje.

— Tudo bem — Digo com a intenção de reagrupar os pensamentos. —, então, o que é preciso para que você *me* deixe em paz?

— Uma bala no cérebro ou no coração — Responde

ele, sem piscar e meu estômago pula quando vejo que ele está falando com toda a seriedade.

Ele não tem intenção de me deixar. Nunca.

Toda a leveza e excitação desaparecem, deixando-me com o terror da minha realidade. Nenhuma quantidade de refeições deliciosas, orgasmos alucinantes ou abraços carinhosos compensam o fato de que eu sou uma prisioneira, de fato, desse homem letal, um assassino que não hesita com violência e tortura. Sua obsessão comigo é tão perigosa quanto o próprio homem, seus sentimentos tão distorcidos quanto o passado sombrio que compartilhamos.

Um monstro está fixado em mim e não há como escapar.

Minhas pernas estão fracas quando me levanto, empurrando minha cadeira para trás. — Tenho que ir trabalhar — Digo com firmeza e antes que ele possa fazer alguma objeção, pego minha bolsa e me apresso para a garagem.

Peter não faz nada para me impedir, mas quando estou entrando no carro, ele vem e fica na porta, suas feições belas e sombrias numa máscara ilegível.

— Te vejo quando voltar — Diz ele quando ligo o carro e sei que ele está falando sério.

Meu perseguidor está de volta e ele não irá embora.

38

FIEL À SUA PALAVRA, PETER ESTÁ LÁ QUANDO CHEGO EM casa do trabalho naquele dia e estou tão cansada e estressada que estou tentada a aceitar e comer o jantar que ele preparou – um arroz pilaf com aroma delicioso com cogumelos e ervilhas. Mas não posso. Não posso continuar a aceitar essa loucura, agindo com se isso fosse de alguma forma normal.

Se meu captor não vai me deixar em paz, minha aceitação não tem significado. Eu preciso fazer as coisas tão difíceis para ele quanto possa.

Ignorando a mesa posta, vou para cima quando ele coloca o vinho. Entro no banheiro para jogar água fria no rosto.

Eu tentei de tudo exceto resistência direta e estou desesperada o bastante para tentar isso.

Com o rosto que acabei de lavar, saio e sento-me na cama, esperando para ver o que acontecerá. Não tenho intenção de destrancar a porta e deixá-lo entrar, ou cooperar de qualquer modo.

Já estou cheia de brincar de casa com um monstro. Se ele me quer, terá que me forçar.

Meu estômago se contorce de fome e chuto-me por não ter comido antes de vir. Eu estava tão esgotada por pensar em Peter o dia todo que guiei para casa no piloto automático, minha mente ocupada com minha situação impossível. Agora que sei sobre sua equipe e suas missões de assassinato, estou até menos convencida de que o FBI seria capaz de me proteger se eu fosse até eles.

Eu acho que *ninguém* pode me proteger dele.

Uma batida na porta me tira dos meus pensamentos desesperados.

— Desça, ptichka — Diz Peter do outro lado. —, o jantar está ficando frio.

Todo o meu corpo fica tenso, mas eu não respondo.

Outra batida. Então, a maçaneta da porta gira. — Sara. — A voz de Peter mais forte. — Abra a porta.

Eu me levanto muito agitada para ficar sentada, mas não faço movimento em direção à porta.

— Sara. Abra a porta. Agora.

Mantenho-me em pé, minhas mãos soltas nos meus lados. Antes de vir para casa, eu considerei comprar uma arma, mas lembrei-me do que ele me disse sobre seus homens monitorando seus sinais vitais e abandonei a ideia. Eu não sei como o monitoramento funciona, mas é totalmente possível que ele esteja usando um tipo de aparelho que meça seu pulso e/ou pressão sanguínea. Talvez um implante. Ouvi sobre coisas desse tipo, apesar de nunca tê-los visto. De qualquer modo, se o que Peter me disse é verdade, eu não posso machucá-lo de qualquer forma significativa sem arriscar minha própria vida e, possivelmente, a vida daqueles perto de mim.

Homens que matam por dinheiro não hesitariam em se vingar do seu chefe das formas mais brutais.

— Você tem cinco segundos para abrir a porta.

Lutando contra o sentimento de que já passei por isso antes, afundo meus dentes nos meus lábios inferiores, mas fico parada, mesmo com meu coração martelando e um suor frio descendo pela minha espinha. Eu tanto não quero que ele me machuque como também não quero viver assim, com muito medo de me defender, humildemente aceitando as ordens de um homem louco. Na última vez que tranquei a porta para ele, eu estava em choque, tão sobrecarregada e horrorizada por ter visto-o matar aqueles dois homens, que agi no piloto automático. Agora, contudo, minhas ações são deliberadas.

Preciso saber o quão longe ele irá, o que ele está disposto a fazer para ter o que quer.

Ele não conta em voz alta desta vez, então, eu conto na minha cabeça. *Um, dois, três, quatro, cinco...* Eu espero pelo seu chute abrir a porta, mas em vez disso, ouço passos descendo para o hall.

A respiração que estou segurando sai num barulho de alívio. Será possível? Poderia ele ter desistido e decidido deixar-me só esta noite? Eu não esperaria isso, mas ele já me surpreendeu antes. Talvez sua relutância de forçar-me ainda continue; talvez ele tenha especificado um limite em quebrar a porta do banheiro e...

Os passos voltam, e a maçaneta vibra novamente antes de algo metálico raspar nela. Meu coração dá uma parada, então, volta a martelada furiosa.

Ele está mexendo na fechadura da porta.

O ato frio e deliberado é de certo modo mais amedrontador do que se ele tivesse chutado a porta abaixo. Meu perseguidor não está agindo com ódio; ele está totalmente no controle e sabe exatamente o que está fazendo.

Os arranhões metálicos duram menos de um minuto. Sei porque vejo os números piscando no meu alarme na cabeceira da cama. Então, a porta se abre, e Peter entra, seu andar irradiando uma ira restringida e suas feições com linhas frias e fortes.

Lutando contra a vontade de correr, levanto o queixo e olho para ele quando ele para na minha frente, seu corpo grande sobre minha estatura bem menor.

— Vem jantar. — Sua voz é calma, até gentil, mas ouço a sobriedade latente escondida. Ele está se segurando por um triz e se eu tivesse alguma esperança, retrocederia pela minha autopreservação.

Mas não tenho nenhuma estratégia e, até certo ponto, autopreservação tem que ficar para trás do respeito a si próprio.

Sem me importar, eu balanço a cabeça. — Não farei isso.

Suas narinas se abrem. — Fazer o quê? Comer?

Minha barriga escolhe aquele momento para roncar novamente e ruborizo ante ao infortúnio da hora. — Não comerei com *você* — Digo tão normal quanto posso. — Nem vou dormir com você – ou fazer qualquer coisa nesse sentido.

— Não? — Um divertimento sombrio aparece no seu olhar cinza e frio. — Você tem certeza disso, ptichka?

Minhas mãos fechadas ao meu lado. — Eu quero você fora da minha casa. Agora.

— Ou o quê? — Ele se aproxima, me cobrindo com seu corpo grande até que eu não tenha escolha, mas ir para trás em direção à cama. — Ou o quê, Sara?

Eu quero ameaçá-lo com a polícia ou o FBI, mas ambos sabemos que se eu pudesse ir até eles, já o teria feito. Não há nada que eu possa fazer para forçá-lo para fora da minha vida e esse é o xis da questão.

Ignorando o suor gelado descendo em minhas costas, levanto meu queixo mais alto. — Estou de saco cheio disso, Peter.

— Disso? — Ele se aproxima, pendendo a cabeça para o lado.

— Essa fantasia de relação doentia que você tem mantido — Eu explico. Ele está muito perto para me deixar confortável, invadindo meu espaço pessoal como se pertencesse a ele. Seu cheiro masculino em volta de mim, o calor vindo do seu corpo grande esquentando-me por dentro e dou um passo atrás novamente, tentando ignorar a sensação de derretimento entre minhas pernas e a dureza dolorida dos meus mamilos.

Eu não consigo ficar tão perto dele sem me lembrar como me sinto ficar mais perto ainda, ficar unida a ele dos modos mais íntimos.

— Uma fantasia de relação doentia? — Suas sobrancelhas se arqueam em tom de implicância. — Isso é um pouco duro, você não acha?

— Eu. Já. Decidi — Eu repito, frisando cada palavra. Meu coração martela ansiosamente contra minha caixa torácica, mas estou determinada a não retroceder ou deixá-lo distrair-me com uma discussão da nossa relação atordoada. — Se você quer cozinhar na minha cozinha, cozinhe, mas sem me forçar a comer, você não pode me obrigar a comer com você – ou fazer qualquer coisa com você por vontade própria.

— Oh, ptichka. — A voz de Peter é calma, seu olhar com simpatia. — Você não tem ideia do quão errada está.

Seus lábios se curvam naquele sorriso imperfeito e magnético e minha barriga pula quando ele se chega até mais perto. Desesperada por alguma distância, dou outro passo atrás, apenas para sentir a parte de trás dos meus joelhos pressionando contra a cama.

Estou presa, aprisionada por ele novamente.

Implacavelmente, ele chega mais perto e meu sexo se aperta quando suas mãos passam em volta dos meus ombros. — Venha para baixo comigo, Sara — Diz ele calmamente. —, você está com fome e se sentirá melhor depois de comer. E enquanto você está comendo, podemos conversar.

— Sobre o quê? — Eu pergunto, minha voz firme. O calor das suas palmas queima através das grossas camadas do suéter e tudo que eu posso fazer é manter minha respiração semirregular quando uma excitação perniciosa encobre meu âmago. — Não temos nada para conversar.

— Acho que temos — Diz ele e vejo o monstro atrás do olhar sombrio e prateado. — Você entende, Sara, se você não quer ficar comigo aqui, podemos ficar juntos em algum outro lugar. A fantasia pode ser real – mas unicamente nos meus termos.

 eter

ELA ESTÁ TREMENDO QUANDO A LEVO PARA BAIXO E EU sei que é tanto de raiva quanto de medo. Suponho que sua reação deveria me incomodar, mas eu mesmo estou com muita raiva. Ontem e hoje no café da manhã, eu poderia jurar que ela estava feliz por me ver, aliviada por eu estar de volta. Mas essa noite, ela voltou a ficar fria e distante e eu não admitirei isso.

É hora de partir para a briga.

— Sente-se — Falo quando chegamos à mesa da cozinha e ela se joga na cadeira, uma expressão desafiadora nas suas belas feições. Ela está determinada a fazer as coisas de maneira difícil e estou bem determinado a não deixá-la.

Respirando para me acalmar, desligo as luzes fortes

de cima e acendo as velas. Então, coloco o risoto que fiz na frente dela antes de colocar minha própria comida. Estou tão faminto quanto ela, tão logo sento-me, começo a comer, pensando que a discussão da nossa relação pode esperar uns minutos.

Infelizmente, Sara não compartilha da minha opinião. — O que você quis dizer, 'a fantasia pode ser real?' — Pergunta ela, sua voz tensa quando brinca com seu garfo. — O que você está falando exatamente?

Faço com que ela espere até que eu termine de mastigar; então, eu colodo o meu garfo no prato e olho para ela calmamente. — Estou dizendo que você morar nesta casa, ir trabalhar e interagir com seus amigos é um privilégio que estou te dando — E vejo-a chegando para trás assustada. — Outros homens na minha posição não seriam nem um pouco tão complacentes – e eu não preciso ser nenhum dos dois também. Eu te quero e tenho o poder de ter você. É simples assim. Se você não gosta da nossa dinâmica da relação atual, vou mudá-la – mas não do jeito que você gostará.

Sua mão treme quando pega o copo de vinho que tinha colocado mais cedo. — O que você vai fazer? Me sequestrar? Levar-me para longe de tudo e de todos?

— Sim, ptichka. Isso é exatamente o que farei se você não puder fazer a situação atual funcionar. — Eu continuo a comer, dando a ela tempo para processar minhas palavras. Eu sei que estou sendo duro, mas eu preciso demolir essa pequena rebelião, fazê-la entender o quão precária sua posição é.

Não existe barreira que não transporei quando se trata dela. Ela será minha de um jeito ou de outro.

Sara olha para mim, a taça tremendo na sua mão; então, ela coloca na mesa sem tomar um único gole. — Por que você ainda não fez isso? Por que tudo isso? — Ela abana a mão num gesto largo, quase derrubando a taça e um dos candelabros.

— Cuidado aí — Digo, movendo ambos os objetos para fora do alcance dela. — Se eu não soubesse, estaria pensando que você está tentando me drogar novamente.

Seus dentes se apertam sonoramente. — Diga-me — Exige ela, sua mão se fechando num punho perto do seu prato que não foi tocado. —, por que você ainda não me sequestrou? Com certeza você não tem escrúpulos morais sobre isso.

Eu suspiro e coloco meu garfo no prato. Talvez eu devesse ter prometido conversar depois do jantar, não durante. — Porque eu gosto do que você faz — Digo, pegando minha taça de vinho e tomando o gole. — Com bebês, com mulheres. Acho que seu trabalho é admirável e não quero te levar para longe disso – ou dos seus pais.

— Mas você vai, se tiver.

— Sim. — Eu coloco a taça na mesa e pego meu garfo novamente. — Eu vou.

Ela me estuda por alguns segundos, pega seu próprio garfo e por uns minutos, comemos num silêncio desconcertante. Eu posso quase ouvi-la pensando, sua mente ágil lutando para achar uma solução.

É muito ruim para ela não existir.

Quando o prato de Sara está pela metade, ela o empurra e pergunta com voz pesada. — Você a perseguiu também?

Minhas sobrancelhas levantam e pego minha taça de vinho. — Quem?

— Sua esposa — Diz Sara e minha mão se aperta na taça de vinho, quase quebrando a taça frágil na metade. Instintivamente, aceito a dor e ira agonizante, mas tudo que sinto é um eco dormente de perda, acompanhada pela dor amargurante das memórias.

— Não — Digo e me surpreendo por dar um sorriso amigável. — Eu não. Se algo aconteceu, foi ela quem me perseguiu.

Sara

CHOCADA, OLHO PARA MEU PERSEGUIDOR, PEGA desprevenida por aquele sorriso calmo quase terno. Eu espero realmente que ele exploda com a pergunta e vejo seus dedos se apertarem na taça, eu tinha certeza de que iria.

Em vez disso, ele sorri.

Mordendo meu lábio inferior, considero deixar o tópico, mas mesmo com a ameaça de sequestro pairando, não consigo resistir a chance de aprender mais sobre ele.

— O que você quer dizer? — Eu pergunto, pegando minha taça de vinho. O risoto está maravilhoso, mas meu estômago está preso com nós, me impedindo de terminar minha porção. Vinho, contudo, eu poderia tomar.

Talvez se eu beber o bastante, esquecerei da sua promessa terrível.

— Nos encontramos quando eu estava passando por sua vila quase nove anos atrás. — Peter se recosta na cadeira, a taça de vinho na sua mão grande. A luz de vela dá um brilho calmo e caloroso nas suas feições e se não fosse pela adrenalina do estresse nas minhas veias, eu poderia ser levada à ilusão de uma jantar romântico, na fantasia que ele está tentando tanto criar.

— Meu time estava seguindo um grupo de insurgentes nas montanhas — Continua ele, seu olhar ficando distante enquanto ele libera as memórias. —, era inverno e estava frio. Inacreditavelmente frio. Eu sabia que tínhamos que parar em algum lugar quente para passar a noite, então, pedi ao habitantes da vila para nos alugar dois quartos. Apenas uma mulher foi corajosa o bastante para fazê-lo e essa era Tamila.

Tomo um gole do meu vinho fascinada, apesar da minha situação. — Ela morava sozinha?

Peter assente. — Ela só tinha vinte anos, mas tinha uma pequena casa. Sua tia morreu e deixou para ela. Não era comum na sua vila uma jovem mulher morar sozinha, mas Tamila nunca foi boa com as regras. Seus pais queriam que ela se casasse com um dos anciãos da vila, um homem que poderia dar-lhes um dote de cinco cabritos, mas Tamila o achava repulsivo e estava protelando o casamento tanto quanto podia. Não preciso falar que seus pais não gostaram e quando meus homens e eu chegamos à vila, ela estava desesperada para mudar sua situação.

Eu engulo o resto do vinho quando ele continua. — Eu não sabia de nada disso, claro. Eu apenas vi uma mulher jovem e bonita, que, por alguma razão, recebeu três soldados Spetsnaz quase congelando na sua casa. Ela deu seu quarto para meus homens e colocou-me num segundo quarto menor, dizendo que ela própria iria dormir no sofá.

— Mas ela não dormiu — Eu tento adivinhar quando ele se recosta e coloca mais vinho. Minha barriga se aperta, algo desconfortante como ciúme ruminando dentro de mim. —, ela foi até você.

— Sim, foi. — Ele sorri novamente e eu escondo meu desconforto bebendo mais vinho. Eu não sei por que imaginando-o com uma 'bela jovem mulher' me incomoda, mas me incomoda, e tudo que posso fazer é ouvir calmamente enquanto ele fala. — Eu não a rejeitei, naturalmente. Nenhum homem hétero rejeitaria. Ela era tímida e relativamente inexperiente, mas não virgem e quando saímos de manhã, eu prometi passar na vila na volta. O que fiz, dois meses mais tarde, apenas para descobrir que ela estava grávida do meu filho.

Eu pisco. — Você não usou proteção?

— Eu usei, da primeira vez. Na segunda, eu estava tão sonolento quando ela começou a roçar em mim e quando acordei totalmente, estava dentro dela e já passado muito para lembrar do preservativo.

Minha boca se abre. — Ela ficou grávida de propósito?

Ele dá de ombros. — Ela disse que não, mas eu suspeito o contrário. Ela vivia numa vila mulçumana conservadora e teve um amante antes de mim. Ela nunca me disse quem era, mas se ela tivesse se casado com o ancião – ou se o tivesse rejeitado e se casado com outro da sua vila – ela poderia até ser exposta e rejeitada pelo marido. Um forasteiro não mulçumano como eu era sua melhor opção para evitar esse destino e ela agarrou a oportunidade quando a viu. É admirável, realmente. Ela correu o risco e deu certo.

— Porque você casou-se com ela.

Ele assente. — Casei-me – depois que o teste de paternidade confirmou sua reivindicação.

— Isso foi... bastante nobre da sua parte. — Eu me sinto inexplicavelmente aliviada pelo fato de ele não ter ficado doido pela garota. — Não muitos homens estariam dispostos a se casar com uma mulher que não amassem por causa de uma criança.

Peter dá de ombros novamente. — Eu não queria meu filho exposto ao ridículo de crescer sem um pai e casar com sua mãe era a melhor maneira de assegurar isso. Além do mais, eu comecei a me importar com Tamila depois que meu filho nasceu.

— Entendo. — O ciúme me morde novamente. Para distrair-me, bebo minha segunda taça de vinho e pego a garrafa para colocar mais. — Então, ela te enganou, mas deu certo. — Minhas palmas estão suando e a garrafa quase escorrega da minha mão, o vinho despejando na taça com tal força que parte do líquido escorre pela beirada da taça.

— Com sede? — Os olhos cinza de Peter brilham de divertimento quando ele pega a garrafa de mim. — Talvez eu deva te trazer água ou chá?

Balanço a cabeça veementemente, noto que o movimento fez a sala girar um pouco. Ele pode estar certo; eu não comi muito e devo provavelmente diminuir o vinho. Exceto que minha ansiedade está se desmanchando com cada gole e estou gostando muito para parar.

— Estou bem — Digo, pegando minha taça novamente. Eu devo me arrepender disso amanhã no trabalho, mas preciso do conforto que o álcool traz. — Daí, você começou a se importar com Tamila. E ela continuou morando na vila?

— Sim. — Suas feições se enrijecem; devemos estar nos aproximando das memórias dolorosas. Confirmando minhas suspeitas, ele diz com firmeza: — Achei que ela e Pasha – assim que chamávamos nosso filho – ficariam mais seguros lá. Ela queria morar comigo no meu apartamento em Moscou, mas eu estava sempre viajando a trabalho e não queria deixá-la numa cidade que não era familiar para ela. Prometi que a levaria para Moscou para uma visita quando Pasha ficasse mais velho, mas até lá, eu achei que seria melhor se ela ficasse perto da família e meu filho crescesse respirando o ar fresco da montanha em vez da poluição da cidade.

A boca cheia de vinho que engulo queima na

minha garganta apertada. — Sinto muito — Murmuro, colocando minha taça na mesa. E sinto *muito* por ele. Eu desprezo Peter pelo que ele está fazendo a mim, mas meu coração ainda dói por sua dor, pela perda que o levou ao caminho sombrio. Só consigo imaginar a dor e agonia que ele deve estar sentindo, sabendo que inadvertidamente fez as escolhas erradas, que seu desejo para proteger sua família levou à morte deles.

Isso é algo que aconteceu comigo, tendo matado meu próprio marido não uma, mas duas vezes.

Peter assente, reconhecendo minhas palavras, então, ele levanta-se para retirar as coisas da mesa. Continuo a beber meu vinho enquanto ele coloca os pratos na lavadora e o efeito do vinho aumenta nas minhas veias, as velas na minha frente chamando minha atenção com o dançar hipnótico das chamas.

— Vamos dormir — Diz, e olho para ele secando as mãos com a toalha da cozinha. Eu devo ter me distraído um pouco, olhando as velas. Isso, ou ele está limpando tudo insanamente rápido. Mas é bem provável que me distraí – o que significa que estou mais bêbada do que achava.

— Dormir? — Forço-me a manter o foco quando ele vem e segura meu pulso, colocando-me em pé. Apesar da leveza nos cantos da minha visão induzida pelo vinho, lembro-me da razão de eu ter ficado nervosa e quando ele me puxa pelas escadas, o aperto na minha barriga retorna, meu pulso acelera. — Eu não quero dormir com você.

Ele olha para mim, seus dedos apertando meu pulso. — Não estou interessado em dormir.

Minha ansiedade aumenta. — Eu também não quero fazer sexo com você.

— Não? — Ele para na base da escada e vira-se para mim. — Então, se eu colocar a mão no seu jeans agora, não acharia sua calcinha encharcada? Sua bucetinha inchada e necessitada, só esperando para ser preenchida pelo meu pau?

O calor sobe meu pescoço ardendo até meu cabelo. Eu *estou* molhada, tanto por antes, quanto pelo jeito que ele está me olhando agora. É como que se ele quisesse me devorar, com suas palavras sujas excitando-o tanto quanto a mim. A tontura do vinho não está ajudando também e eu vejo que cometi um erro tentando afogar meu pesares.

Resisti-lo com minha cabeça no lugar é bem difícil; assim, é quase impossível.

Mesmo assim, tenho que tentar. — Eu não...

— Ptichka... — Ele levanta a mão, curvando sua palma grande na minha mandíbula. Seu polegar em cima da minha bochecha quando ele olha para mim, seus olhos como aço derretido. — Teremos que discutir arranjos alternativos novamente?

Eu olho para ele, cristais de gelo se formando nas minhas veias. Pela primeira vez, eu compreendo a completa extensão do seu ultimato. Ele não apenas espera que eu pare de lutar contra ele no assunto das refeições; ele quer que eu coopere totalmente, aceitando-o na minha cama como se estivéssemos num relacionamento real.

Como se ele não tivesse assassinado meu marido e forçosamente invadido minha vida.

— Não — Eu sussurro, fechando meus olhos quando ele abaixa a cabeça e esfrega seus lábios nos meus... terno e gentilmente. Sua delicadeza me deixa em pedaços, juntamente com os horrores da sua ameaça que paira no ar. Se eu lutar contra ele nesse caso, ele irá me sequestrar, levar tudo que resta da minha liberdade.

Se eu resistir a ele, perderei tudo que importa e se não, perderei a mim mesma.

Eu tropeço quando Peter me leva escada acima, ele me levanta nos seus braços poderosos, carregando-me escada acima com facilidade. Sua força é tanto aterradora quanto sedutora. Sei como é tê-la usada contra mim, mesmo assim algo primitivo dentro de mim é puxado para ela, atraída pela promessa de segurança que provê.

Quando chegamos ao quarto, ele coloca-me em pé e tira minha roupa, retirando meu suéter e jeans de forma calma e sem pressa. Apenas o calor sombrio no seu olhar prateado denuncia sua fome, o desejo que nada o fará parar para se satisfazer.

Quando estou nua, ele também se despe e vejo o

brilho metálico na sua jaqueta quando ele a pendura numa cadeira. Uma arma? Uma faca? A ideia de ele trazer armas para meu quarto deveria me horrorizar, mas estou muito sobrecarregada para reagir, minhas emoções já mudando de choque para raiva e medo gelado. E sob tudo isso tem um alívio estranho e ilógico.

Como todas as minhas escolhas se foram, eu posso desistir.

É o único caminho.

Uma lágrima bate na minha bochecha quando ele se aproxima de mim, totalmente nu e excitado, seu corpo grande um estudo de ângulos duros e músculos esculturais, de beleza violenta e masculinidade perigosa. Monstros não deveriam parecer assim, não deveriam ser tão hipnotizantes quanto letais.

É muito difícil para a sanidade de uma pessoa.

— Não chore, ptichka — Murmura ele, parando na minha frente. Seus dedos esfregando minhas bochechas, secando a umidade. — Não te machucarei. Não é realmente tão ruim como você acha.

Não tão ruim como eu acho? Eu quero rir, mas em vez disso apenas abano a cabeça, minha mente tonta tanto pelo vinho que tomei como pelo calor que a aproximação dele gera. Ele está certo: eu realmente o desejo. Sinto necessidade dele, meu corpo queima com uma necessidade tão forte que quase não consigo contê-la. E ao mesmo tempo, eu o odeio.

Odeio-o pelo que está fazendo – e pelo que está me fazendo sentir.

Seus dedos deslizam pelos meus cabelos. Cobrindo

minha cabeça e fecho meus olhos quando ele me beija novamente, sua outra mão segurando meu quadril para me trazer para mais perto dele. Sua ereção pressionada na minha barriga, grande e dura, mas seu beijo é suave, seus lábios excitando a sensação em vez de forçá-la.

Sinto-me bem, tão inacreditavelmente bem que, por um momento, esqueço que não tenho escolha nisso. Minhas mãos agarram-no pelos lados, sentindo a flexão dura do músculo e meus lábios abrem-se quando o calor aumenta dentro de mim. Aproveitando a vantagem, ele lambe o interior da minha boca, sua língua trazendo o gosto estonteante do vinho e sedução doce. Não é nossa primeira vez, mas este beijo tem um que de exploração, de descoberta sensual e apreciação terna.

Ele me beija como se eu fosse muito preciosa, a coisa mais desejosa que ele já conheceu.

Minha cabeça roda pelo prazer que derrete ossos e é tentador me perder por completo, aceitar a ilusão do seu cuidado. O jeito que ele me segura fala de necessidade crua, mas também de algo mais profundo, algo que ressoa com os cantos mais vulneráveis do meu coração.

Algo que preenche o poço de solidão deixado pelas ruínas do meu casamento.

Eu não sei por quanto tempo Peter fica me beijando assim, mas quando ele levanta a cabeça, estamos ambos respirando irregularmente e o calor circulando meu corpo é uma conflagração pronta para explodir.

Tonta, abro meus olhos e olho para ele enquanto ele

me deita na cama. Não tem frieza nas profundezas do cinza metálico, nenhum calor sombrio, nada além de fome e ternura e quando ele se coloca entre minhas coxas, cobrindo-me com seu corpo poderoso, sei que isso poderia ser fácil.

Eu poderia parar de lutar e entrar na fantasia, abraçar sua visão sombria do conto de fadas.

— Sara... — Sua palma forte alcança meu rosto, cobrindo-o com suavidade dolorosa e a dor que sai do meu peito é tão potente quanto perversa. Ele está olhando para mim como se eu fosse seu tudo, como se ele quisesse fazer todos os meus sonhos se tornarem realidade. É o que eu sempre quis, sempre precisei – mas não com o assassino do meu marido.

Juntando os pedaços caídos da minha sanidade, fecho meus olhos, bloqueando a sedução de prata daquele olhar hipnótico. *Sem escolha,* lembro-me quando seus lábios descem aos meus com outro beijo quente. *Sem escolha,* cantarolo silenciosamente quando ouço um pacote ser rasgado e sinto a aspereza das suas pernas peludas pressionarem contra as partes internas das minhas coxas, abrindo-as mais e deixando seu pau descansar no meu sexo. *Sem escolha,* grito na minha mente quando ele empurra dentro de mim, me esticando, preenchendo-me... fazendo-me queimar com necessidade abrasadora.

É errado, é doentio, mas leva menos de um minuto antes de eu gozar, seu ritmo forte levando-me para o final com uma intensidade que provoca um grito da minha garganta e traz lágrimas aos meus olhos. Meu corpo treme num êxtase sombrio, apertando em volta o seu comprimento e eu grito seu nome, afundando minhas unhas nas suas costas quando ele continua me fodendo, levando-me ao ápice duas vezes antes de ele próprio gozar.

Depois, deito em cima dele, nossos membros entrelaçados quando ele preguiçosamente acaricia as minhas costas. Com minha cabeça usando seu ombro de travesseiro, ouço o bater regular do seu coração e o lampejo da satisfação sexual dá lugar à vergonha e desolação familiares.

Eu o odeio e me odeio.

Me odeio porque algo perverso dentro de mim estava feliz pelo seu ultimato.

Era bom não ter escolha.

— Você não se mudará em duas semanas — Murmura ele, não parando de me acariciar suavemente. — O casal de advogados não é o dono desta casa mais – sou eu. Ou melhor, uma das minhas empresas de fachada é.

Eu deveria estar surpresa, mas não estou. Eu deveria esperar por isso de algum modo. Meus dedos se apertam, amassando o canto do meu travesseiro. — Você os ameaçou? Os assassinou?

Ele ri, seu peito poderoso sob mim. — Os paguei o dobro do que a casa custa. O mesmo para o que seria seu senhorio. Ele foi bem recompensado por você ter desistido do contrato de aluguel.

Eu fecho os olhos, tão aliviada que poderia chorar.

Eu não sei o que faria se alguém sofresse por minha causa, como viveria comigo mesma.

Quando tenho certeza de que minha voz não vai tremer, afasto-me e olho para ele. — Então é assim? Apenas continuaremos desse jeito?

— Continuaremos... por enquanto. — Seus olhos brilhando sombriamente. — Mais para frente, veremos.

E me puxando de volta ao seu peito, coloca seu braço em volta de mim, segurando-me como se eu pertencesse àquele lugar.

PARTE III

Conforme os dias passam, caímos num tipo bizarro de rotina doméstica. Toda noite, Peter faz um jantar delicioso para nós e a comida já está esperando na mesa quando chego. Comemos juntos e, então, ele me fode geralmente me possuindo duas ou três vezes antes de eu dormir. Se ele estiver lá de manhã quando acordo – e ele frequentemente está – ele também faz o café da manhã.

É como se eu tivesse conseguido um marido dono de casa, apenas um que tem um estilo sombrio de assassinar no seu tempo livre.

— O que você faz durante o dia todo? — Eu pergunto quando chego em casa depois de um dia pesado no hospital e descubro uma refeição gourmet de pedaços de carneiro e salada russa de beterraba. — Você não fica aqui simplesmente e cozinha, certo?

— Não, claro que não. — Ele me dá um olhar divertido. — O que fazemos precisa de muito planejamento logístico, então, eu trabalho com meus homens nisso e também cuido do lado dos negócios de algumas coisas.

— O lado dos negócios de algumas coisas?

— Interação com clientes, certificando-me dos pagamentos, investimento e distribuição dos fundos, compra de armas e suprimentos, esse tipo de coisa — Ele responde e eu ouço fascinada quando ele me dá uma esclarecida num mundo onde somas insanas de dinheiro trocam de mãos e assassinato é um método de expansão do negócio.

— Fazemos muitos trabalhos para os cartéis e outras organizações poderosas e indivíduos — Ele me fala quando terminamos o carneiro. — O trabalho no México, por exemplo, foi um caso de um líder de cartel nos contratando para eliminar seu rival para que, assim, ele pudesse expandir para seu território. Outros dos nossos clientes incluem oligarquias russas, ditadores de vários tipos, realezas do Oriente Médio e algumas das mais bem dirigidas organizações mafiosas. Às vezes, se não temos trabalho, pegamos uns serviços pequenos, lidando com criminosos locais e coisas assim, mas esses pagam quase nada então os consideramos pro-bono, um jeito para ficarmos em forma quando não temos nada para fazer.

— Certo, pro-bono. — Eu não tento esconder meu sarcasmo. — Como meu trabalho na clínica.

— Exatamente isso — Diz Peter, e dá um sorriso aberto. Ele sabe que está me chocando e está fazendo isso de propósito. É um jogo que ele faz às vezes, me aterrorizar e, depois, me seduzir para aceitar seu toque apesar da repulsa que sinto – ou deveria sentir.

É parte do sentido doentio da nossa relação que quase nada que ele diz ou faz tenha qualquer efeito duradouro no meu desejo por ele. Minha falta de habilidade de resistir a ele é uma úlcera sangrando no meu peito e eu não posso curá-la não importa o que faça. Cada vez que como a comida que ele faz, cada vez que durmo nos seus braços e sinto prazer no seu toque, a ferida reabre, deixando-me doente com vergonha e cheia de ódio de mim mesma.

Estou vivendo uma felicidade doméstica com o assassino do meu marido e não é nem um pouco tão terrível como deveria ser.

Parte do problema é que depois da nossa primeira vez, Peter não me machucou. Não fisicamente, pelo menos. Sinto a violência dentro dele, mas quando ele me toca, ele tem cuidado em controlar-se, parar a escuridão de escapar. Isso ajudou no sentido que eu não posso lutar contra ele imediatamente; com sua ameaça de me sequestrar na minha cabeça, eu não tenho escolha, além de cooperar com suas ordens – ou é isso que digo a mim mesma.

Esse é o único jeito que eu posso justificar o que

está acontecendo, como estou começando a precisar do homem que odeio.

Se tudo que ele quisesse de mim fosse sexo, seria fácil, mas Peter parece determinado a tomar conta de mim também. Das refeições românticas que faz em casa até as carícias à noite, estou cheia de atenção, mimada e até vencida às vezes. Nós não saímos para namorar – eu acho que ele não quer mostrar seu rosto em público – mas do jeito que ele me trata, eu poderia ser uma namorada altamente mimada.

— Por que você gosta de fazer isso? — Pergunto quando ele escova meu cabelo depois de ter me dado banho. — É algum tipo de mania estranha sua?

Ele me olha de forma divertida no espelho. — Talvez. Com você, parece ser, com certeza.

— Não, fala sério, o que você consegue com isso? Você sabe que não sou uma criança, certo?

A boca de Peter se aperta e vejo que atingi um nervo inadvertidamente. Não falamos muito sobre família, mas eu sei que seu filho era apenas uma criança quando foi morto. Poderia isso ser aquilo de forma trocada, eu ser uma substituta por sua família morta? Que ele se fixou em mim porque ele precisava tomar conta de alguém... qualquer um?

Seria a necessidade de amor do meu assassino russo tão grande que ele se conformaria com sua perversão?

É um pensamento tentador, especialmente desde o fim da segunda semana, me vejo ficando viciada ao conforto e prazer que Peter provê. Depois de um turno longo, eu anseio fisicamente pelas massagens no pescoço e no pé que ele geralmente me dá e é uma luta não salivar cada vez que chego à garagem e sinto o cheiro dos aromas deliciosos da cozinha.

Eu não estou apenas ficando acostumada com a presença do meu captor na minha vida; estou começando a gostar dela.

Ou, pelo menos, partes dela. Ainda estou longe de ficar entusiasmada com os guardas-costas que me seguem a qualquer lugar que vou. Eu quase nunca os vejo, mas posso senti-los e isso tanto me deixa desconfortada quanto irritada.

— Eu não vou fugir, você sabe — Falo a Peter quando deitamos na cama numa noite. —, você pode dispensar seus cães de guarda.

— Eles estão lá para sua proteção — Ele diz e eu sei que é algo que ele não tem intenção de mudar. Por qualquer que seja a razão, ele está convencido de que estou em algum tipo de perigo, algo que ele, de todas as pessoas, precisa me proteger.

— Do que você está com medo? — Pergunto, traçando as curvas do seu abdômem com meu dedo. — Você acha que um homem louco vai invadir minha casa? Talvez me torturar com água e matar meu marido?

Olho para cima para achá-lo sorrindo, como se eu tivesse falado algo engraçado.

— O quê? — Digo, espantada. — Você acha que isso é uma piada?

Sua expressão fica séria. — Não, ptichka. Realmente não acho isso. Se vale falar, desculpe-me por ter te machucado naquela vez. Eu deveria ter achado outro modo.

— Certo. Outro modo para matar George.

Sentindo-me enjoada, afasto-me dele e fujo para o banheiro – o único lugar que meu carcereiro me deixa ficar só. Às vezes, eu quase esqueço como tudo começou, minha mente convenientemente pulando os horrores do começo da nossa relação.

É como se algo dentro de mim quisesse me alinhar com a fantasia de Peter, fingir que tudo isso é real.

— Então, você nunca me disse o que aconteceu entre você e George — Diz Peter quando estamos num café da manhã tardio agradável cerca de três semanas após seu retorno. —, por que vocês não eram o casal perfeito que todos achavam ser? Você não sabia o que ele realmente fazia, então, o que deu errado?

O pedaço de ovo cozido que estou mastigando cola na minha garganta e tenho que engolir a maior parte do meu café para fazer descer. — O que faz você achar que algo estava errado? — Minha voz sai alta demais, mas Peter pegou-me desprevenida. Ele geralmente tende a evitar o tópico do meu marido morto – provavelmente para cultivar uma ilusão de relacionamento normal.

— Porque foi isso que você me falou — Ele responde calmamente — quando estava sob a droga que te dei.

Eu olho pasma para ele, incapaz de acreditar que ele voltou ao assunto. Desde nossa conversa sobre os guardas-costas na semana passada – e meu subsequente choro no banheiro – temos cuidado do tópico do que ele fez comigo como pisando em ovos, nenhum dos dois querendo cutucar a ferida aberta.

— Isso... — Suprimindo meu choque, eu me recomponho. — Isso não é da sua conta.

— Ele te bateu? — Peter se inclina para mim, seus olhos metálicos ficando sombrios. — Te feriu de algum modo?

— O quê? Não!

— Ele era um pedófilo? Um necrófilo?

Eu respiro para me acalmar. — Não, claro que não.

— Ele te traiu? Usava drogas? Abusava de animais?

— Ele começou a beber, ok? — Eu respondo, já que ele insistia tanto. — Ele começou a beber e nunca parou.

— Ah. — Peter recosta-se na cadeira. — Um alcoólatra então. Interessante.

— Mesmo? — Eu pergunto amargamente. Pegando meu prato, vou jogar o resto do meu café na lata de lixo e coloco o prato na lavadora. — Você gosta de ouvir que o homem que eu conhecia e amava desde meus dezoito anos – o homem com quem me casei – transformou-se após nosso casamento sem uma causa aparente? No período de meses, ele tornou-se alguém quase irreconhecível?

— Não, ptichka. — Ele se aproxima por trás e minha respiração se acelera quando ele me puxa contra ele, retirando meu cabelo do meu pescoço para beijá-lo. Sua respiração aquece minha pele quando ele murmura: — Eu realmente não gosto de ouvir isso.

— Eu simplesmente... nunca entendi. — Eu me viro nos seus braços, a velha ferida abrindo-se quando olho nos olhos de Peter. — Tudo estava indo tão bem. Eu terminei medicina, compramos esta casa e nos casamos... Ele estava viajando bastante a trabalho, então, ele não se preocupava com minhas horas de residência e, em troca, eu não me importava com todas as viagens. E, então... — Eu paro, vendo que estou me confidenciando com o assassino de George.

— E então o quê? — Ele pergunta, seus dedos em volta da minha palma. — O que aconteceu, Sara?

Eu mordo meu lábio, mas a tentação de falar-lhe tudo, de expor toda a verdade, é muito forte para negar. Estou cansada de fingir, de usar a máscara da perfeição que todos esperam ver.

Retirando minha mão da sua pegada, vou sentar-me à mesa. Peter junta-se a mim e, depois de um momento, começo a falar.

— Tudo mudou vários meses depois do nosso casamento — Digo baixinho. — Num período de algumas semanas, meu marido amoroso e caloroso tornou-se frio, um estranho distante, que sempre me evitava não importando o que eu fizesse. Ele começou a ter essas variações de humor estranhas, diminuindo as viagens a trabalho e... — Respiro. — começou a beber.

As sobrancelhas de Peter se levantam. — Ele nunca tinha bebido?

— Não daquele jeito. Ele tomava alguns drinks quando saíamos com amigos, ou um copo de vinho no jantar. Não era nada fora do normal – nada que eu não tivesse o hábito de fazer eu mesma. Aquilo era diferente. Estamos falando de beber de cair, três, quatro vezes por semana.

— Isso *é* muito. Você o confrontou alguma vez sobre isso?

Uma risada amarga sai da minha garganta. — Confrontá-lo? Tudo o que eu fazia era confrontá-lo sobre isso. As primeiras poucas vezes que aconteceu, ele explicou que era o estresse do trabalho, então, uma noitada fora com amigos, depois, precisando relaxar e então... — Mordo meu lábio. — ele começou a me culpar.

— Você? — Uma franzida aparece na testa de Peter. — Como poderia ele te culpar?

— Porque eu não o deixava em paz sobre isso. Eu continuava reclamando, querendo que ele fizesse tratamento, fosse para os AA, conversasse com alguém - qualquer um - que pudesse ajudar. Eu fazia as mesmas perguntas vez após vez, tentando entender por que aquilo estava acontecendo, o que fez com que ele mudasse assim. — Meu peito se aperta com a lembrança da dor. — As coisas estavam indo tão bem antes, entende. Meus pais, todos os nossos amigos - todos estavam felicíssimos com nosso casamento e tínhamos esse futuro glorioso à nossa frente. Não havia razão para aquilo, nada que eu pudesse ligar para explicar sua transformação repentina. Eu continuei perguntando e insistindo e ele continuava bebendo, mais e mais. E, então, eu... — Inspiro por uma garganta apertada. — Eu falei com ele que não podia viver assim, que ele tinha que escolher entre nosso casamento e sua bebida.

— E ele escolheu a bebida.

— Não. — Balanço a cabeça. — Não no início. Nós terminamos no clássico ciclo de abuso de substância, onde ele implorava para que eu ficasse e eu acreditava nele, mas depois de uma semana ou duas, as coisas voltavam a ser como eram antes. E quando eu apontava suas mudanças de humor e pedia que ele fosse ver um psiquiatra, ele se voltava contra mim, queixando-se que *eu* era a razão de ele estar bebendo.

A franzida de Peter se aprofunda. — Suas mudanças de humor?

— Era como eu chamava. Talvez fosse depressão clínica ou outro tipo de doença mental, mas como ele se recusava a ver um psiquiatra, nunca tivemos um diagnóstico real. As mudanças de humor começavam imediatamente antes da bebedeira. Começávamos a fazer algo juntos e, de repente, ele parecia totalmente fora do assunto, como se estivesse mentalmente num mundo diferente. Ele ficava distraído e estranhamente ansioso – até nervoso. Parecia como se estivesse sob o efeito de algo, mas não acho que estivesse. Pelo menos, não parecia que era droga. Ele apenas ia em algum lugar na sua mente e não tinha como conversar com ele quando ele estava daquele jeito, nenhum jeito de acalmá-lo e simplesmente ficar no *presente*.

— Sara... — Uma expressão estranha sela as feições de Peter. — Quando você disse que tudo começou?

— Apenas alguns meses depois que nos casamos — Respondo franzindo. — Então, até agora cerca de cinco anos e meio atrás. Por quê? — Então, a ficha cai. — Você está sugerindo que...

— Que a transformação do seu marido pode ter algo a ver com sua participação no massacre de Daryevo? Por que não? — Peter inclina-se, seus olhos se estreitando. — Pense nisso. Cinco anos e meio atrás, Cobakis entregou a informação que resultou na carnificina de dezenas de pessoas inocentes, incluindo mulheres e crianças. Se foi por ambição, cobiça ou pura estupidez, ele cometeu um grande erro, um erro gigantesco. Você diz que ele era um homem bom? Alguém que tinha consciência? Bem, como se sentiria um homem desses por ter causado o massacre de inocentes? Como ele viveria com todo aquele sangue nas mãos?

Eu encolho-me, a verdade horrível das suas palavras batendo dentro de mim como uma bala. Eu não sei por que não juntei os pontos antes, mas agora que Peter disse isso, faz todo o sentido. Quando eu primeiramente soube sobre o erro de George, ocorreu-me que seu real trabalho pudesse estar atrás da transformação, mas eu estava tão ocupada lidando com a invasão de Peter na minha vida – e tentando não aceitar suas revelações – que segui a linha de raciocínio para a conclusão lógica.

Eu não considerei que os eventos trágicos que trouxeram meu perseguidor para a minha vida poderiam ser os mesmos que arruinaram meu casamento... que nossos destinos estavam interligados bem antes o dque eu achava.

Sentindo-me com se fosse vomitar, fico de pé, minhas pernas tremendo. — Você está certo. — Minha voz presa e forte. — Deve ter sido a culpa que o levou a beber. Todo aquele tempo, eu pensava se era algo que eu tinha falado ou feito, ou se nosso casamento o desapontou de alguma forma, e era isso o tempo todo.

Peter assente, suas feições com linhas sombrias. — A não ser que seu marido tenha causado múltiplos massacres ao longo da sua carreira, essa é a única coisa que faz sentido.

Eu inspiro e me viro, indo para a janela olhar o quintal dos fundos. Os carvalhos gigantescos são como guardas do lado de fora, seus galhos sem folhas apesar das notas da primavera no ar quente. Sinto-me como esses carvalhos neste momento, despida, nua em toda a minha feiura. E, ao mesmo tempo, sinto-me mais leve.

A bebedeira, pelo menos, não era minha culpa.

— O acidente aconteceu por minha causa, você sabe — Digo baixinho quando Peter vem ficar em pé perto de mim. Ele não está olhando para mim, seu perfil forte e intransigente, e apesar de saber que ele está lutando contra seus próprios demônios, sua presença me conforta em um nível fundamental.

Eu não estou sozinha com ele ao meu lado.

— Como? — Ele pergunta sem virar a cabeça. — O relatório diz que ele estava só no carro.

— Ele bebeu na noite anterior. Bebeu tanto que vomitou várias vezes durante a noite. — Eu tremo lembrando-me do cheiro de vômito, do enjoo e mentiras e esperanças destroçadas. Mantendo-me segura por um fio, continuo: — De manhã, eu desisti. Estava cheia das suas desculpas, com as acusações infindáveis permeadas de promessas de melhora. Eu concluí que George e eu não éramos especiais de nenhum jeito; éramos apenas um alcoólatra e uma esposa muito estúpida para ver aquilo. Não era um período ruim que estávamos passando. Nosso casamento simplesmente tinha acabado.

Eu paro, minha voz tremendo demais para continuar, quando uma mão grande e quente encobre na minha palma. A expressão de Peter não muda, seu olhar fixo na vista fora da janela, mas o gesto silencioso de apoio me acalma, dando-me coragem para continuar.

— Ele ainda estava desmaiado quando saí para o trabalho, então, eu o confrontei quando voltei — Falo com tanta firmeza quanto posso. — Falei para ele arrumar suas malas e sair, disse que estava entrando com o divórcio no dia seguinte. Iniciamos uma discussão forte e ambos dissemos coisas que machucaram e eu... — Engulo o bolo na minha garganta. — Eu o forcei para fora da casa.

Peter olha para mim com certa surpresa. — Como

você o forçou a sair? Ele não era um dos caras maiores que já vi, mas devia ser pelo menos vinte quilos mais pesado do que você.

Eu pisco, distraído pela pergunta estranha. — Joguei as chaves do seu carro e sua bolsa na garagem e gritei para ele sair.

— Entendo. — Para meu choque, um sorriso fraco toca os cantos da boca de Peter. — E você acha que tem culpa por ele ter dirigido e se metido num acidente?

— Eu *tenho* culpa. A polícia disse que ele tinha o dobro da quantidade legal de álcool no sangue. Ele estava bebendo e o forcei a dirigir. O pus para fora e...

— Você jogou suas *chaves* para fora, não ele — Diz Peter, o sorriso desaparecendo quando seus dedos apertam-se em volta da minha mão. — Ele era um homem crescido, tanto maior como mais forte do que você. Se ele quisesse ficar em casa, ele poderia tê-lo feito. Além do mais, você sabia que ele estava bebendo quando falou para ele ir embora?

Eu franzo. — Não, claro que não. Tinha acabado de chegar do trabalho e ele não parecia bêbado, mas...

— Mas nada. — A voz de Peter é tão firme quanto seu olhar. — Você fez o que tinha que ser feito. Alcoólatras podem parecer funcionais com muita bebida no seu sistema. Eu deveria saber, já vi muito disso na Rússia. Não era sua responsabilidade verificar seu nível de álcool no sangue antes de mandá-lo embora. Se ele estivesse tão bêbado para dirigir, ele não deveria pegar o volante. Ele poderia ter chamado um táxi, ou pedido que você o levasse a um hotel.

Infernos, ele poderia ter dormido na garagem e *então* dirigido.

— E... — É a minha vez de olhar para fora da janela. — Eu sei disso.

— Sabe? — Largando minha mão, Peter pega meu queixo, forçando-me a olhá-lo nos olhos. — De algum jeito eu duvido disso, ptichka. Você já disse a alguém o que realmente aconteceu?

Meu estômago revira, uma dor pesada caindo na minha barriga. — Não exatamente. Quero dizer, os tiras sabiam que ele estava bebendo, mas...

— Mas eles não sabiam que era um hábito, sabiam? — Insinua Peter, abaixando a mão. — Ninguém sabia além de você.

Eu olho para o outro lado, sentindo o calor da vergonha familiar. Eu sei que é o erro clássico de esposa, mas eu simplesmente não conseguia comentar sobre roupa suja, admitir que o casamento que todos elogiavam estava podre por dentro. No começo era orgulho, misturado com doses iguais de negação. Esperava-se que eu fosse a doutora inteligente e jovem com um futuro brilhante pela frente. Como poderia eu ter feito esse tipo de erro? Houve sinais de alerta que eu não vi? E se não houve, como pode isso ter acontecido com o marido maravilhoso que me casei, o menino de ouro que todos diziam que prometia muito? Certamente essa era uma situação temporária, um imprevisto numa vida perfeita. E quando eu cheguei a conclusão que a bebida tinha chegado para ficar, havia outra razão para ficar calada.

— Meu pai teve um ataque cardíaco cerca de um ano após nosso casamento — Digo, olhando os galhos nus balançando ao vento. — Foi um forte. Ele quase morreu. Depois das três pontes de safena, os doutores falaram que ele mantivesse o estresse no mínimo.

— Ah. E saber que o marido da sua amada filha tornou-se um alcoólatra inveterado seria estressante.

— Sim. — Eu poderia ter parado ali, deixar Peter saber que eu era simplesmente uma boa filha, mas uma compulsão estranha fez-me falar: — Mas isso não era tudo. Eu estava com medo do que as pessoas falariam e seus julgamentos. George era bom em esconder seu vício de todos – agora vejo que possivelmente as habilidades de representar deveriam ter sido uma pista sobre seu papel como espião – e eu também tornei-me profissional em fingir. Nosso tipo de trabalho ajudava. Eu poderia sempre estar 'de plantão' se precisássemos cancelar uma saída na última hora, e George poderia ter uma história urgente aparecendo se ele tivesse problemas em ficar sóbrio.

Peter não fala nada por um tempo e imagino se ele está me condenando por covardia, por não ter procurado ajuda antes que fosse tarde demais. Isso é outra coisa que pesa em mim: a possibilidade de que eu pudesse ter feito algo se tivesse sido mais aberta para nossos problemas. Talvez eu pudesse ter levado George para um clínica de reabilitação ou um cuidado psiquiatra e a tragédia do acidente teria sido evitada.

Claro, o homem em pé perto de mim o teria matado do mesmo jeito, então, é assim.

Incapaz de lidar com o pensamento, coloco-o de lado na hora que Peter pergunta: — E o trabalho dele? Como ele conseguia produzir daquele jeito? A não ser que... você disse que ele parou de pegar serviços no exterior?

— Praticamente. — Respirando para acalmar os movimentos do meu estômago, eu foco no balanço hipnótico dos galhos lá fora. — Ele viajou algumas vezes depois que nos casamos, mas na maioria das vezes ele investigava histórias locais – como a da máfia subornando a polícia de Chicago e os oficiais do governo.

— A que eles falaram que foi a razão da sua proteção.

Eu assinto, não surpresa por ele saber. Ele tinha provavelmente microfones parabólicos focados em mim durante minhas conversas com o Agente Ryson. Do que descobri do meu perseguidor nas últimas semanas, isso é totalmente possível.

Os milhões que ganha por cada serviço compra acesso a todo tipo de equipamento.

— Ele deve ter parado de trabalhar para a CIA — olho para ele e vejo que ele também está olhando os galhos da árvore. — Ou porque ele foi demitido ou porque não conseguia lidar com as consequências da merda que fez. É a única coisa que explica a ausência de trabalhos no exterior.

— Certo. — Minha cabeça lateja com uma tensão constante e minha barriga continua se agitando e contorcendo, como se minhas entranhas estivessem sendo enroladas com mais e mais força. Minhas costas também doem – uma coisa que me induz a fazer uma matemática mental rápida.

Certamente, meu período está para começar.

Fico perto da janela por mais um momento, vendo as árvores lá fora e, então, vou para o armário e pego dois Advils, engolindo-os com um copo d'água.

— Qual o problema? — Pergunta Peter, seguindo-me com uma franzida de preocupação. — Está se sentindo mal?

— Não é nada — Digo, não querendo entrar em todos os detalhes. Então, vejo que ele pode descobrir hoje mais tarde e acrescento: — Só é meu período do mês.

— Ah. — Diferente da maioria dos homens, ele não parece nem um pouco desconfortável com essa informação. — Isso geralmente te causa dor?

— Infelizmente, sim. — Quando falo, sinto as cólicas piorando e agradeço aos deuses dos turnos que não estou de plantão hoje. Eu ia me oferecer como voluntária para a clínica essa tarde, mas reviso o plano em favor de um aconchego na cama com uma compressa.

— Por que você não está usando pílulas de controle de natalidade? — Peter pergunta, seguindo-me quando subo as escadas. — Não te vi tomar nada todo esse tempo e acho que geralmente ajuda com os períodos dolorosos.

— Especialista em saúde reprodutiva feminina?

Peter não liga para o meu sarcasmo. — Longe disso,

mas eu consegui uma receita para Tamila porque ela tinha muitas dores. Imagino que você tenha uma razão de não fazer o mesmo?

Eu suspiro, entrando no banheiro. —Tenho. Sou uma das raras mulheres que não toleram hormônio de controle de natalidade. Fico com enxaqueca e náuseas, não importa quão pequena a dose. Mesmo o DIUs com hormônios me dão dor de cabeça, então, eu tenho que escolher entre o sofrimento por dois dias, ou sofrimento o tempo todo.

— Entendo. — Peter se encosta na entrada da porta quando começo a despir-me. Consigo ver o calor no seu olhar quando me vê me despindo até ficar de calcinha e espero que ele não tenha nenhuma ideia sobre juntar-se a mim na cama. Ele raramente perde a chance de me foder.

Ignorando seu olhar, pego minha compressa da gaveta da mesa de cabeceira e fico em posição fetal, segurando sob o cobertor enquanto espero o Advil fazer efeito.

Eu ouço o som de passos calmos, e depois, a cama afunda ao meu lado.

Não, não, não. Vai embora. Sem sexo agora. Aperto meus olhos fechados, esperando que meu captor entenda a dica, mas no próximo instante, o cobertor é retirado e uma mão áspera masculina acaricia minhas costas nuas.

— Você quer que eu te traga alguma coisa? — Sua voz profunda e com um leve sotaque é baixa e calmante. — Talvez torrada ou um pouco de chá?

Pasma, rolo nas minhas costas, segurando a compressa na minha barriga. — Mm, não obrigada. Vou ficar bem.

— Tem certeza? — Ele retira meus cabelos do meu rosto. — E uma massagem na barriga?

Eu pisco para ele. — Mm...

— Aqui. — Ele retira a compressa calmamente de mim e coloca sua palma quente na minha barriga. — Vamos tentar isso. — Ele move sua mão em movimentos circulares, aplicando uma leve pressão, e depois de uns minutos, a sensação apertada e dolorosa diminui, o calor da sua pele e o movimento da massagem afastando o pior da tensão dolorosa.

— Melhor? — Ele murmura quando fecho os olhos alegremente sem acreditar e assinto, meus pensamentos começando a ser levado pelo sono que cai sobre mim.

— Está muito bom, obrigada — Murmuro, e enquanto a massagem calmante continua, afundo-me numa névoa morna de sono.

FICO OLHANDO SARA DORMIR POR ALGUNS MINUTOS; então, levanto-me silenciosamente e saio do quarto. Eu poderia ficar sentado ao seu lado por horas, não fazendo nada além de olhá-la, mas tenho uma ligação telefônica com potenciais clientes ao meio-dia e tenho que discutir parte da logística com Anton antes disso.

Leva apenas alguns minutos para limpar a cozinha e então saio, vou pela porta de trás para cortar caminho pelo quintal do vizinho. O SUV blindado de Ilya está estacionado na rua a dois quarteirões e enquanto ando, presto atenção em tudo: o latido distante de um cão pequeno, um esquilo correndo pela estrada, a marca dos tênis do corredor que acabou de passar pela esquina... Minha hiper-vigilância é tão parte de mim agora como são meus reflexos rápidos como relâmpago e ambos têm me mantido vivo mais tempo do que posso contar.

Ilya liga o carro quando me aproximo e tão logo entro, ele sai, passando pelo subúrbio quieto a precisamente quatro quilômetros e meio acima da velocidade limite.

Ele acredita que rótulos são necessários nas representações como civis típicos, até o detalhe das infrações menores.

— Algum problema? — Pergunto em Russo e ele balança sua cabeça raspada.

— Tudo quieto, como sempre.

Diferente do seu irmão gêmeo e de Anton, Ilya não parece desapontado quando diz isso. Eu acho que ele está gostando da nossa pequena estada no subúrbio, apesar de nunca admitir em voz alta. Dos quatro de nós na equipe central, Ilya se parece mais com o bandido quinta essência, com as tatuagens no seu crânio e as mandíbulas engrossadas pelos flertes com esteroides na juventude. Seu irmão gêmeo Yan, ao contrário, poderia se passar por professor de faculdade ou banqueiro, com suas roupas quase perfeitamente passadas e cabelos castanhos cortados em estilo conservador contemporâneo. Atento à personalidade, contudo, é Yan que gosta do nosso estilo de alta adrenalina, enquanto Ilya prefere focar em trabalho mais estratégico atrás das câmeras.

Eu suspeito que se Ilya não tivesse seguido seu

irmão no exército, ele terminaria como programador de computador ou um contador.

— Alguma coisa dos americanos? — Pergunto quando paramos num sinal de trânsito. Visto meus caras estarem bem ocupados, tenho usado os locais como segurança extra. O trabalho deles é vigiar Sara quando ela não está comigo e alertar-nos de quaisquer atividades fora do comum na vizinhança.

— Não. Sua garota não sai muito da rotina, mas eu estou certo de que você sabe disso.

Eu assinto, olhando os gramados bem cortados enquanto andamos para nossa casa esconderijo. Algo está me incomodando, mas não consigo saber o quê. Talvez seja porque está muito calmo, sem trabalhos grandes no horizonte e pouco progresso em localizar o general de Carolina do Norte, que é o último nome na minha lista. O desgraçado paranoico desapareceu junto com a família, e fez um trabalho tão bom em cobrir suas pegadas que até os hackers que contratei estão tendo problemas em achá-lo.

Talvez eu deva ir à Carolina do Norte a certa altura, ver o que posso conseguir pessoalmente.

— Diga a eles que quero revisar alguns dos próximos relatórios pessoalmente — Digo a Ilya quando entramos na rua do nosso esconderijo —, e diga-lhes para ampliar o perímetro para vinte quarteirões, ao invés de dez. Se alguém até espirrar na vizinhança de Sara ou em volta do seu hospital, eu quero saber.

— Entendido — Diz Ilya e eu saio do carro.

Talvez eu esteja sendo paranoico, mas não quero que ninguém atrapalhe o que tenho com Sara.

Eu preciso dela demais para arriscar perdê-la.

Ela está relaxada no sofá com uma compressa e um tablet quando chego em casa, seus membros delgados arrumados graciosamente e seu cabelo castanho brilhante num nó bagunçado na cabeça. Mesmo vestida com calça de moletom e uma camiseta maior do que ela, minha passarinha parece que poderia ser estrela num filme preto e branco, a delicadeza das suas formas acentuada pelas mechas de cabelo soltas no seu rosto em forma de coração.

Meus pulmões se apertam quando ela olha para mim, seus olhos calmos de avelã presos no meu rosto. Cada vez que a vejo, eu a desejo, minha necessidade por ela é uma fome esmagando meu peito. Nas últimas três semanas, a possuí tantas vezes que a necessidade deveria ter diminuído, mas apenas cresceu, aumentando a um nível irresistível.

Eu a desejo, eu quero isso – o prazer quieto de compartilhar sua vida, de saber que posso segurá-la no meio da noite e vê-la do outro lado da mesa da cozinha. Quero tomar conta dela quando está doente e deleitar-me no seu sorriso quando está bem. E às vezes, quando meu pesar aumenta, quero feri-la também – uma necessidade a suplantar com toda a minha força.

Ela é minha e vou protegê-la.

Até de mim mesmo.

— Como está se sentindo? — Pergunto, aproximando-me do sofá. Eu não tive chance de fodê-la essa manhã e estou meio duro apenas por estar perto dela. Contudo, meu desejo fica em segundo lugar para certificar-me de que sua saúde esteja bem.

Sara não morrerá de cólica menstrual, mas não quero vê-la com dor.

— Melhor, obrigada — Responde ela, colocando o tablet de lado. Parece que ela estava assistindo alguns vídeos de música – algo que já a vi fazer para relaxar.

— Você pode continuar a fazer isso — Digo, gesticulando para o tablet. —, tenho que fazer o jantar, então, não pare por minha causa.

Ela faz um movimento de que vai pegar o tablet, apenas pendendo a cabeça para me olhar andando para a pia para lavar minhas mãos e pegar os ingredientes para um simples jantar esta noite: os peitos de frango que marinei ontem à noite e salada de vegetais frescos.

— Sabe, você nunca respondeu minha pergunta — Ela fala depois de um minuto. —, por que você está fazendo isso? O que você consegue com todo esse serviço doméstico? Será que um homem como você não tem algo melhor para fazer? Não sei... talvez fazer rapel num prédio ou explodir algo?

Eu suspiro. Ela voltou ao tópico. Minhas ambições, jovem doutora, não significam que gosto apenas de fazer isso – para ela e para mim mesmo. Não posso voltar o relógio e passar mais tempo com Pasha e Tamila, não posso avisar meu eu mais novo a abdicar o trabalho porque tudo poderia acabar num instante. Posso apenas focar no presente e meu presente é Sara.

— Minha esposa ensinou-me a fazer alguns pratos simples — Digo, colocando os peitos de frango na frigideira antes de cortar a salada. — Na sua cultura, costumam fazer toda comida, mas ela não era muito boa de tradição. Ela queria certificar-se de que eu poderia tomar conta do nosso filho se algo acontecesse com ela, então, para agradá-la, concordei em aprender algumas receitas – e vi que gostava do processo de preparar comida. — Uma dor familiar aperta meu peito ante as memórias, mas espanto a dor, focando na curiosidade simpatizante nos olhos de avelã calorosos me olhado do sofá.

Às vezes, estou convencido de que Sara não me odeia.

Não todo o tempo, pelo menos.

— Então, você começou a cozinhar por sua esposa? — Ela pergunta quando fico em silêncio por uns momentos e assinto, cortando a salada dentro de uma tigela grande.

— Foi, mas não aprendi além do básico até que ela se tinha ido — Digo, e apesar de tudo, minha voz é rouca, áspera com uma agonia suprimida. — Dois meses depois do massacre, eu estava passando por uma escola de culinária em Moscou e por impulso, entrei e fiz uma aula de culinária. Eu não sei por que eu fiz isso, mas quando terminei e meu *borscht* estava quente no forno, senti-me um pouco melhor. Aquilo era algo diferente que eu poderia focar, algo tangível e real.

Algo que esfriava a ira fervendo dentro de mim, possibilitando-me a preparar uma estratégia e planejar minha vingança como uma receita, completa com passos e medidas que precisaria tomar.

Eu não digo a última parte, porque o olhar de Sara se acalma mais. Acho que meu pequeno hobby me torna humano aos seus olhos. Eu gosto disso, então, não falo para ela que estava em Moscou para matar meu antigo superior, Ivan Polonsky, por participar em encobrir o massacre, ou que uma hora depois que a aula acabou, cortei sua garganta num beco.

Seu sangue pareceu bastante com o borscht naquele dia.

— Eu acho que nunca se sabe o que se tem até que se perde — Imagina Sara, abraçando a compressa nela e eu sinto uma pontada de ciúme na melancolia do seu tom.

Eu espero que ela não esteja pensando no seu marido, porque até onde eu sei, ele não é uma grande perda.

Aquele *sookin syn* mereceu tudo que recebeu e ainda mais.

Quando a refeição está pronta, Sara se junta a mim na mesa e comemos enquanto falo para ela sobre as cidades em que tive aulas de culinária: Istambul, Johanesburgo, Berlin, Paris, Gênova... Depois de descrever as cozinhas, compartilho algumas histórias sobre chefs temperamentais e Sara ri, um sorriso genuíno iluminando suas feições enquanto me ouve. Para evitar estragar o clima, deixo as partes sombrias de fora – como o fato de a Interpol ter me encontrado em Paris e tive que abrir meu caminho a bala onde a escola de culinária estava localizada, ou que explodi o carro do meu alvo em Berlin entes de ir para a aula – e terminamos a refeição numa nota companheira, com Sara ajudando a limpar antes que a dispenso.

— Vá descansar — Falo para ela. — Tome em banho e vá para a cama. Subo em breve.

Sua expressão ficando cética. — Ok, só para você saber, minha menstruação começou.

— E daí? Você acha que tenho nojo de um pouco de sangue? — Dou um sorriso aberto quando vejo o olhar no seu rosto. — Estou brincando. Sei que você não está se sentindo bem. Vamos apenas ficar juntos, como nos velhos tempos.

— Ah, entendi — Um sorriso como resposta, genuíno e caloroso cruza suas feições. — Nesse caso, te vejo lá em breve.

Ela se apressa para fora da cozinha e fico lá, incapaz de respirar, sentindo-me como se tivesse acabado de receber uma facada na barriga.

Porra, aquele sorriso... Aquele sorriso era tudo.

Pela primeira vez, eu entendo por que me sinto assim perto dela.

Pela primeira vez, percebo o quanto a amo.

S*ara*

NO DOMINGO DE MANHÃ, SINTO-ME MELHOR E DECIDO ver meus pais. Visitei-os apenas uma vez desde que Peter retornou, visto ter estado ocupada com meu perseguidor e preocupada de expô-los ao perigo. Contudo, estou cada vez mais convencida de que Peter não os machucaria arbitrariamente. Ele valoriza a família por demais para fazer isso comigo.

Enquanto eu cooperar com suas demandas, meus pais devem estar seguros.

Minha mãe está animada quando ligo para ela e planejamos sair para almoçar sushi. Quando falo a Peter sobre isso, ele assente sem prestar atenção e digita algo no seu telefone.

— O que você está escrevendo? — Pergunto desconfiada.

— Só avisando meus homens que estarei em casa hoje, apesar de tudo — Diz ele, guardando o telefone. —, por quê? Você gostaria que eu fosse junto? — Seus olhos cinzentos brilham quando olha para mim.

Eu rio. — Não, acho que se o FBI entrar no restaurante para capturar um dos seus mais procurados deve estragar um pouco o apetite.

Peter não ri de volta e vejo que ele está sério.

— Você... você sairia comigo em público?

— Por que não? — Ele levanta sua sobrancelha friamente. — Te encontrei no Starbucks, não encontrei?

— Bem, sim, mas isso foi antes. Quero dizer... esquece. — Respiro. — Presumo que você não está com medo de ser visto em público?

— Eu não passaria na frente do seu escritório local do FBI, mas posso ir para um almoço ocasional ou jantar se o local for escolhido antes e possa certificar-me de que não existem câmeras.

— Oh. — Mastigo a parte interna do meu lábio quando pego a bolsa. — Bem, talvez possamos sair para jantar perto do final da semana...

— Mas não hoje — Ele diz e eu assinto, sentindo-me atrapalhada mas não sabendo o que mais fazer. Não tem como eu apresentar o assassino de George para meus pais.

Já é ruim o bastante oferecer-me sair para jantar com ele.

— Ok, então. Te vejo quando retornar — Diz ele e saio antes que ele possa sugerir algo mais – como tatuagens que combinem ou casamento na praia.

Isso é uma completa loucura e a parte mais insana é que está começando a parecer normal.

Estou me acostumando a ter Peter na minha vida.

NO ALMOÇO, FALO COM MEUS PAIS QUE DECIDI NÃO vender a casa. Eu já lhes disse há duas semanas que a oferta dos advogados havia falhado, então, eles não ficaram particularmente surpresos em ouvir minha decisão. Na verdade, eles gostaram, pois, a casa é somente a vinte minutos da casa deles e o apartamento estaria a pelo menos quarenta e cinco minutos.

— É uma bela casa — Diz papai, colocando um pouco de molho de soja para ele. — Acho que todo o caso do apartamento era uma reação exagerada. Você é jovem, mas os anos passam rápido e em algum ponto em breve, você pode querer pensar em começar uma família. Você sabe, sair e encontrar um homem...

— Oh, para com isso, Chuck — Mamãe o repreende. — Sara tem bastante tempo. —Virando-se para mim, ela diz numa voz mais gentil: — Leve o tempo que precisar, querida. Não deixe seu pai te forçar a nada. Nós *estamos* felizes que você esteja ficando com a casa, mas isso não significa que esperemos que você produza netos brevemente.

— Mãe, por favor. — É tudo que posso fazer para

não rolar meus olhos como no Ensino Médio. Meus pais estão fazendo o papel de policial bom/policial mau comigo, provavelmente na esperança de plantar uma sugestão 'saia e encontre um homem legal' na minha mente. — Se eu estiver quase produzindo netos, prometo que você e papai serão os primeiros a saber.

Mamãe dá a papai um sorriso feliz. — Viu? Ela fará quando estiver pronta.

— Certo. — Me ocupo em separar meus chopsticks de madeira. — Quando estiver pronta. — O que, dado o que está acontecendo com a minha vida, deve ser nunca. Ou, pelo menos, não até que Peter se canse de mim – algo que parece mais e mais improvável de acontecer em breve. Se qualquer coisa, acho que ele está até mais obcecado por mim agora, seus olhos prateados me olhando com uma luz particular que me envia uma tremedeira até a espinha.

Antes de analisar o porquê disso, o garçom traz nosso barquinho de sushi e meus pais se alegram com o arranjo do peixe, me trazendo mais das suas maquinações não tão sutis. Eu gostaria de poder falar-lhes a verdade, mas não tem como eu poder explicar Peter sem os deixar totalmente aterrorizados.

Eu ainda não estou certa de como lidar com tudo eu mesma.

No final da semana, minha menstruação terminou e estou de volta à rotina com dois turnos de espera já cedo na semana e uma esticada de três horas na clínica na quarta-feira, além das minhas horas normais no consultório. Trabalho tanto que quase não paro em casa, mas Peter não se opõe, apesar de sentir que ele está menos do que satisfeito com a situação. Apesar da minha menstruação, fizemos sexo nos últimos dias – ele não estava mentindo sobre a falta de frescura – cada vez, ele tem sido descomunalmente faminto, seu toque irrestrito e áspero.

É como se ele estivesse com medo de me perder de alguma forma, como se ouvisse o relógio andando.

Na sexta, eu passo a maior parte do dia no consultório, atendendo os pacientes, mas na hora que estou quase indo para casa, recebo uma mensagem urgente de um cliente em trabalho de parto. Segurando um suspiro de cansaço, me apresso ao vestiário para me lavar e passo por Marsha, que está saindo do turno.

— Hei — Diz ela com uma careta simpática. —, acabou de chegar?

— Parece — Digo, colocando minhas roupas no armário. —, você vai sair hoje à noite?

— Não. Andy não pode e Tonya está ocupada com aquele barman lindo. Lembra-se dele?

Coloco meu cabelo num rabo de cavalo. — Aquele do clube que fui com vocês? —Quando Marsha confirma com a cabeça, pergunto: — Sim, por quê? Eles estão ficando?

— Você adivinhou. — Marsha sorri. — Enfim, vejo que você está com pressa, então, vou deixá-la ir. Me liga se você quiser fazer algo no final da semana. Andy vai dar um churrasco amanhã à noite e tenho certeza de que ela adoraria que você fosse.

— Obrigada. Vou ligar se puder ir — Eu digo e me apresso para fora do vestiário. Eu sei que não vou ligar e, desta vez, não é porque estou com medo pelos meus amigos.

Tão tentador quanto o churrasco possa parecer, o que quero mais neste final de semana é uma hora pacífica em casa.

Com Peter.

O homem que acho difícil odiar.

VÁRIAS HORAS MAIS TARDE, VOLTO AO VESTIÁRIO, exausta. O útero da minha paciente rompeu-se e tive que fazer uma cesariana de emergência para salvar a ela e ao bebê. Felizmente, os dois se salvaram, mas tenho uma dor de cabeça dividida pela fome e cansaço.

Mal posso esperar para chegar em casa, esquentar o que quer que seja que Peter possa ter preparado para o jantar e, se tiver sorte, conseguir uma massagem enquanto caio no sono.

— Dra. Cobakis?

A voz feminina parece vagamente familiar e me viro, meu pulso acelerando. Com aquela certeza, vejo Karen, a agente/enfermeira do FBI que estava com o Agente Ryson quando acordei depois do ataque de Peter. Como da última vez, ela está vestida com uniforme de enfermeira, apesar de saber que ela não trabalha no hospital.

Ela deve estar tentando passar desapercebida.

— Karen? — Eu tento não mostrar meu nervosismo. — O que você está fazendo aqui?

Ela se aproxima e fica a meio metro de mim. — Eu gostaria de conversar contigo em algum lugar que não sejamos notadas e esta parece ser uma boa oportunidade.

Eu olho em volta do vestiário. Ela está certa: somos as únicas aqui agora. — Por quê? — Volto minha atenção para ela. — O que há de errado?

— Há cerca de dois meses, você procurou o Agente Ryson — Ela fala calmamente. —, você disse que se sentia vigiada. Naquela ocasião, descartamos suas preocupações, mas recebemos algumas novas informações.

Minha garganta se aperta. — O que... quais novas informações?

— Tem a ver com Peter Sokolov, o fugitivo que invadiu sua casa.

— Oh? — Minha voz está uma oitava mais alta.

— Ele foi visto na área, apenas a alguns quarteirões deste hospital. Uma câmera de tráfego escondida captou seu rosto a certo ângulo e nosso programa de reconhecimento facial denunciou a foto. — Ela pende a cabeça para o lado. — Você não saberia nada sobre isso, Dra. Cobakis, saberia?

— Eu... — Minhas batidas do coração soam nos meus ouvidos, meus pensamentos apressando-se num círculo de pânico. Aqui está, a oportunidade de conseguir ajuda sem que Peter saiba que falei com alguém. O FBI já sabe que ele está aqui e eles não descansarão até achá-lo. Eu posso aumentar as chances de sucesso deles, falar-lhes que é bem possível que ele esteja na minha casa e se eles conseguirem capturá-lo e seus homens, tudo estará realmente acabado.

Minha vida será minha novamente.

— Tudo bem, Dra. Cobakis. — Karen coloca uma mão gentil no meu ombro. — Eu sei que tudo isso é muito estressante, mas nos certificaremos de que esteja segura. Apenas pense nas últimas poucas semanas. Qualquer chance de que alguém esteja te seguindo? Houve alguma ocasião recentemente em que você achou que estivesse sendo vigiada?

Todas as vezes – porque eu estou sendo vigiada. Eu quero falar-lhe isso, mas as palavras não saem: em vez disso, minha respiração acelera até que eu estou hiperventilando.

Peter não ficará parado quando os agentes vierem atrás dele; ele lutará e pessoas morrerão. *Ele* poderá morrer. A náusea chega à minha garganta quando vejo o corpo poderoso cheio de buracos de bala, seus olhos metálicos intensos dormentes e desfocados pela morte. Esta deveria ser uma imagem que me traria alegria, mas sinto-me mal em vez disso, meu tórax se apertando dolorosamente quando tento ver como seria a minha vida sem ele nela.

O quão livre – e o quão só – eu estarei novamente.

— Eu... Não. — Dou um passo atrás, balançando a

cabeça. Eu sei que não estou pensando claramente, mas não consigo falar. Minha boca simplesmente não forma as palavras. — Eu não notei nada.

Uma franzida aparece na testa de Karen — Nada? Você tem certeza? Até onde sabemos, você e seu marido são sua única ligação com esta área.

— Sim, tenho certeza. — Parece que um estranho está falando estas mentiras. Minha dor de cabeça aumenta até que se torna um tambor tocando no meu crânio e eu sinto que estou perto de vomitar. Meus pensamentos pulam de uma alternativa para outra, minha mente como um rato dentro de um labirinto. Eu nem mesmo sei por que estou mentindo. Está acabado. Um caminho ou o outro, está terminado – porque agora que sabem que Peter está na área, eles *virão* atrás dele, não importa o que diga. E se não conseguirem matá-lo ou capturá-lo, ele pode achar que eu o traí e cumprir sua ameaça de levar-me para longe, até punir as pessoas achegadas a mim para ensinar-me uma lição.

Eu *deveria* ajudar o FBI.

É a minha melhor chance de ficar livre.

— Tudo bem — Diz Karen quando fico em silêncio. —, se lembrar de qualquer coisa, tem aqui meu número. — Ela me dá um cartão e eu pego com dedos dormentes, enquanto ela diz: — Não queremos assustá-lo no caso de ele *estar* te espionando por qualquer que seja a razão, então, não a levaremos em custódia protetora agora. Em vez disso, colocaremos uma proteção discreta contigo e se eles virem algo – eu realmente quero dizer qualquer coisa – fora do normal, eles agirão rapidamente para garantirem sua segurança. Enquanto isso, por favor, continue com suas atividades normais e descanse certa de que o homem que matou seu marido pagará pelo que fez.

— Ok. Farei... farei isso. — Mantendo minha compostura por um fio, pego minha bolsa do armário aberto e fecho a porta com força, então, apresso-me para fora do vestiário.

Já estou perto do meu carro quando percebo que ainda estou usando meu uniforme.

Graças à emboscada de Karen, esqueci de trocar de roupa.

HEAVY METAL GRITA NO RÁDIO QUANDO SAIO DO estacionamento, castigando-me pela minha estupidez. Mesmo com minha dor de cabeça, a música é de alguma forma calmante, as batidas violentas mais organizadas do que os emaranhados loucos dos meu pensamentos. Eu não acredito que não confidenciei a Karen e implorei a ajuda do FBI quando tive chance. Agora, não tenho a mínima ideia do que fazer, como agir, até onde ir. Vou para casa com o FBI me vigiando? Se for, eles vão ver que Peter está lá, ou os cuidados que ele toma – como não estacionar na minha rua – assegurar que continuem sem saber da sua presença? Talvez devesse ir para a casa dos meus pais ou para um hotel em vez disso, ou simplesmente dormir em algum lugar no hospital. Mas, e os homens de Peter que sempre me seguem? Eles veriam que algo está errado e Peter deve vir atrás mim e quem sabe o que aconteceria então? Em geral, o FBI verá meus guarda-costas ou eles veriam os agentes primeiro e alertariam Peter? Se eu for para casa, verei que ele já se foi, tendo fugido das autoridades mais uma vez?

Como eu consegui foder a porra toda?

Minhas mãos estão com os tendões brancos no volante quando minha mente gira da minha conversa com Karen, repassando-a vez após vez. Deus, eu tive tantas oportunidades de dizer a verdade, de explicar a total complexidade da situação e deixar os profissionais lidar com o assunto. Por que não fiz isso? Como pude ser tão estúpida? Depois que vi que tinha me esquecido de me trocar, voltei para o vestiário, dizendo-me que se Karen ainda estivesse lá, faria a coisa certa, mas ela já tinha saído.

Ela tinha saído e eu estava aliviada – porque bem lá no fundo, eu sabia que não faria aquilo.

Mesmo com a ameaça de Peter pairando na minha cabeça, não traria sobre mim a pressa de um confronto que resultaria em morte.

Com Metallica gritando no plano de fundo, dirijo no piloto automático, tão presa aos meus pensamentos que não vejo que no subconsciente já escolhi meu destino. Apenas quando viro na rua que percebo onde estou indo e, então, é tarde demais.

Estou em casa.

*S*ara

Estou tremendo quando entro na garagem, minha garganta apertada de ansiedade e meu coração martelando em sincronia com as latejadas da minha cabeça. Já é bem mais de meia-noite e todas as luzes estão apagadas, mas consigo sentir o cheiro de qualquer que seja a comida que Peter fez mais cedo. Meu estômago revira, meu corpo exigindo combustível apesar da adrenalina esmagando meus nervos. Tenho que comer algo rápido, mas primeiro, preciso ver onde Peter está e se sabe o que está acontecendo.

— Com fome?

A voz profunda familiar me espanta tanto que pulo, um grito de pânico saindo da minha garganta.

Uma luz se acende, iluminando a figura de Peter no

sofá da sala de estar. Apesar da temperatura confortável, ele está usando sua jaqueta de couro, seu corpo alto e poderoso numa posição casual que lembra a posição preguiçosa de um predador.

— Mm, sim. — *Oh Deus, ele sabe? Por que ele está sentado aqui no escuro?* — Uma das minhas pacientes entrou em trabalho de parto e perdi o jantar.

— Perdeu? — Peter fica de pé num movimento fluido. — Isso não é bom. Venha, vamos comer antes que você desmaie.

Eu o sigo à cozinha com as pernas fracas. O fato de ele estar aqui – e esquentando comida para mim – deve significar que seus homens não viram que o FBI me seguiu. Isso significa que o contrário também é verdadeiro? Poderiam os agentes do FBI indicados para a minha proteção não terem visto que Peter esteja me seguindo?

Minhas mãos e pés estão congelados pelo estresse e eu sei que devo parecer morta quando lavo minhas mãos e sento-me à mesa. Espero que Peter ache que minha palidez seja por causa do cansaço em vez do fato de que o FBI possa entrar na casa a qualquer momento.

Ele coloca uma tigela de sopa de vegetais e uma fatia de pão sovado crocante na minha frente, então, se senta do outro lado da mesa como sempre, suas feições sem expressão quando ele me olha pegar minha colher e colocar na sopa. Minhas mãos estão tremendo levemente – um fato que ele não pode deixar de notar, mas que espero que também case com meu cansaço. Se não for assim – se ele suspeitar de algo – então, as coisas poderiam dar errado, rapidamente. Ele poderia me amarrar e me levar para algum esconderijo internacional mais rápido do que meus vigias do FBI pudessem chamar reforços.

Porra, por que estou me arriscando assim? Por que eu simplesmente não falei tudo para Karen?

Mas, mesmo quando me chuto, eu sei a resposta a essa pergunta. Está sentada à minha frente, seus olhos cinzentos fixos em mim com uma intensidade que tanto me causa calafrios como me aquece por dentro. Eu deveria querer ser livre do meu captor, deveria fazer tudo ao meu alcance para que ele desaparecesse da minha vida, mas não posso. Não sou louca o bastante para avisá-lo e arriscar ser sequestrada, mas não consigo me deixar acelerar a hora em que a justiça o alcança e ele terá que ou correr ou lutar.

Isso acontecerá de qualquer modo; tudo que terei que fazer é sobreviver a isso.

— Você trabalha muito — Murmura Peter, pendendo a cabeça para o lado enquanto me estuda e inspiro trêmula.

Graças a Deus. *Está* ligando minha ansiedade ao cansaço.

— Você deveria diminuir o ritmo, ptichka, desacelerar de vez em quando — Ele continua e eu assinto, olhando para a minha tigela para fugir da intensidade do seu olhar.

— Sim, eu acho. — Dou uma mordida no pão e engulo uma colher cheia de sopa, focando nos sabores para diminuir os clamores mentais na minha cabeça.

Sou apenas parcialmente bem-sucedida, mas o bastante para que consiga tomar outra colher, então outra.

Já terminei com a fatia de pão e já estou quase na metade da tigela quando consigo coragem para olhar para ele novamente. — Por que você estava me esperando aqui? —Pergunto, lembrando-me de quão escura estava a casa quando entrei. — Pensei que estaria na cama ou tomando banho ou algo assim.

— Porque eu quase não a vi nos últimos dias, ptichka, e senti sua falta. — Seus olhos brilham com uma peculiar ternura que tenho visto toda a semana.

Meu estômago pula, um nó na minha garganta. — Você... sentiu? — Ele nunca me disse isso antes; apesar de ambos sabermos que ele é obcecado por mim, ele nunca admitiu nenhum tipo de sentimento real.

— Uhum. Aqui, pegue mais. — Ele coloca outra fatia de pão para mim. — Você ainda está muito pálida.

Eu pego o pão e dou uma mordida, olhando para baixo outra vez para esconder minha expressão. O nó na minha garganta está aumentando, meus olhos ardendo com lágrimas irracionais. Por que ele escolheu hoje, dentre todos os dias, para dizer essas coisas para mim? Preciso que ele seja rude comigo, não legal. Preciso lembrar-me que ele é um monstro, um assassino, um homem que fez coisas que envergonhariam Ted Bundy.

Preciso que ele me retire da fantasia para que eu não sinta falta dele quando se for.

Consigo segurar as lágrimas quando engulo o resto da sopa enquanto Peter me olha em silêncio. É desconcertante o jeito que ele apenas olha para mim sem fazer nada, como se o mero olhar para mim o fascinasse. Já o peguei fazendo isso mais do que algumas vezes; uma vez, eu até acordei e o vi me olhando assim.

É desconcertante e lisonjeiro ao mesmo tempo, com o jeito que ele tem uma fome sem fim por mim.

Quando minha tigela está vazia, levanto-me para colocá-la na lavadora, mas Peter pega das minhas mãos.

— Eu cuido disso — Diz ele calmamente, dando um leve beijo na minha testa —, suba e se prepare para ir dormir. Estarei lá em um minuto.

Eu assinto, piscando para segurar a chegada das lágrimas e subo sem objeções. Ele faz isso com frequência também: libertando-me das tarefas, não importa quão pequena seja, quando estou cansada. Ele deve saber que colocar a tigela na lavadora não me cansaria, mas mesmo assim ele me trata como uma inválida em vez de uma doutora exausta pelas longas horas.

Ele me trata como bebê e eu adoro isso, apesar de não dever. Eu deveria odiar tudo o que ele faz, porque nada disso é real.

Não pode ser.

Já terminei o banho quando Peter sobe e ele me cerca no banheiro, prendendo-me contra o balcão na hora que termino de escovar os dentes. Minha toalha está enrolada em mim, mas ele a retira, deixando cair no piso e a visão de nós dois no espelho embaçado – eu, pálida e completamente nua, enquanto ele está completamente vestido com roupas escuras – faz meu coração martelar com nervoso e excitação.

Ele está especialmente faminto esta noite – e mais do que um pouco perigoso.

Com firmeza, ele passa uma mão grande pelo meu pescoço e apesar de não apertar, sinto a sobriedade por trás desse véu fino do seu controle, a ameaça implícita no gesto controlado. Ao mesmo tempo, a sua outra mão acopla no meu seio, a superfície áspera do seu polegar esfregando no meu mamilo. Seus olhos presos nos meus no espelho e vejo uma fome estranha nas profundezas de prata, o desejo misturado com possessão e aquela coisa intensa que faz meus joelhos ficarem fracos enviando calafrios na minha espinha.

— Olhe para você — Ele respira no meu ouvido e eu retiro meus olhos do seu olhar hipnotizante para fixar no quadro que estamos representando: ele tão grande e letalmente belo e eu pequena e feminina, quase frágil no seu abraço sombrio. — Olhe o quão bela você é, quão doce, macia e pura. Essa sua pele macia, tão fina e delicada, tão facilmente ferida... — Ele acaricia minha garganta quando engulo, meu pulso se acelera mais ainda ante suas palavras.

— Você sabe o que imagino às vezes? — Continua ele calmamente e eu seguro a beirada do balcão quando dedos firmes beliscam meus mamilos, revirando-os com propósito cruel. — Imagino se eu deveria colocar uma corrente em volta deste pescoço lindo, te prender a mim e jogar a chave fora. Você choraria então, ptichka? Você ficaria com raiva? — Ele dá uma mordidinha no lóbulo da minha orelha, seus dentes brancos arranhando minha pele enquanto sua mão desce dos meus seios para acoplar meu sexo. — Ou você gostaria secretamente disso?

Eu inspiro, tremendo, com tanto calor que poderia ficar em chamas. O quadro que ele está pintando é tão terrível quanto excitante, tão erótico como a imagem no espelho. Com seus braços em volta de mim, consigo sentir o cheiro da sua jaqueta de couro, sentir o zíper metálico contra minhas costas e uma completa vulnerabilidade que passa por mim quando seus dedos abrem minhas dobras molhadas e tocam meu clitóris, a onda aguda de prazer exacerbando meus sentimentos de desamparo, de estar completamente fora do controle.

— Por favor. — Minha voz treme. — Por favor, Peter...

— Por favor o quê? — Seus dedos empurram para dentro e formam um gancho dentro de mim, pressionado contra meu ponto 'G' enquanto seus dentes arranham meu pescoço novamente. — Por favor o quê, ptichka? Por favor, toque-me? Por favor, foda-me? Por favor, vá embora?

Eu aperto meus olhos fechados. — Por favor, foda-me. — Já passei do ponto de ficar constrangida, da negação. Sinto como cada célula do meu corpo pulsa de necessidade, queimando com a ânsia obscura que ele desperta em mim. Talvez sob diferentes circunstâncias, eu ficaria forte, tentasse segurar o que quer que passasse pela dignidade, mas estou por demais exausta – e por demais sabendo que isso será assim.

Esta noite pode ser nossa última noite juntos.

— Abra os olhos — Grunhe ele e eu obedeço tonta, lutando contra o prazer intoxicante.

O olhar de Peter é sombrio e intenso no espelho, suas feições cheias de necessidade violenta. E embaixo, eu sinto *algo* desconcertante, essa brandura que não consigo definir.

— Diga-me, Sara. Diga-me como você quer que te foda. Quer que seja duro — ... seus dedos entram violentamente dentro de mim... — Ou gentil? Forte — ... Ele esfrega a parte de trás no meu sexo... — Ou suave? — Diminuindo a pressão, ele abaixa a cabeça para lamber o lóbulo da minha orelha, sua respiração quente aquecendo minha pele enquanto ele raspa dentro da minha orelha — Você quer flores e belas palavras, ptichka? Ou você preferiria ter algo cru e real, mesmo se a sociedade achasse errado... mesmo se não for o que você sempre quis?

Minha respiração soa irregular pelos meus dentes quando seu polegar circula meu clitóris, o calor queimando sob minha pele e tornando difícil pensar. Meus músculos internos apertados em volta daqueles dedos ásperos e invasores e eu não entendo o que ele está pedindo, o que ele quer de mim. Eu preciso de mais desse prazer doloroso e, ao mesmo tempo, preciso de alívio da tensão que me circunda mais e mais.

— Por favor... — Meu coração demasiadamente rápido. — Oh Deus, por favor...

Sua pegada no meu pescoço se aperta quando seus dedos circulam dentro de mim, pressionando meu ponto 'G' novamente. — Diga-me, e te foderei. — Seus dentes arranhando meu pescoço, fazendo-me tremer pela sensação. — Te darei exatamente do jeito que você quiser, encher sua pequena buceta até que você implore por mais. Diga-me o que você precisa de mim e te darei, Sara. Te darei tudo e ainda mais.

— Forte — Eu ofego, minhas mãos saindo do balcão para segurarem as colunas das suas coxas vestidas de jeans. Meu sexo fecha em volta de seus dedos quando pressiono minha pélvis contra sua mão, desesperada por uma pressão mais firme no meu clitóris. Não sei o que estou falando, mas sei o que preciso. — Foda-me forte, Peter. Por favor ...

Suas mandíbulas se apertam e vejo a parte sombria fumegar nos seus olhos cinzentos. Abruptamente, ele me solta e passa a mão sobre o balcão jogando o que está em cima para o chão. Passando em volta de mim, ele me pega e coloca-me no granito frio, coxas bem abertas. Eu pisco para ele, pasma, mas ele já está abrindo seu jeans e puxando-me para frente até que meu cu fica na beirada do balcão.

— Peter... oh Deus. — Eu ofego quando ele entra em mim, tão duro e grosso que sinto que vai me arranhar por dentro. Ele não tem sido tão duro desde nossa primeira vez, mas estou tão molhada hoje que a entrada violenta não me amedronta, a ameaça da dor apenas aumentando o prazer. Em vez de apertar, fico normal e macia em volta do seu pau e enquanto ele entra forte, mantendo o ritmo, seus dedos entrando na carne macia do meu cu, passo minhas pernas em volta do seu quadril e meus braços em volta do seu pescoço, ligando-me a ele como se ele fosse minha âncora numa tempestade. E ele deve ser. Ele me fode com tal fúria que sinto como um graveto num furacão, sobrecarregado pela sua violência, jogado de um lado para o outro pelas ondas da luxúria. É demais, eu gozo, segurando em volta dele, mas ele não para. Ele continua até que gozo novamente e mais uma vez.

Apenas quando estou esparramada contra ele, ofegando e tonta do meu terceiro orgasmo, que ele se deixa ir. Com uma última entrada, ele goza, sua pélvis esfregando na minha quando um gemido profundo sai da sua garganta. Sinto seu pau pulsar dentro de mim enquanto seguro-me nele, tremendo, e meu sexo se fecha uma última vez, apertando a última tremida de prazer da minha carne super sensível.

Quando passa, estou tão tonta que quase não consigo ficar de pé quando ele me levanta do balcão e me coloca de pé. Quase não notando, sinto que estou estranhamente molhada entre as pernas – encharcada na verdade – mas apenas quando Peter se afasta e sinto a parte molhada escorrer nas minhas pernas que vejo de onde está vindo.

— Oh Deus. — Meus olhos no seu pau – ainda um

pouco duro e brilhando com os líquidos de nós dois combinados. — Peter, nós...

— Esquecemos de usar preservativo? Sim.

Ele não parece particularmente preocupado. Em vez disso, quando fico olhando seu pau horrorizada, ele se lava casualmente, coloca seu pau de volta no jeans e fecha o zíper. Então, ele molha uma toalha e delicadamente limpa o sêmen das minhas pernas.

— Assim, resolvido. — Ele coloca a toalha na pia, seus olhos brilhando quando se vira para mim. — Não se preocupe. Você acabou de passar pela sua menstruação, então, nós não estamos na zona de perigo ainda. Eu estou limpo; sempre uso preservativo e faço teste regularmente. E entendo que o mesmo acontece com você?

— Sim. — Olho de volta para ele, tremendo tanto pela sua atitude como pelo que aconteceu. Teoricamente, deveríamos estar seguros, mas o mero fato de que isso aconteceu com *ele...* Minha cabeça volta a latejar dolorosamente e minha exaustão volta, dez vezes mais forte. Como fui tão negligente? Com George, eu sempre o lembrava de usar preservativo, e durante a chamada zona de perigo, nós frequentemente não tínhamos relação, não querendo correr o perigo da faixa dos quinze por cento de falha do preservativo até que estivéssemos prontos para o filho. Contudo, com o assassino do meu marido, não fui nem de perto tão cuidadosa, fazendo sexo todas as vezes no mês. E, agora, isso ...

É como se uma parte doentia de mim quisesse ficar

ligada a ele, para perpetuar essa farsa de relacionamento.

— Vamos ficar bem então — Diz Peter, chegando-se perto de mim. — Apesar que... — Ele pausa, olhando para mim com uma expressão especulativa.

— Apesar de quê? — Pergunto quando ele fica em silêncio. Meu coração martelando num ritmo dormente e rápido. — Apesar de quê?

— Apesar de que eu não me importaria. — Suas palavras leves, casuais, mas não têm um traço de humor na sua voz. — Não com você.

— Você... o quê? — Minha dor de cabeça aumenta, meu crânio parecendo que vai explodir. Ele não pode estar certo do que está falando. — Por que você não...? Isso não faz sentido!

— Não faz? — Uma ponta de divertimento aparece nos seus olhos. — Por quê, ptichka?

— Porque... porque você é *você*. — Minha voz presa por não acreditar. — Você me drogou e torturou antes de assassinar meu marido e forçar-me nesta vida. Eu não sei o que você está imaginando, mas não estamos namorando. Isso não é um tipo de história de amor...

— Não? — Sua expressão fica firme, todo o sinal de divertimento desaparecendo. — Então, o que você acha que sinto por você? Por que não consigo passar uma hora sem pensar em você, desejando-a... com uma porra de *ânsia* por você? Você acha que é paixão que me mantém aqui, dia após dia, com o mundo todo à caça da minha cabeça e meus homens subindo pelas paredes de tédio? — Ele chega até mais perto e minha respiração acelera quando suas palmas batem nos dois lados do balcão, engaiolando-me contra a pia. Seus olhos brilham ferozmente quando ele curva-se, sua voz ficando rouca. — Você acha que estou aqui em vez de caçar o último *ublyudok* na minha lista porque não consigo o bastante da sua bucetinha apertada?

Meu rosto queima quando olho para ele, a vulgaridade das palavras aumentando meu transtorno. Não sei o que falar, como digerir essas palavras. Ele parece com raiva, contudo, o que ele está falando faz parecer quase como...

— Sim, vejo que entende. — Sua boca curva-se num sorriso sombrio e escarnecedor. — Pode não parecer uma história de amor para *você*, ptichka, tão errado como é, mas é precisamente o que parece para mim. Eu comecei te odiando, mas em algum momento, você tornou-se a única coisa que importa para mim, a única pessoa que ainda me importo. E sim, isso significa que te amo, tão errado como pareça ser. Eu te amo, mesmo você sendo *dele*... mesmo você achando que sou um monstro. Eu te amo mais do que a própria vida, Sara, porque quando estou contigo, eu sinto mais do que agonia e raiva – quero mais do que morte e vingança. — Seu peito expande-se com uma inspirada profunda, sua expressão ficando sombria quando ele diz calmamente: — Quando estou contigo, ptichka, estou vivo.

Vejo que estou chorando até que suas feições parecem turvas diante dos meus olhos. Meu peito está muito apertado, minhas respirações, muito rasas.

Sempre soube que Peter era obcecado por mim, mas nunca imaginei que na sua mente, essa obsessão igualava-se a amor, que ele quer de algum modo um futuro real comigo... um, onde estamos juntos como uma família.

Um futuro em que os agentes do FBI não estão para invadir porta adentro.

— Não chore, ptichka. — Seu polegar toca minha bochecha molhada e vejo que o sorriso sarcástico retorna aos seus lábios. — Isso não muda nada. Você ainda pode me odiar. Simplesmente porque eu te amo, não me torno menos monstro – e não vou desaparecer da sua vida.

Mas você vai. Quero gritar a verdade, mas não consigo. Não consigo alertá-lo, apesar de meu coração parecer estar se partindo. Eu não o amo – não posso – mas dói como se amasse, como se o perder fosse a pior coisa de todas. Um soluço apertado corta minha garganta, então outro, logo estou nos seus braços, presa fortemente contra seu peito quando ele me leva para fora do banheiro.

Quando ele chega à minha cama, ele senta-se, segurando-me no seu colo e eu choro, meu rosto afundado no seu pescoço quando ele acaricia nas minhas costas, devagar, suave. Ele está certo; sua confissão de amor não devia mudar nada, mas de alguma forma, piora as coisas. Me faz sentir que estou perdendo algo real... como se eu estivesse traindo ele e *nós.*

Como pode um monstro segurar-me com tanta ternura? Como pode um psicopata amar?

Meu crânio parece que está sendo serrado de dentro para fora, minha dor de cabeça piorando pelo meu choro e empurro o peito de Peter, saindo do seu abraço – apenas para cair na cama, gemendo quando seguro minha têmpora.

Ele deita-se sobre mim, preocupação tornando suas feições sombrias. — Qual o problema, ptichka? — Pergunta ele, acariciando meu braço e consigo gemer algo como uma dor de cabeça antes de apertar meus olhos fechados. O que estou sentindo é mais do que uma enxaqueca, mas estou sentindo muita dor para explicar.

A cama afunda quando ele fica de pé e ouço passos quando ele sai do quarto. Dois minutos depois, ele volta com Advil e um copo d'água. Abro minhas pálpebras inchadas o tempo bastante para engolir o remédio e, então, fecho meus olhos novamente, esperando pela batida de tambor violenta no meu crânio diminuir para um estrondo suportável.

Eu espero que ele saia agora, ou que venha para a cama comigo, ou o que quer que ele estivesse planejando, mas em vez disso, ouço a porta do banheiro abrir e um minuto depois, uma toalha molhada e fria cobre meus olhos e testa, trazendo um pouco de alívio.

Mais uma vez, ele está tomando conta de mim, dando-me conforto quando mais preciso.

As lágrimas voltam, saindo sob a toalha quando ele

coloca o cobertor em volta de mim e senta-se na beirada da cama, sua mão passando sob meu pescoço para massagear o músculo tenso da minha nuca. É tortura de uma forma diferente, esse cuidado terno dele. Isso diminui minha dor de cabeça, mas aumenta minha dor forte no peito. Eu engano a mim mesma quando chamo o que temos de fantasia doentia. Pode ser doentia, mas é real e quando ele se for, eu *vou* sentir falta dele, da mesma maneira que senti falta quando ele foi para o México. O que sinto por ele não é amor – o amor não pode ser tão sombrio assim, ilógico e insano – mas isso *é* alguma coisa.

Algo além de ódio, algo profundo e perturbadoramente viciante.

Um cão late longe e ouço uma porta de carro bater. Parece que são meus vizinhos da outra quadra, mas meu coração pula mesmo assim, minha barriga doendo quando imagino uma equipe da SWAT entrando pela minha porta e atirando em Peter ao lado da minha cama. Parece um filme na minha mente: as figuras de preto entrando rápido, balas cortando as roupas de cama, travesseiros, seu peito, seu crânio...

Bile sobe à minha garganta, minha cabeça explodindo de agonia.

Oh, Deus, não posso fazer isso.

Não posso me calar e deixar isso acontecer.

— Peter... — Minha voz trêmula enquanto formo uma bola com minha mão sob o cobertor. Eu sei que me arrependerei disso de mil formas diferentes, mas não posso parar as palavras de serem cuspidas. — Você foi visto. Eles estão vindo para te pegar.

Sua mão na minha nuca ainda fazendo uma massagem gentil.

— Eu sei, ptichka — Murmura ele, e sinto seus lábios esfregarem minha bochecha molhada quando algo frio e duro pica meu pescoço. — Sei que estão.

Uma letargia passa pelas minhas veias e com um alívio estranho, sei que acabou.

Ele sabia do FBI o tempo todo.

Ele sabia e nunca estarei livre novamente.

— SE APRESSE — PRAGUEJA ANTON NA JANELA NO banco dianteiro do passageiro quando me aproximo do SUV, carregando o corpo de Sara enrolado no cobertor no meu peito. — Você não recebeu nenhuma das minhas mensagens? Eles estão a menos de dez quarteirões daqui.

Aperto minha pegada no meu pacote humano. — Eu não podia sair até que ouvisse o que precisava.

— E o que era? — Pergunta Yan, abrindo a porta de trás por dentro. Ele se afasta e entro, tendo o cuidado para não bater a cabeça de Sara quando a coloco no carro.

Já era péssimo o fato de ela ter uma dor de cabeça quando a droguei.

Ignorando a pergunta de Yan, eu coloco a figura inconsciente de Sara entre nós e fecho a porta antes de fazer contato visual com Ilya no espelho retrovisor. — Para o aeroporto. E rápido.

— A caminho — Resmunga Ilya, pisando no acelerador e voamos para frente, zunindo na rua suburbana quieta.

— O que você precisava saber? — Insiste Yan, olhando para o rosto de Sara – a única parte dela não enrolada no cobertor. Com seus cílios grossos como abanadores sobre as bochechas pálidas, ela parece uma princesa adormecida da Disney e não culpo meu colega pelo pequeno interesse no seu rosto.

Não o culpo, mas ainda quero matá-lo.

— Algo a ver com ela? — Continua ele, sem notar, então, olha para mim e fica pálido.

— Sim. — Minha voz recortada e fria. — Algo a ver com ela.

Ele assente, sabiamente olhando para o outro lado e passo meu braço em volta do ombro de Sara, ajeitando-a confortavelmente contra mim. Longe, ouço sirenes, acompanhadas pelo barulho de hélices de helicóptero, mas apesar do perigo se aproximando, sinto-me calmo e alegre.

Não, mais do que alegre – feliz.

Sara avisou-me.

Ela me escolheu, quando tinha toda razão para não fazê-lo. Ela pode não me amar ainda, mas ela não me odeia e enquanto a seguro apertada, respirando a fragrância delicada do seu cabelo, estou certo de que um dia ela *irá* me amar – um dia terei tudo dela.

Ela avisou-me – ela escolheu ser minha – e agora ela ficará assim.

Eu a amo e vou ficar com ela.

Não importa o que seja necessário.

AGRADECIMENTOS

Obrigada pela leitura! Se você considerar deixar uma resenha, seria muito apreciado. A história de Peter e Sara continua em *Sob Sua Obsessão*. Se você deseja ser notificado na época do lançamento, inscreva-se em minha nova lista de e-mails de lançamento em www. annazaires.com/book-series/portugues/.

Se você gostou de *O perseguidor*, talvez goste dos seguintes livros:

- *A trilogia Perverta-me* – a história de Julian & Nora, na qual Peter aparece como personagem secundário e consegue sua lista
- Capture-me – a história de Lucas e Yulia
- *A trilogia de Mia e Korum* – a história de ficção científica futurista de Korum, um alienígena poderoso, e Mia, a estudante tímida que ele está determinado a ter

- *A Prisioneira dos Krinars* – o romance envolvente entre Emily, uma mulher em perigo mortal, e Zaron, o alienígena disfarçado que salva a vida dela

Colaborações com meu marido, Dima Zales:

- *O Código de Feitiçaria* – Fantasia épica

E agora, por favor, vire a página e conheça um pouco de *Capture-me*.

Nota do Autor: *Capture-me* é o primeiro livro de Lucas & Yulia, da série de romance dark

Ele é meu inimigo... e minha missão.

Uma noite – é só o que deveria ser. Uma noite de paixão crua e primitiva.

Quando o avião dele cai, deveria ser o fim. Mas é apenas o começo.

Eu traí Lucas Kent e agora ele me fará pagar.

Ele entrou no meu apartamento assim que abri a porta.

Sem hesitação, sem um cumprimento... ele simplesmente entrou.

Atônita, dei um passo atrás. O corredor estreito subitamente pareceu muito pequeno. Eu me esquecera de como Kent era grande, de como tinha os ombros largos. Eu era uma mulher alta, o suficiente para fingir que era modelo se fosse preciso, mas ele era uma cabeça mais alto. Com o casaco pesado que usava, ele ocupou o corredor quase inteiro.

Ainda sem dizer nada, ele fechou a porta atrás de si e avançou na minha direção. Instintivamente, recuei, sentindo-me como uma presa encurralada.

— Olá, Yulia — murmurou ele, parando de andar quando estávamos fora do corredor. O olhar pálido dele se fixou no meu rosto. — Eu não esperava ver você assim.

Engoli em seco, com o coração batendo depressa. — Acabei de tomar banho. — Eu queria parecer calma e confiante, mas ele me pegara totalmente de surpresa. — Não estava esperando visitas.

— Não, percebi isso. — Um sorriso leve surgiu nos lábios dele, suavizando a linha dura da boca. — Mas deixou que eu entrasse. Por quê?

— Porque eu não queria continuar conversando pela porta fechada. — Respirei fundo para me acalmar. — Quer um pouco de chá? — Era algo idiota a dizer, considerando o motivo pelo qual ele estava lá, mas eu precisava de alguns momentos para me recompor.

Ele ergueu as sobrancelhas. — Chá? Não, obrigado.

— Então, quer me dar o seu casaco? — Eu não

consegui me livrar do papel de anfitriã, usando a educação para encobrir a ansiedade. — Aqui está quente.

Um toque de diversão brilhou no olhar gelado dele. — Claro. — Ele tirou o casaco e entregou-o a mim, o que o deixou vestindo um suéter preto, calça *jeans* escura e botas de inverno pretas. A calça abraçava as pernas dele, revelando coxas musculosas e panturrilhas fortes. No cinto, vi uma arma presa no coldre.

Irracionalmente, minha respiração acelerou ao ver aquilo. Precisei de muito esforço para impedir que minhas mãos tremessem quando peguei o casaco e fui até o armário minúsculo para pendurá-lo. Não era surpresa ele estar armado, e seria um choque se não estivesse, mas a arma era um lembrete de quem era Lucas Kent.

O que ele era.

Não é nada demais, disse eu a mim mesma, tentando acalmar os nervos. Eu estava acostumada com homens perigosos. Fora criada entre eles. Aquele homem não era tão diferente. Eu dormiria com Kent, obteria as informações que pudesse e ele sairia da minha vida.

Sim, era isso. Quanto mais cedo conseguisse fazer aquilo, mais cedo tudo acabaria.

Fechando a porta do armário, abri um sorriso muito ensaiado e virei-me para encará-lo, finalmente pronta para retomar o papel de sedutora confiante.

Mas ele já estava perto de mim, tendo atravessado a sala sem fazer um som sequer.

Meu coração deu um salto novamente e minha

compostura desapareceu. Ele estava perto o suficiente para que eu visse os raios cinzentos nos olhos azuis, perto o suficiente para me tocar.

E, um segundo depois, ele me tocou.

Erguendo a mão, ele correu as costas da mão sobre o meu maxilar.

Eu o encarei, confusa pela resposta instantânea do meu corpo. Minha pele ficou quente e meus mamilos enrijeceram. Minha respiração ficou mais rápida. Não fazia sentido que aquele estranho duro e implacável me deixasse excitada. O chefe dele era mais bonito, mais atraente, mas era a Kent que meu corpo reagia. E, até o momento, ele só tocara no meu rosto. Não deveria ser nada, mas, de alguma forma, era algo íntimo.

Íntimo e perturbador.

Engoli em seco novamente. — Sr. Kent... Lucas... tem certeza de que não quer beber nada? Talvez um pouco de café ou... — Minhas palavras desapareceram em uma exclamação quando ele puxou o cinto do meu roupão, de forma tão casual como se estivesse abrindo um pacote.

— Não. — Ele observou quando o roupão caiu, revelando meu corpo nu. — Nada de café.

Por favor, visite nossa página www.annazaires.com/book-series/portugues/ para saber mais e se inscrever em minha lista de e-mail.